AF304535

KATE FREY

Tödlicher Zufall

EIN FALL FÜR BIENE & BLUME

Überarbeitete Neuausgabe Oktober 2021

© 2021 dp Verlag, ein Imprint der dp DIGITAL PUBLISHERS
GmbH

Made in Stuttgart with ♥
Alle Rechte vorbehalten

Tödlicher Zufall

ISBN 978-3-98637-280-4
E-Book-ISBN 978-3-98637-171-5

Copyright © 2020, dp Verlag, ein Imprint der dp DIGITAL PUB-
LISHERS GmbH
Dies ist eine überarbeitete Neuausgabe des bereits 2020 bei dp
Verlag, ein Imprint der dp DIGITAL PUBLISHERS GmbH erschiene-
nen Titels Todsicher unschuldig (ISBN: 978-3-6817-026-8).

Covergestaltung: Anne Gebhardt
Umschlaggestaltung: ARTC.ore Design
Unter Verwendung von Abbildungen von
shutterstock.com: ©Maman Suryaman, ©Anabela88, ©Maxger,
©ankudi, ©FARBAI, ©Vector Tradition, ©stockvit
Lektorat: Janina Klinck
Satz: dp DIGITAL PUBLISHERS GmbH
Druck und Bindung: Books on Demand GmbH, Norderstedt

Das Werk darf – auch teilweise – nur mit
Genehmigung des Verlages wiedergegeben werden.

Sämtliche Personen und Ereignisse dieses Werks sind frei
erfunden. Etwaige Ähnlichkeiten mit real existierenden Personen,
ob lebend oder tot, wären rein zufällig.

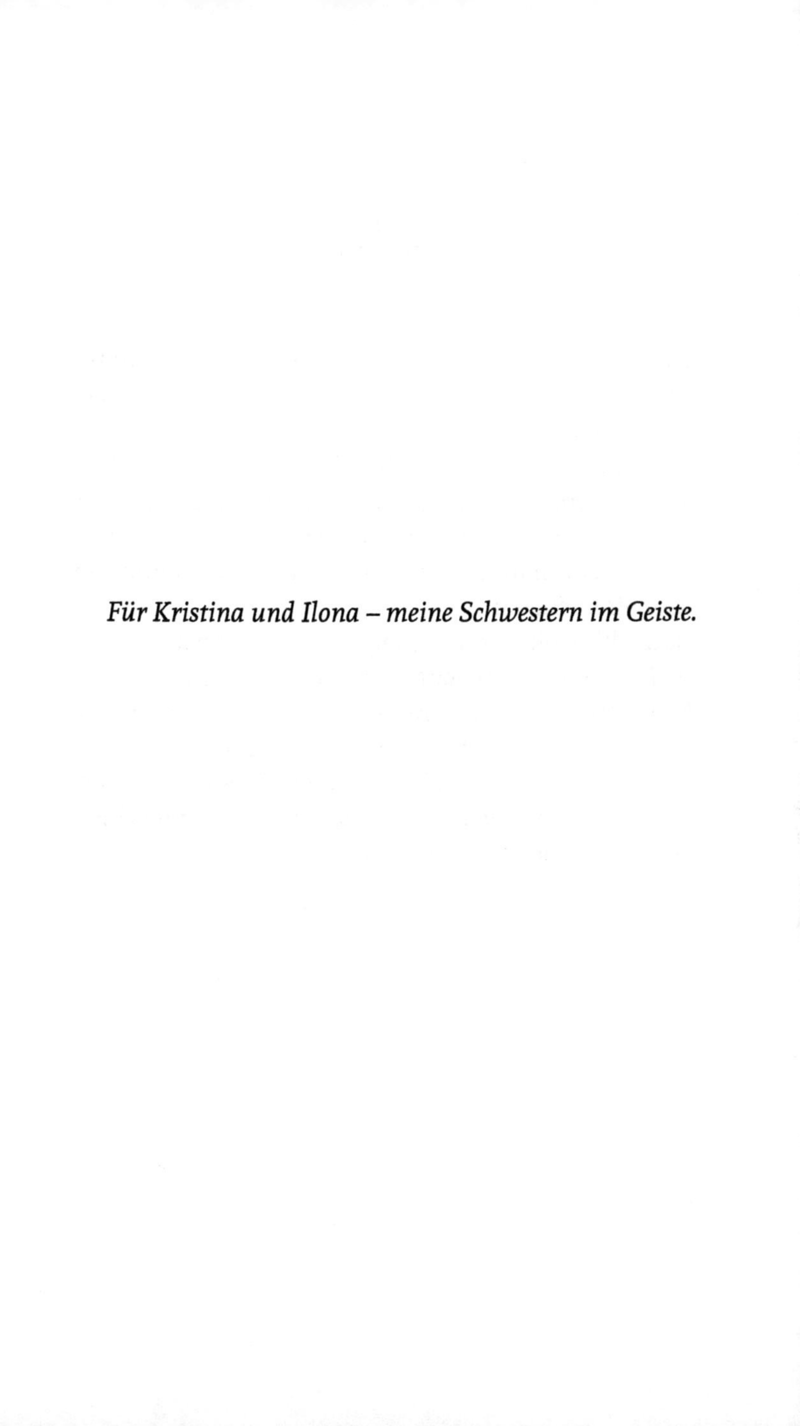

Für Kristina und Ilona – meine Schwestern im Geiste.

Prolog

Kennen Sie das? Es gibt Tage, an denen man schon im Bad bereut, aufgestanden zu sein, obwohl man nicht genau sagen kann, warum.

Trotzdem bewegt man sich. Schleicht durch die Wohnung mit einem Becher Kaffee in der Hand und der Überlegung im Hirn, was man mit einem Tag anfangen soll, an dem man mal wieder keiner lohnabhängigen Tätigkeit nachgeht.

Dann klingelt das Telefon, und dieser Anruf, dieses eine Mal abheben, macht alles noch schlimmer.

Mein Name ist Anja Blume und ich stecke gerade knietief in einem Schlamassel, für den ich gar nichts kann. Ich meine, ich wollte nur einer Freundin helfen. Ganz unschuldig, wenn auch nicht legal. Aber das hier, das war wirklich nicht geplant.

01

Augen zu und durch

15. Juli – 19:38 Uhr – Vorderhaus – Treppe

»Was denkst du, ist er tot?«

»Nein, er hält nur die Luft an, um uns Angst einzujagen«, erwiderte Biene auf meine zugegeben ziemlich dämliche Frage. Biene ist meine Frisörin und diejenige, die mich in diese Situation gebracht hatte.

Ich hockte gerade vor meinem ersten Toten, dessen ehemals rosige Gesichtsfarbe mittlerweile in leichten Blauschattierungen vor einem kalkweißen Hintergrund changierte. Der Kopf lag unnatürlich schräg zum restlichen Körper. Ich wurde den Eindruck nicht los, dass er irgendwie anfing zu müffeln.

»Was sollen wir jetzt machen?« Ich versuchte aufzustehen. Mein Blut rauschte wie ein Sturzbach in meine Füße. Mir wurde schwarz vor Augen und ich konnte mich gerade noch am Geländer festhalten, was mich davor bewahrte, auf die Leiche zu kippen.

Biene griff mir von hinten unter die Arme und fragte besorgt: »Geht's?«

»Ja, geht schon. Danke.«

»Du kotzt jetzt aber nicht hier hin«, warnte sie mich.

Wütend drehte ich mich um und erwiderte genervter als ich eigentlich wollte: »Wenn hier eine ständig kotzt, dann bist das ja wohl du, oder?«

»Hey!« Biene zeigte mir abwehrend ihre Handflächen. »Ich kann nichts dafür. Das ist so, wenn man schwanger ist.« Ihr Blick glitt an mir vorbei und blieb an dem Toten hängen. »Obwohl ich mich frage, warum es Morgenübelkeit heißt, wenn ich den ganzen Tag über der Kloschüssel hängen könnte«, meinte sie. Dann schaute sie mich direkt an und sagte: »So wie der Kerl aussieht, wäre er sowieso bald gestorben. Verbuchen wir das Ganze einfach unter *Jeden-Tag-eine-gute-Tat.*«

»Wie kommst du darauf?«, fragte ich und hoffte gleichzeitig, Biene würde eine plausible Entschuldigung für das finden, was hier geschehen war.

»Schau ihn dir doch mal an.« Schwungvoll löste Biene den Haargummi, der ihren Pferdeschwanz zusammengehalten hatte, und ihre dunkelbraunen Locken verteilten sich über ihre Schultern.

Skeptisch warf ich einen Blick hinter mich. Okay! Da hing ein ausgeleierter Bierbauch aus einer fleckigen Jogginghose, und das, obwohl das Feinripp-Oberhemd sein Bestes gab, ihn zu verdecken. Schweißflecken, die von den Achseln bis zur Hüfte reichten, gilbten das Weiß ein und der Halsausschnitt des Hemdes war so ausgefranst, dass er praktisch nicht mehr vorhanden war. Der Rest war mit undefinierbaren blau-grünlichen Flecken übersät.

Seine Haare hatten sich, bis auf einen kleinen Kranz, schon vor Jahren aus dem Staub gemacht und durch das aufgedunsene Gesicht zogen sich feine Äderchen. Es sah aus wie der U-Bahn-Netzplan einer

Ich wollte schon einwenden, dass er das doch nicht tun könne, als mir einfiel, dass er es doch konnte. Wem würde man wohl eher glauben: einem Jurastudenten im achten Semester oder einer tätowierten Haarkünstlerin, deren gutes Herz man leicht mit Dummheit verwechseln konnte?

Mit einem Mal schlug Bienes Trotz in Hilflosigkeit um, so als wäre ihr plötzlich klar geworden, wie aussichtslos ihre Lage war: schwanger, Single, obdachlos.

Ich atmete die staubige Luft des jahrzehntealten Treppenhauses ein, warf einen Blick auf den Toten und streckte meinen Rücken durch. »Na, dann los. Du schaffst noch den Karton ins Auto. Ich schließe die Tür ab und trage die Espressomaschine runter und dann machen wir, dass wir hier wegkommen. Und du ziehst erst einmal zu mir!«, bestimmte ich mit fester Stimme.

Biene lief die Treppe nach unten und balancierte den Karton mit ihren privaten Unterlagen umständlich vor ihrem üppigen Busen. Ich verschloss die Tür. Glücklicherweise hatte sich Richard für eine sehr billige Austauschvariante seines Schlosses entschieden. Noch eine Sicherheitsstufe niedriger und man hätte das Teil mit einem altmodischen Dietrich öffnen können.

Konzentriert auf meine Arbeit nahm ich meine Umgebung kaum wahr und fuhr erschreckt zusammen, als ein gellender Schrei durchs Treppenhaus hallte. Ich machte auf dem Absatz kehrt und sah die Frau, die vor Kurzem in Todesangst vor dem Dicken geflohen war, die Treppe heraufkommen.

»Oh mein Gott, oh mein Gott, oh mein Gott«, kreischte sie in immer höherer Tonlage. Dabei blickte sie mich aufgelöst und gleichzeitig irritiert an. »Was ist passiert?

Ist er tot? Warum steht er nicht auf? Wieso liegt er so verbogen da? Und wo ist sein linker Hausschuh?«

Ich starrte die Frau an. Sie trug ein schlampiges Nachthemd, ihre kurzen, scheinbar selbstgeschnittenen Haare standen ihr wirr vom Kopf ab. Unter ihrem rechten Auge verblühte ein blaugrünes Veilchen.

Wo war sie nur in der Zwischenzeit geblieben?

»Ich hab mich im Keller versteckt, wie immer, wenn er einen seiner Ausraster hat«, antwortete sie auf meine stumme Frage. »Was ist passiert?«

»Na ja«, erwiderte Biene. »Ich nehme mal an, er hat sich das Genick gebrochen. Aber ich bin kein Fachmann.« Sie zuckte entschuldigend die Schultern. Sie hatte den Karton abgestellt und hockte neben dem Ex-Ehemann der Frau, als wollte sie ihn wie eine professionelle Kriminaltechnikerin untersuchen.

Zögernd trat ich neben die Frau und die Leiche ihres Ehemannes. »Ich dachte, er wollte Sie umbringen«, antwortete ich tonlos.

»Tja,« meinte die Frau achselzuckend. »Da kann man wohl nichts mehr machen.« Sie schaute Biene direkt in die Augen. »Sie sind die Sabine aus dem vierten Stock, nicht wahr? Sie haben doch mit dem Kotzbrocken zusammengelebt, der alles besser weiß und ständig mit irgendwelchen Paragrafen um sich schmeißt. Haben Sie den Kerl endlich abserviert?« Sie sah interessiert auf die Espressomaschine. »Gratuliere! Hätte ich auch schon vor Jahren machen sollen. Hab nie den Absprung geschafft«, meinte die Frau und suchte wohl für sich selbst eine Entschuldigung. »Aber wo hätte ich auch hingesollt? Hab keine Familie oder Freunde. Und solche Kerle wissen genau, wie man Menschen isoliert und abhängig macht.« Sie schaute auf die Leiche. »Aber das hat sich ja jetzt erledigt.« Dann legte sie Sabine ihre Hand auf den Arm. »Nehmen Sie alles aus der Wohnung mit, was Sie wollen. Ich halte dicht. Ehrensache!«

»Wir sollten die Polizei rufen«, hörte ich mich sagen.

»Die Polizei?«, echote die Witwe und trat dicht an mich heran. Ihr Gesicht war das einer alten Frau, obwohl sie nicht älter als fünfzig sein konnte. Ihr Atem roch nach Kaffee und Kohlsuppe und ein leichter Dunst von Alkohol und Zigaretten hing in ihren Haaren.

»Ich ... ich meine, es war ein Unfall. Wir können der Polizei doch sagen, dass es ein Unfall war«, stotterte ich und sah Biene hilfesuchend an. Doch die zuckte nur mit den Schultern. Ihr war wohl mittlerweile alles egal. Würde sie das Baby eben im Knast zur Welt bringen. Da hatte es wenigstens ein Dach über dem Kopf.

Aber was war mit meinem Dach! Ich hatte gerade geputzt und vier Bewerbungen geschrieben, von denen garantiert eine einen gut bezahlten Job bringen würde, mit dem ich endlich mal was in die Rentenkasse einzahlen konnte. Ich hatte ein Leben – das sich gerade in Luft aufzulösen drohte.

Ach, komm schon, mahnte mich meine innere Stimme. *Was für ein Leben soll das sein? Du behältst keinen Job länger als ein paar Wochen. Sieh es ein, keiner braucht eine studierte Kunsthistorikerin, wenn die Kommunen sämtliche Gelder für Museen, Galerien oder anderen kulturhistorischen Quatsch streichen. Du hättest besser BWL studieren sollen.* Doch brauchte die Welt wirklich einen weiteren Bergwerksleiter?

Humor hin oder her: Ich wollte nicht ins Gefängnis!

»Also gut«, sagte die Frau. »Ich rufe die Polizei. Aber erst müssen Sie hier verschwinden«, befahl sie uns beiden. »Ich hab Sie nicht gesehen. Machen Sie schnell.« Dann sah sie noch einmal auf den Toten. »Zum Glück hat er sich nur nass gemacht und nicht alles vollgeblutet. Ich hätte die Schweinerei nur ungern weggewischt. Holzboden ist da ganz schwierig, wissen sie?«

Mir blieb die Sprache weg.

»Was wollen Sie sagen, was passiert ist?«, wollte Biene wissen.

»Die Wahrheit«, erwiderte die Frau achselzuckend. »Er wollte mich totschlagen. Ich bin in den Keller geflohen und als ich wieder nach oben kam, lag er da.«

02

Nur keine Panik

15. Juli – 20:44 Uhr – Uferstraße, Ecke Martin-Opitz-Straße

Biene und ich bretterten über das unebene Kopfsteinpflaster, und ich gab mir alle Mühe, das flatternde Lenkrad nicht loszulassen. Oder waren es meine Hände, die so zitterten?

In den vergangenen Jahrhunderten war hier bestimmt so mancher Mörder entlang geheizt: zu Fuß, zu Pferd oder motorisiert.

Glücklicherweise hielt sich der Verkehr momentan in Grenzen. Ich ging auf Nummer sicher und fuhr mit dem weißen fensterlosen Transporter durch alle möglichen und unmöglichen Querstraßen. Mittlerweile hatten wir die halbe Stadt durchquert.

Niemand folgte uns.

Aber wer sollte das auch? Wenn die Frau ihr Versprechen hielt, dann untersuchte die Polizei gerade einen Unfall. Und genau genommen war es auch einer!

»Es war ein Unfall«, betete ich vor mich hin.

»Wenn du das noch ein einziges Mal sagst, dann spring ich aus dem Wagen«, schrie Biene mich plötzlich an. Auch sie zitterte. Wir waren nervlich am Limit.

Eine Stunde später bogen wir in die Straße ein, in der das Haus stand, das meine Wohnung beherbergte. Ich hatte sie für eine anständige Summe gekauft, bevor die Immobilienpreise vor sechs Jahren begonnen hatten, in exorbitante Höhen zu schießen.

Ich parkte den Wagen auf dem Hof und löschte die Scheinwerfer. Die Sonne war bereits untergegangen und so trug ich im Zwielicht der kleinen Laterne über dem Eingang Sabines Koffer ins Haus. Im dritten Stock öffnete ich die rechte von drei Türen.

Dunkle Stille umfing uns. Biene tastete hinter mir nach dem Lichtschalter, während ich den schmalen Flur hinunter ins Wohnzimmer schlurfte.

Mit einem dumpfen *Plopp* fiel der Koffer auf die Holzdielen und ich in den einzigen Sessel, der in dem Zimmer stand. »Du kannst dir einen Stuhl aus der Küche holen, ich hab nicht viele Möbel.«

»Das sieht man«, sagte Biene und ging in die Küche, die kurz vor dem Wohnzimmer rechts abging.

Davor befand sich das Bad. Mein größter Luxus, denn Dusche und Badewanne waren getrennt. Für die Toilette gab es einen extra Raum, direkt vor dem Bad. Bei mir gingen alle Zimmer rechts ab.

Die Tür vor der Toilette führte in mein Schlafzimmer, das halb so groß war wie das Wohnzimmer. Eine Matratze auf ein paar Europaletten diente mir als Bett, und für meine Klamotten reichte der Schrankkoffer, den ich vor einem halben Jahr auf einem Flohmarkt gekauft hatte. Wenn es mir richtig schlecht ging, bildete ich mir gern ein, dass ich Marlene Dietrich wäre. Immer auf dem Sprung in eine andere Weltstadt.

Direkt am Eingang gab es noch eine Tür. Dahinter befand sich ein kleiner Raum, kaum größer als eine Abstellkammer, der völlig leer war.

»Du bist ziemlich übersichtlich eingerichtet«, rief Biene aus der Küche. »Aber wenigstens ist dein Kühlschrank voll. Ich hab Hunger, mein Blutzucker braucht dringend einen Push. Soll ich dir was mitbringen?«

Statt einer Antwort stemmte ich mich aus dem Sessel und schlurfte zu ihr. »Lass die Tür nicht so lange auf. Meine Stromrechnung ist schon hoch genug. Und Geld wächst leider nicht an Bäumen.« Ich nahm eine Tüte Milch aus der Kühlschranktür, schob Biene zur Seite und machte den Kühlschrank wieder zu. In der Spüle stand noch die Tasse, aus der ich heute Morgen Kaffee getrunken hatte, bevor …

»Gibst du mir bitte einen Teller aus dem Schrank?« Biene setzte sich auf einen der wackligen Klappstühle vor dem Tisch, der in seinem ersten Leben eine Kabeltrommel gewesen war und mich immer an eine überdimensionale Garnrolle erinnerte.

Aus dem Hängeschrank über dem Spülbecken nahm ich einen Teller und zwei Tassen. Ich goss Milch in die Tassen, stellte alles auf den Tisch und setzte mich Biene gegenüber.

»Was sollen wir jetzt machen?«

»Keine Ahnung. Aber wenn ich mir ein Brot schmieren will, brauche ich ein Messer.« Biene stand auf. »Wo hast du dein Besteck?«

»Im Schubfach vom Hängeschrank.« Ich nippte an meiner kalten Milch.

Biene setzte sich wieder zu mir. »Tut mir leid, dass ich dich angerufen habe. Aber ich wusste einfach nicht mehr weiter. Du warst die Einzige, die ich bitten konnte. Außerdem hast du mal erzählt, dass du dich mit Schlössern auskennst. Konnte ja keiner ahnen, dass so etwas dabei rauskommt.«

Ich seufzte. Was sollte ich dazu sagen. Wenn man nur in die Zukunft sehen könnte – tja, was dann?

»Entschuldigung akzeptiert«, sagte ich lächelnd.

»Die Polizei dürfte den Fall schon aufgenommen haben, und wahrscheinlich liegt der Kerl jetzt im Leichenschauhaus.« Biene biss herzhaft in ihr Wurstbrot und spülte mit Milch nach. »Würde mich interessieren, ob die überhaupt so große Kühlfächer haben, dass der Kerl da reinpasst. Oder meinst du, sie können ihn reinquetschen?«

»Igitt! Ekelst du dich vor gar nichts?« Ich schüttelte mich bei dem Gedanken daran.

»Doch schon! Aber ... es würde mich nur einfach interessieren«, murmelte Biene.

»Glaubst du, seine Frau hat den Beamten irgendwas von uns erzählt?«

»Herrgott, Anja!« Biene warf hilflos die Arme in die Luft. »Woher soll ich das wissen? Wir können nur spekulieren. Sie hat versprochen, es nicht zu tun. Aber ich weiß nicht, was sie machen wird, falls die Bullen sie genauer befragen oder an den anderen Wohnungstüren klingeln, um an Informationen zu kommen. Und das werden sie garantiert tun.«

Wir zuckten erschreckt zusammen und sahen einander an. »Richard!«, riefen wir wie aus einem Mund.

»Oh, verdammt!« Biene haute mit der flachen Hand auf den Tisch. »Wenn die ihn befragen, dann sind wir dran. Er wird sich garantiert denken, dass *ich* ihn beklaut habe, schließlich haben wir ja nur *meine* Sachen mitgehen lassen.«

»Ja, aber«, stotterte ich. »Was, wenn er uns an die Polizei verrät?«

Biene bemerkte meine Anspannung und versuchte mich zu beruhigen: »Ich denke nicht, dass er uns verpfeifen würde. Er ist nicht blöd.«

Mein erleichtertes Seufzen schwang durch den Raum.

»Aber«, betonte Biene, »er würde sein Wissen, oder das, was er sich in seinem kranken Hirn zusammenreimt, als Druckmittel gegen mich einsetzen und mich bis an mein Lebensende erpressen! Die Alimente für das Baby kann ich vergessen. Du ahnst ja nicht, wie nachtragend und rachsüchtig dieser miese Drecksack ist.«

Ich wusste es. Es gab immer ein *Aber*. Resignierend sank ich tiefer in meinen Stuhl, als mir plötzlich ein Gedanke kam. »Woher will er aber wissen, *wann* wir in seine Wohnung eingebrochen sind?«, raunte ich ihr selbstsicher zu. »Du hast gesagt, dass er für ein paar Tage zu seinen Eltern gefahren ist. Er hat ja schließlich kein Zeitschloss, das ihm anzeigt, wann wir bei ihm aufgetaucht sind. Wir hätten genauso gut gestern oder vorgestern bei ihm einbrechen können. Und wenn er noch eine Woche länger bei seinen Eltern bleibt, dann ist die Polizei mit ihren Befragungen im Haus längst durch.«

Biene stand auf und lief in den Flur: »Wo steht dein Telefon? Ich ruf bei seinen Eltern an und frage, wann Richard wieder in der Wohnung sein wird«, schlug Biene vor.

»Es steht auf dem Wandbrett im Flur. Aber was machst du, wenn er selbst rangeht?«

»Dann lege ich einfach auf. Oder hast du Anruferkennung?«

Hatte ich nicht. Meine Leitung war noch analog, weil mein Serviceanbieter sich eine Umstellung ganz schön was kosten ließ. Außerdem hatte ich kein Internet.

Ich lief Biene hinterher. Mein Wohnungsflur war schmaler als ein Handtuch, dafür aber ewig lang. Sperrige Möbel hatten hier keinen Platz. Irgendwann war ein Freund auf die Idee gekommen, einfach ein Brett als Ablage an die Wand zu bohren. Und darauf befanden sich nun das Telefon mit Kabel, eine silberne Schlüsselschale und ein kleiner, mit braunen kleinen Bärchen verzierter Geschenkkarton für Kleinkram wie Zettel, Kaugummis, Sicherheitsnadeln, Knöpfe, Büroklammern, Quittungen, Kieselsteine ...

Ich bemerkte, wie Bienes Hand zitterte, als sie den Hörer nahm. »Gib her«, forderte ich sie mit festerer Stimme auf, als ich mir zugetraut hatte. »Ich rede mit denen. Deine Stimme kennen sie, und es ist besser, wenn so wenig Spuren wie möglich zu uns führen.«

Sie wählte die Nummer und überreichte mir beim ersten Klingeln den Hörer. Ich nickte ihr zu, und sie nahm aufgeregt meine Hand. Wie zwei kleine Mädchen standen wir nebeneinander und warteten auf das, was geschehen würde.

»Hier bei Bremer. Was kann ich für Sie tun?«, hörte ich die affektiert nasale Stimme eines Mannes. Biene, die ihr Ohr ganz dicht an die Muschel des Telefonhörers hielt, raunte mir stumm das Wort *Butler* zu.

Nicht zu fassen, mit was für Kerlen sich Biene abgab, dachte ich und verdrehte meine Augen Richtung Schädeldecke.

»Guten Tag, mein Name ist, äh …!« Du meine Güte, jetzt fiel mir kein Name ein. Ich wurde fahrig und mein Blick raste durch den Flur. »M-M-Mocca. Mein Name ist Mocca, Daniela Mocca. Mit zwei C in der Mitte«, sprudelte es aus mir heraus. Meine Stimme war erstaunlich fest und genauso arrogant wie die des Butlers.

Biene grinste und hielt den Daumen nach oben, denn auch sie hatte die Serviette mit der Werbung für ein Caféhaus gesehen, die auf dem Sideboard lag.

»Ich hätte gern die Dame des Hauses gesprochen. Es geht um die Änderung ihres … ihres Nerzmantels.« Jetzt wurde ich richtig mutig. Wenn ich etwas gut konnte, dann lügen, dass sich die Balken bogen.

Lügen, vor allem glaubhaftes Lügen, war eine Kunst. Und wer sie nicht ausgezeichnet beherrschte, konnte schnell in Teufels Küche geraten.

»Einen Augenblick bitte, ich werde die gnädige Frau informieren.«

»Du meine Güte«, raunte ich Biene zu, während ich mit meiner Hand die Sprechmuschel abdeckte. »Ich dachte, solche Typen wären längst ausgestorben.«»Gestorben? Wie bitte? Wer ist gestorben?« Mist, *die Dame des Hauses* hatte mitgehört. »Hier ist Frau Bremer. Mit wem spreche ich?«, dröhnte mir eine herrische Stimme entgegen. Ich sah die dazugehörige Frau direkt vor mir. Sportlich ausgemergelte Figur mit einer Lederhaut vom vielen Golfspielen im *Millbrook Resort* in

Neuseeland. Mäusegesicht und wasserstoffblonde Haare in einem Doris-Day-Topfschnitt.

»Mein Name ist Mocca, Daniela Mocca,« wiederholte ich.

»Ich rufe wegen der Umarbeitung ihres Nerzmantels an. Leider können wir ihn nicht termingerecht fertigstellen, da unser Hausschneider plötzlich verstorben ist.« Ich versuchte meine Stimme an den arroganten Ton der Hausherrin anzugleichen und hatte scheinbar Erfolg damit.

»Du meine Güte, Jean-Pierre ist tot?«

»Ja, leider«, antwortete ich tief bewegt und schickte ein schnelles Gebet zum Himmel, dass ja kein Jean-Pierre auf der Welt in diesem Moment tot umkippte. Ich wollte nicht noch einen Mann auf dem Gewissen haben. Mit erfundenen Toten konnte ich dagegen sehr gut leben. »Wir müssen Sie bitten, ihren Mantel wieder abzuholen, da wir uns nicht in der Lage sehen, das Geschäft weiterzuführen. Es ist derzeit unmöglich, einen Ersatz für Jean-Pierre zu finden.«

»Oh, das verstehe ich. Jean-Pierre ist nicht zu ersetzen.«

»Ja, ja, so ist es«, stimmte ich ihr zu und schlug dann einen geschäftlichen Ton an. »Vielleicht wäre es Ihnen oder Ihrem Herrn Gemahl möglich, den Mantel in der kommenden Woche abzuholen? Ich möchte ihn ungern einem Dienstboten übergeben.« Ich legte gerade so viel Abschätzung in das Wort *Dienstbote*, dass ich mich nicht übergeben musste, und fügte verschwörerisch hinzu: »Wenn gnädige Frau verstehen.«

»Ich weiß Ihre Sorge sehr zu schätzen, meine Liebe. Nur leider reisen mein Mann und ich morgen nach

Mauritius. Aber mein Sohn wird seinen Aufenthalt hier sicher noch ein paar Tage verlängern können und den Mantel am Dienstag bei Ihnen abholen«, bestimmte die Dame des Hauses.

Ich versicherte ihr, dass diese Lösung perfekt wäre, bedankte mich knapp und legte so gemächlich wie möglich auf.

Biene lag kichernd auf dem Boden und ich plumpste neben sie.

»Oh, Anja.« Biene hielt sich die Seiten vor Lachen. »Ich hab noch niemanden so lügen hören.«

»Das hat geklappt.« Grinsend klatschten wir uns in High-Five-Manier ab. »Richard wird mindestens noch sechs Tage weg sein. Du meine Güte, ich kann es noch gar nicht fassen.«

Unser Lachen kippte ins Hysterische. Für einen kurzen Moment fühlte ich mich befreit.

»Woher wusstest du das mit dem Nerzmantel?«

»Ich wusste es gar nicht«, sagte ich achselzuckend. »Das war einfach nur geraten. Aus dem Bauch heraus.«

»Den Bauch solltest du dir teuer versichern lassen«, meinte Biene und lachte schallend.

Wir hatten Zeit gewonnen. Mehr nicht. Die Kuh war noch nicht vom Eis.

Biene und ich aßen unsere Brote auf, lachten noch lange über den gelungenen Telefonstreich und kuschelten uns spät in der Nacht auf die Kingsize-Matratze. Sekunden später waren wir beide in einen tiefen Schlaf gesunken. Ich hatte völlig vergessen, wie kräftezehrend emotionale Aufregung sein konnte.

03

Morgenstund hat Gold im Mund

16. Juli – 06:00 Uhr – Wühlischstraße – Hinterhaus – Dritter Stock

Das enervierende Piepsen eines Weckers nistete sich in meinem Gehirn ein. Nur konnte ich mich beim besten Willen nicht daran erinnern, überhaupt einen Wecker zu besitzen …

Sekunden später verstummte das Geräusch und mir fiel ein: Biene war seit gestern Abend meine Untermieterin und sie musste pünktlich aufstehen, um zur Arbeit zu kommen. Sie *hatte* Arbeit!

Nun war ich wach und das bedeutete, dass ich das Denken nicht mehr abstellen konnte. Keine Chance, noch einmal einzuschlafen und all das zu verdrängen, was gestern geschehen war. Wie ging doch gleich der Spruch: *Wenn du in der Grube sitzt – hör auf zu graben!*

Also öffnete ich die Augen und starrte an die stuckverzierte Decke meines Schlafzimmers. Irgendwann schob ich meine Füße in die roten Puschen und schlurfte in Richtung Toilette. Sabine stand nebenan unter der Dusche. Ich konnte das Wasser laufen hören.

Mein Kinn in die Hände gestützt hockte ich auf der Kloschüssel und schaute in den engen Raum. Ob ich wohl den Rest meines Lebens in einer Gefängniszelle von zwei mal fünf Metern verbringen könnte?

Mein Magen zog sich zusammen. Mir wurde eiskalt.

Ich konnte es nicht!

Ich wollte nicht!

Panisch sprang ich auf, zog die Klospülung und wusch mir schnell die Hände. Ich musste irgendetwas tun. Bewegung lenkte mich vom Denken ab, also ging ich in die Küche und stellte den Wasserkocher an.

»Für mich nur Kaffee«, rief Biene aus meinem Schlafzimmer, wo sie sich gerade anzog.

»Du musst richtig frühstücken«, wandte ich ein. »Du bist schwanger.«

»Ich kann aber um die Uhrzeit noch nichts essen. Außerdem kotze ich das sowieso gleich wieder aus. Ich verspreche dir, ich esse was, sobald ich mir sicher sein kann, dass es auch drinbleibt.«

»Dann setz dich wenigstens noch eine Minute her und trinke den Kaffee in Ruhe.«

»Du meine Güte, du klingst wie meine Mutter.«

»Und du solltest langsam lernen, wie das geht«, erwiderte ich. »Du weißt doch, früh übt sich. Und viel Zeit bleibt dir ja nicht mehr.«

»Hör bloß auf damit«, winkte Biene ab und knurrte leicht gereizt. »Und verschone mich mit diesem *Hundert-gute-Ratschläge-wie-Sie-eine-gute-Mutter-werden*-Gedöns.«

Ich wusste, es war ein heikles Thema für Sabine. Ihre eigene Mutter war in dem Jahr, in dem Biene ihre Lehre angefangen hatte, verschwunden. Auf und davon mit ihrem Liebhaber. Monate später kam eine Postkarte aus Santiago. Danach kam nichts mehr. Bienes Vater war laut Geburtsurkunde unbekannt.

»Ich hab heute die Frühschicht im Salon. Wenn alles glattgeht, bin ich um vier wieder hier, und dann können wir ja den Wagen ausräumen und die Möbel verteilen.«

»Du wirst dich schonen. Es hat schon gereicht, dass du die Sachen gestern mit runtergetragen hast«, hielt ich dagegen. »Ich bin gerade mal in der zwölften Woche ...«

»... also in der kritischsten Phase«, murmelte ich in meine Kaffeetasse und versuchte den Rest des Satzes wie eine feststellende Frage klingen zu lassen: »Das heißt also, du willst das Baby behalten?«

Biene schaute mich lange an, bevor sie mir antwortete. »Ja«, sagte sie dann mit fester Stimme. »Ich weiß nicht, worauf ich mich einlasse. Ich weiß nicht, was passieren wird. Und ich weiß nicht, ob ich die richtige Entscheidung treffe. Aber das Baby hat eine Chance verdient.«

Die Wanduhr im Wohnzimmer, ein Erbstück von meiner Großmutter, schlug einmal. Es war halb sieben.

»Ich muss los.« Biene stand auf. In der Wohnungstür drehte sie sich noch einmal um. »Bis heute Abend!« Dann fiel die Tür ins Schloss.

Stille breitete sich in meiner Wohnung aus, und ich fühlte mich plötzlich einsam. Ein Gefühl, das ich bisher erfolgreich ignoriert hatte. In diesem Moment fasste ich für mich einen Entschluss. Ich würde Biene bitten, bei mir einzuziehen. Wir konnten wie in einer WG zusammenleben und dem Kind eine Familie sein. Eine Familie bestand nicht immer aus Blutsverwandten. Warum auch? Die meisten konnten sich nicht einmal leiden. Warum sollte ich den beiden, und auch mir, nicht helfen? Worauf wartete ich? Leben klopfte nicht an die Tür. Leben musste man sich schaffen!

Entschlossen, meine Idee in die Tat umzusetzen, stand ich auf, zog mich an und ging hinunter in den Hof.

16. Juli – 06:44 Uhr – Wühlischstraße – Hinterhof

Das Haus, in dem meine Wohnung lag, war Anfang des 19. Jahrhunderts erbaut worden. Eine Zeit, in der Mietskasernen in der Stadt wie Pilze aus dem Boden geschossen waren. Mein Block bestand aus einem Vorderhaus, das sich zusammen mit anderen in die Frontansicht der Straße einreihte. Ein hoher Gang, so breit, dass ein mit Kohlen beladener Pferdewagen hindurchpasste, führte in den Hof des Hauses und zum ersten Hinterhaus, hinter dem wieder ein Hof lag und dahinter wieder ein Haus, vier Stockwerke hoch wie seine Vorgänger. Allerdings verdienten die Stockwerke hier noch ihren Namen. Nicht wie diese niedrigen Wohnungen in den Neubaugebieten. Die waren was für Weicheier. Nein, ein Stockwerk hier bedeutete zwei geteilte Treppeneinheiten, die eine Wohnungshöhe von knapp drei Metern zwanzig verbanden.

Die Sonne erhellte langsam den Tag.

Ich schaute mich in meinem kleinen Hof um, dessen Begrenzung zu dem Nachbargrundstück aus einer mannshohen Backsteinmauer bestand, die nur noch von Efeu zusammengehalten wurde. Ansonsten gab es im Hof eine Rasenfläche mit einem Grillplatz und mehreren kleinen Beeten, die von meinen Nachbarn mit

Paprika-, Tomaten- und allerlei anderen Nutzpflanzen kultiviert wurden. Und das schon, bevor *Urban Gardening* in Mode gekommen war.

In der Mitte erhob eine stattliche Kastanie ihr Haupt. Sie war eine der wenigen, die es in der Stadt noch gab. Die meisten ihrer Artgenossinnen waren vor ein paar Jahren durch eine Krankheit so stark geschädigt worden, dass sie gefällt worden waren.

Da es hier keine Garagen oder Parkplätze gab, verließen sich die meisten Mieter auf die öffentlichen Verkehrsmittel oder das Fahrrad. Deshalb störte es auch niemanden, dass der Kleintransporter hier über Nacht stehen geblieben war.

»Na dann mal los!« Ich klatschte in die Hände und öffnete die hinteren Türen des Wagens. Als Erstes schnappte ich mir eine Kiste, in der hauptsächlich Bienes Unterlagen, Urkunden und Steuerzeug waren, und machte mich auf den Weg. Im zweiten Stock bereute ich meine Aktion das erste Mal, dabei hatte ich noch vier Kartons, einige Möbelstücke und ein Stockwerk vor mir.

Zu faul, die Kiste abzustellen, zirkelte ich den Schlüssel ins Schloss und schwor mir, die Tür nachher nur angelehnt zu lassen. Ich stellte meine Last in den kleinen leeren Raum und lief direkt wieder nach unten.

Dort angekommen entledigte ich mich meiner Jacke. Entweder war ich nicht gut trainiert oder der Tag heute würde ein sehr heißer werden. In diesem Viertel reichten im Sommer ein paar Sonnenstrahlen, um die Höfe in glühende Öfen zu verwandeln. Heiße Luft hatte kaum die Chance abzuziehen und machte das nächtliche Schlafen oft unerträglich, auch wenn man jedes

Fenster aufriss. Denn dann hörte man seine Nachbarn bei jeder nur denkbaren Tätigkeit.

Ich kroch auf die Ladefläche des Wagens und versuchte das Gewicht der Kisten zu schätzen.

»Hey, junge Frau, du sollst doch nicht so schwer heben«, hörte ich eine tiefe Stimme hinter mir. Erschreckt fuhr ich hoch und schlug mir den Kopf an der Decke des Transporters an.

»Hoppla, Süße. Ich wollte dich nicht erschrecken.«

Es war Sadik, mein Nachbar. Er wohnte in der mittleren Wohnung auf meiner Etage. Insgesamt waren wir dort zu dritt. Frau Nebel, eine alte Dame, die links neben der Treppe wohnte, war gerade in Reha.

»Musst du dich immer so anschleichen?« Theatralisch schlug ich mir die Hand aufs Herz, heimlich aber doch froh darüber, dass es Sadik war. Meine Nerven waren leicht angenagt.

»Ich hab mich nicht angeschlichen.« Sadik tat empört. »Ich muss den Mädels keinen Schrecken einjagen, um ihren Herzschlag zu beschleunigen.«

Das konnte ich nur unterschreiben. Vor mir stand ein Mann von ein Meter vierundneunzig Körperhöhe und einem Gewicht von über den Daumen gepeilten fünfundachtzig Kilo. Man sah ihm an, dass er regelmäßig Badminton spielte und auch sonst keine sich bietende Gelegenheit für Partnersportarten ausließ. Sein gewinnendes Lächeln strahlte bis in seine haselnussbraunen Augen, die in seinem kantigen Gesicht von dunkelbraunen Haaren eingerahmt wurden.

Sadiks Hand näherte sich meinem Gesicht, nahm eine meiner roten Locken zwischen Zeige- und Mittelfinger und schob sie mir hinter das linke Ohr. Dabei streifte sein Daumen meine Wange, und mein Herz setzte für einen Schlag aus.

Ja, ich gebe es zu, ich stand auf Sadik. Aber ich stand nicht auf seinen Verschleiß an Frauen.

»Wie ich sehe, hast du dir endlich ein paar Möbel zugelegt.« Sadik schob mich zur Seite und schaute in den Transporter.

»Nein.« Ich setzte mich auf die Ladefläche. »Eine Freundin zieht bei mir ein.«

»Eine, die ich kenne?«

»Ich denke nicht. Sie passt nicht in dein Beuteschema.« Oh Schreck, hatte ich das gerade laut gesagt?

»Wow!« Sadik grinste mich leicht verkniffen an. »Das saß. Nur mal so aus Interesse: Was ist denn mein Beuteschema?«

»Groß, blond, zwei dicke Gehirne«, spottete ich, mit den Händen meine kleinen Brüste um vier Körbchen vergrößernd.

Sadik lachte herzhaft.

Ich lächelte und schaute ihm einen Moment zu tief in die Augen.

Er räusperte sich verlegen und meinte: »Komm. Ich helfe dir, die Sachen nach oben zu tragen. Die Möbel schaffst du niemals allein.«

Ich nickte dankend.

Wir packten beide an und hatten Bienes Sachen eine Stunde später in meiner Wohnung geparkt. Sadik verabschiedete sich kurz angebunden und verschwand in seine Wohnung.

Ich schloss meine Tür hinter mir und lehnte mich erschöpft dagegen.

Das zwischen Sadik und mir war eine seltsame Sache. Wir waren mehr als nur Nachbarn, die sich ab und zu über den Weg liefen und »Hallo« sagten. Aber was dieses *Mehr* war, konnte ich auch nicht richtig sagen. Wir spielten Spielchen, neckten uns mit Worten und Gesten, waren Ersatzpartner, wenn man zu peinlichen Pärchentreffen eingeladen war oder einfach nur jemanden suchte, um nicht allein ins Kino oder in die Kneipe gehen zu müssen.

Erschwerend kam hinzu, dass wir nach einer seiner Partys gemeinsam in seinem Bett aufgewacht waren. Nackt! Aber ich konnte mich beim besten Willen an nichts erinnern, und er behauptete das Gleiche von sich. Peinlich verklemmt hatte ich mich angezogen und war aus seiner Wohnung gestürmt. Wir haben nie wieder ein Wort darüber verloren.

»Verdammt, verdammt, verdammt«, brummte ich, und eine Welle des Selbstmitleids schlug über mir zusammen. Ich war dreiundzwanzig Jahre alt, hatte einen ausgezeichneten Abschluss als Kunsthistorikerin und bekam mein Leben einfach nicht auf die Reihe. Alle meine Bewerbungen kamen retour. Bei einigen machte man sich noch nicht einmal die Mühe, ein formelles Ablehnungsschreiben beizulegen. Ich bekam einfach unkommentiert meine Unterlagen zurück.

Zugegeben, meine Berufserfahrung ließ zu wünschen übrig, aber wie bitte sollte ich Erfahrungen sammeln, wenn man mich nicht einstellte? Nicht einmal meinen Job als Kartenverkäuferin im Museum für Moderne Kunst hatte ich so lange behalten, dass ich Arbeitslosengeld I hätte beantragen können. Budgetkürzungen im Haushalt der Stadt trafen immer zuerst Kunst und

Kultur. Um leben zu können, nahm ich jeden Job an, den ich kriegen konnte. Zurzeit putzte ich mit ein paar anderen Frauen gelegentlich in Wohnungen einer Genossenschaft, die neu vermietet werden sollten. Entweder waren die ehemaligen Mieter verstorben oder anderweitig nicht wieder aufgetaucht.

Ich hatte keine Karriere, ich hatte keinen Freund.

Aber ich konnte gut einbrechen!

Und ich hatte jemanden umgebracht!

Und ich ließ es wie einen Unfall aussehen!

Und wenn das nun das Einzige war, was ich gut konnte?

»Gott, nicht auszudenken!«, rief ich laut, stemmte mich von der Tür weg und lief schnurstracks ins Wohnzimmer.

Sadik und ich hatten die Möbel und Kisten nur schnell hineingestellt. Nun war es an mir, Ordnung in das Chaos zu bringen.

Vorsichtig schob ich den Tisch mit seiner dunkelgrün marmorierten Platte in die Mitte des Raumes und notierte in meinem Hirn, dass ich später noch Filz kaufen musste, damit die neuen Sachen meine Holzdielen nicht zerkratzten. Dann platzierte ich die drei Sessel darum, stellte mich in den Türrahmen und überblickte das Ensemble: zu eng!

Ich schob den alten rot karierten Ohrensessel meines Vaters vor eines der beiden Sprossenfenster und stellte den Regenschirmständer mit den zwei Gehstöcken mit Elfenbeinköpfen – einem Löwen und einem Alligator – hinter die Zimmertür.

Schon besser. Aber die beiden mit weißer Patina überzogenen Buffetschränke wären an der langen

Wand besser aufgehoben. Doch obwohl unter die Füße
der Schränke schon Filzplatten geklebt waren, gelang
es mir nicht, sie vom Platz zu bewegen. Die vielen Bücher darin waren einfach zu schwer. Ja sicher, ich hätte
sie ausräumen können. Aber ich hatte nicht die geringste Lust dazu.

Lieber verdrückte ich schnell im Stehen ein Butter-
brot, goss ein Glas Milch nach und sprang unter die Dusche.

Erfrischt schnappte ich mir meine Handtasche, klimperte mit dem Schlüssel und machte mich auf, den
Transporter zu meiner Freundin zurückzubringen.

16. Juli – 12:29 Uhr – Boxhagener Platz

Vorsichtig zirkelte ich durch die engen Straßen, die
zum gleichen Zeitpunkt gebaut worden waren wie die
Häuser, die sie säumten. Damals waren vermutlich
nicht mehr als drei bis vier Droschken pro Tag hier ent-
langgefahren. Man hatte mehr Platz zum Wohnen als
zum Fortbewegen gebraucht. Heute, wo jede Familie
ein, zwei oder sogar drei Autos besaß, die unbedingt am
Straßenrand geparkt werden mussten, blieb nur noch
eine schmale Fahrbahn übrig. So eng, dass oft nicht mal
mehr zwei Wagen aneinander vorbeikamen.

Mein rechter Fuß zuckte ständig zwischen Bremse
und Gaspedal hin und her, während ich über das Kopfsteinpflaster hüpfte. Die Luft im Wagen war aufgeheizt.
Das Thermometer am Armaturenbrett zeigte achtund-
dreißig Grad. Ich überfuhr den Schatten eines alten
Baumes, kurbelte das Fenster herunter und surfte mit
meiner linken Hand leicht über den Fahrtwind.

Die ersten Schulkinder waren auf dem Weg nach Hause. Kreischend und lachend sprangen sie auf den Bürgersteigen mit viel zu großen Schulranzen auf ihren Rücken von Steinplatte zu Steinplatte. Sie hielten ihre Nasen in die Sonne und freuten sich einfach darüber, da zu sein. Verschwendeten keinen Gedanken daran, wie sie mal ihren Lebensunterhalt würden verdienen müssen. Nicht an die unzähligen Erwachsenen, die in ihren Büros oder am Fließband schwitzten.

Bevor ich wieder in Selbstmitleid versinken konnte, kam ich bei Lydias Haus an. Ich parkte den Wagen in zweiter Reihe und ignorierte das sofort einsetzende Hupkonzert. Mit meinem ganzen Körper stemmte ich mich gegen die schwere Holztür der Hofzufahrt, bis die beiden Flügel krachend gegen die Wände schlugen. Leise rieselte Putz auf den Boden. Das tiefe Loch in der Hauswand auf Höhe der Klinke zeigte, dass die Methode öfter angewandt wurde. Das Hupkonzert schwoll zu einem Orkan an.

»Ich komm ja schon!«, schrie ich, um mich selbst anzutreiben, denn die Autofahrer hörten mich ganz bestimmt nicht. Ich rannte wieder zurück zum Wagen und prallte auf dem Bürgersteig mit einer älteren Dame zusammen, die mir mit ihrer Handtasche Prügel androhte und irgendwas von ihrer neuen Hüfte hinterher brüllte. Das beeindruckte mich nicht. Solche Szenen gehörten in meiner Stadt zum Alltag. Eher hatte ich Angst, von den wütenden Autofahrern gesteinigt zu werden, und sprang schnell wieder in den alten VW.

Ich fuhr über den Bürgersteig und manövrierte den Transporter durch das Tor. Im Hinterhof stellte ich den Wagen dicht an der Mauer ab, verschloss ihn und legte den Schlüssel hinter einen kleinen Backstein, den ich aus der Mauer genommen hatte. Das übliche Versteck in unserem Viertel, weil es keine sicheren Briefkästen gab.

Als ich wieder vor das Haus trat, löste sich der Stau langsam auf. Vereinzelt hupte noch ein Fahrer und zeigte mir aus dem geöffneten Fenster den gestreckten Mittelfinger, während ich mir mit der Hand unters Kinn fuhr. Eine beliebte Geste für: »*Du mich auch*«.

Ich blieb für einen kurzen Moment stehen, schloss meine Augen und hob das Gesicht der Sonne entgegen. Ihre Wärme floss über meine Stirn, die Augenlider, die Nase und legte sich auf meine Lippen. Ich atmete tief durch, machte auf dem Absatz kehrt, schloss das Tor und lief zur nächsten Bushaltestelle.

Das Schild mit der Streckenführung war mit einem Graffiti verziert und daher unleserlich. Aber auf die Fahrzeiten war eh kein Verlass. Die Busse kamen oder eben nicht. Ich konnte mich entscheiden zu warten oder einen richtig langen Spaziergang zu machen.

Eine halbe Stunde Fußmarsch später kam ich an einer S-Bahn-Station vorbei, an die sich ein Baufachmarkt schmiegte. Und da ich heute weiter keine Termine hatte, konnte ich ebenso gut Filzplatten für die Möbel kaufen.

04

Ein unmoralisches Angebot

16. Juli – 18:32 Uhr – Wühlischstraße

Für heute hatte ich alles erledigt. Und ich selbst war es auch.

In dem Baumarkt hatte ich neben Filzplatten noch etliche Prospekte zum Thema *Kindersichere Wohnung* in den Rucksack gestopft. Der Verkäufer meinte, wir sollten rechtzeitig damit beginnen. Es war gar nicht so einfach, ihn abzuwimmeln und nicht schon jetzt tütenweise Eckenschützer, Schutzösen für Schranktüren oder Steckdosenplättchen mit nach Hause zu schleppen.

Ausgelaugt von der Hitze und dem Fußmarsch zog ich die verbeulte Tür meines unverschlossenen Briefkastens auf, in dem ein Briefumschlag zu sehen war. Oh Wunder, die nächste Ablehnung auf eine meiner Bewerbungen!

Ich klemmte mir die Unterlagen unter den Arm und schnaufte enttäuscht die Treppe hinauf. Was hatte ich denn erwartet? Dass plötzlich das Schicksal vor meiner Tür haltmachen würde, mir ein Lächeln schenkte und eine rosige Zukunft versprach?

Verdammt, ja, irgendwie hatte ich das.

Als ich auf meinen Treppenabsatz einbog, sah ich eine ältere Frau, die es sich vor Sadiks Tür gemütlich gemacht hatte. Verstohlen musterte ich sie.

Ganz hinten in meinem Hirn hielt sich immer noch hartnäckig die Unsicherheit, ob uns nicht doch jemand verraten hatte.

Allerdings sah sie einer Polizistin wirklich nicht ähnlich.

Ihr streichholzkurzes Haar klebte ihr an der Kopfhaut und ihre kräftige Statur verbarg sie unter einem schreiend blau-rot gestreiften Baumwollkleid, das sicher in den Siebzigerjahren für Jubelstürme gesorgt hatte.

»Hallo«, grüßte ich leise, drehte mir den Rucksack vor den Bauch und kramte nach meinem Schlüssel. »Wenn Sie auf Frau Nebel warten, dann muss ich Sie enttäuschen. Sie ist schon seit einer Woche in Reha und muss wohl noch eine Weile dortbleiben.«

»Oh, das tut mir leid für sie. Aber ich will nicht zu Ihrer Nachbarin. Ich möchte zu Ihnen.« Die Dame klappte ihren dreibeinigen Angelhocker zusammen und stellte sich hinter mich.

Ich drehte mich halb zu ihr um und schob mit meinem rechten Arm die Wohnungstür auf. »Sie wollen zu mir?«

»Ja«, antwortete sie kurz, stolzierte an mir vorbei und schaute sich neugierig um, während ich irritiert die Tür hinter mir schloss.

»Ich brauche Ihre Hilfe.« Sie stellte den Hocker ab und hielt sich ihre überdimensionale Handtasche vor ihre

Brust, als wollte sie eine einstudierte Rede halten. »Ich habe ein dringendes Bedürfnis ...«

»Dritte Tür rechts«, unterbrach ich sie reflexartig.

»Wie bitte?« Irritiert blinzelte sie mich an. »Oh. Nein, nein.« Ich muss nicht. Aber ich könnte mich vielleicht ein wenig frisch machen. Es ist ja ziemlich heiß heute, und Sie wohnen sehr weit oben. Vielleicht könnten Sie uns in der Zwischenzeit ein Gläschen Eistee machen, Schätzchen. Ich bin gleich wieder da.«

War ich denn von allen guten Geistern verlassen? Ich ließ hier einfach eine Frau herein, die ich nicht kannte und von der ich nicht das Geringste wusste. Und selbst wenn sich in ihrer Tasche keine Waffe befand, obwohl die gesamte Ausrüstung einer kleinen Armee darin Platz gefunden hätte, so könnte sie mich beim Sumoringen locker schlagen. Sie müsste sich einfach nur auf mich setzen.

Ich schüttelte den Kopf und versuchte das Bild loszuwerden, auf dem ich unter ihr begraben war und nur noch meine Arme und Beine wie kleine Zweige hervorschauten.

Ich lauschte an der Badezimmertür. Bevor ich etwas hören konnte, wurde sie aufgerissen und schlug mir seitlich gegen den Kopf.

»Du meine Güte, Schätzchen! Sie sollten nie an einer Tür lauschen, die sich nach außen öffnen lässt. Hat Ihnen Ihre Mutter das nicht beigebracht?«

Ich rieb mir meinen Kopf.

»Was macht der Tee?« Schnurstracks lief sie in die Küche.

»Fühlen Sie sich ruhig wie zu Hause«, brummte ich ihr schnippisch hinterher. Ich spürte schon den Kopfschmerz kommen.

»Das habe ich gehört«, flötete sie. »Meine Augen sind zwar nicht mehr die besten, aber ich höre noch jede Fledermaus husten.« Sie begann, sich in der Küche zu schaffen zu machen.

Ich lehnte mich gegen den Türrahmen und schaute ihr dabei zu, als sich die Eingangstür öffnete und Sabine in die Wohnung polterte.

»Bin daaa, wer noch? Verdammt, hast du einen Anfall von Kaufrausch gehabt?«, rief sie, als sie über den Rucksack im Flur stolperte.

»Wie war dein Tag? Möchtest du auch einen Eistee?«, rief ich ihr entgegen. »Ach übrigens, wir haben Besuch.« Ich lächelte die ältere Frau unsicher an.

»Gern«, antwortete sie und warf ihre Handtasche in hohem Bogen in mein Schlafzimmer, das jetzt Sabines Zimmer war. »Besuch?« Sabine schlenderte zu mir.

»Guten Tag, meine Liebe. Sie sind Sabine, nicht wahr!« Es war eher eine Feststellung als eine Frage. »Sie haben bei diesem Richard gewohnt.«

Wow, das kam überraschend.

Biene und ich schauten einander an und schluckten trocken, während über das runde Gesicht der Frau ein vielsagendes Schmunzeln huschte. »Na gut, bevor Sie vor Angst umfallen, sage ich Ihnen mal, weshalb ich hier bin. Am besten wir setzen uns.« Sie stellte die Gläser mit dem Eistee auf den Tisch, während wir wie ferngesteuert Platz nahmen.

»Also. Mein Name ist Wagner, Elfie Wagner. Ich wohne in dem Haus, das Sie«, sie nickte Sabine zu, »bis gestern bewohnt haben.«

»Parterre. Ich glaube, wir sind uns ein paar Mal über den Weg gelaufen«, hauchte Sabine.

»Ja. Und Sie waren die Einzige, die mich gegrüßt hat.« Frau Wagner trank einen Schluck Tee. »Aber deshalb bin ich nicht hier. Ich hab mit Frau Ehrlich gesprochen.«

Sabine und mir mussten Fragezeichen in den Augen gestanden haben, denn Frau Wagner antwortete, ohne zu zögern.

»Die Frau, deren Mann gestern durch einen mysteriösen Treppensturz ums Leben gekommen ist.« Mit beiden Händen setzte sie dem Wort *mysteriösen* Häschenohren auf.

Mein Magen senkte sich, und ich glaubte das wischende Geräusch von Rotorblättern über dem Haus zu hören. Ich rechnete damit, dass sich jeden Augenblick schwer bewaffnete Gorillas der Spezialeinheit GSG 9 von einem Hubschrauber abseilen und durchs Küchenfenster stürzen würden.

Doch es blieb ruhig.

»Ich nehme mal an, dass Herr Ehrlich nicht wieder auferstanden ist?«

Wie gelang es Sabine nur, so cool zu bleiben?

»Nein, das ist er nicht«, schmunzelte die alte Dame über die Bemerkung meiner Freundin. »Und, zu Ihrer Beruhigung, die Polizei geht von einem Unfall aus und wird sich nicht weiter darum kümmern.« Nickend fügte sie hinzu:

»Das ist auch für die Lebensversicherung besser. Die zahlen das Geld der Police dann schneller aus.«

»Und jetzt wollen Sie uns erpressen?«, wagte ich mich aus der Deckung.

»Nein!« Frau Wagner zuckte erschreckt zurück.

»Also, worum geht's?«, fragte Biene mit drohender Stimme.

Plötzlich fiel Frau Wagner in sich zusammen. »Ich brauche Ihre Hilfe. So wie Sie Frau Ehrlich geholfen haben.«

»Wir sollen jemanden für Sie umbringen?« Meine Stimme schnappte über.

»Oh Gott, nein«, rief Frau Wagner. Dann überlegte sie kurz und meinte dann: »Es sei denn, es lässt sich nicht vermeiden.«

»Wir sind doch keine Auftragskiller«, wehrte ich empört ab.

»Nee«, murmelte Biene spöttisch. »Wir killen nur ohne Auftrag.«

Ich starrte meine Freundin durch zusammengekniffene Augen böse an und hoffte, dass sie den *Bring-sie-bloß-nicht-auf-dumme-Gedanken*-Blick verstand. Doch Sabine grinste nur frech. Ihr machte das hier sichtlich Spaß.

Frau Wagner bekam davon jedoch nicht viel mit. Ihre Hände zitterten plötzlich so stark, dass sie ihr Teeglas kaum halten konnte. Ich nahm es ihr schnell ab, bevor es zu Boden fiel. Sie war völlig aufgelöst.

»Also gut«, seufzte ich. »Dann erzählen Sie mal.«

16. Juli – 20:15 Uhr – Meine Küche

Diffuses Licht erfüllte den Raum und die Luft wurde immer dicker. Frau Wagner hatte darauf bestanden, die Fenster geschlossen zu halten. Sie wollte nicht, dass das, was sie uns zu berichten hatte, den Raum verließ.

Bisher hatte ich immer angenommen, das wäre nur eine Redewendung dafür, dass etwas nicht weitererzählt werden sollte, aber sie schien es wortwörtlich zu nehmen.

»Aaron, mein Enkel, also, er ist da in eine Sache hineingeraten«, begann sie zögernd. »Er ist ein lieber Junge. Das müssen Sie wissen.«

Ja, das sind sie alle – immer, dachte ich.

»Vor achtzehn Jahren starben seine Eltern bei einem Flugzeugabsturz. Sie waren geschäftlich unterwegs. Aaron wohnte damals bei mir. Er war erst sieben Jahre alt und musste ja zur Schule. Nach dem Tod seiner Eltern blieb er bei mir und ich zog ihn groß. Er war immer sehr fleißig, half mir, wo er konnte, und machte mir nie Kummer. Dabei war es nicht einfach für uns. Wir hatten nicht viel Geld. Meine Rente reichte gerade mal für mich, und mit seiner Waisenrente konnte er keine großen Sprünge machen. Außerdem wollten wir das Geld lieber für sein Studium sparen, und irgendwie haben wir das auch geschafft. Nach dem Abitur zog er durch die Welt und arbeitete dort für seinen Lebensunterhalt. Er jobbte als so ziemlich alles, wenn ich auch nicht genau weiß, als was.« Frau Wagner trank einen Schluck Tee. »Als er wieder zurückkam, zog er bei mir aus. Er wollte lieber in einer Studenten-WG wohnen, statt bei einer alten Frau. Vor allem, weil er Mädchen mit nach Hause bringen wollte.« Sie lächelte verlegen.

Ich fragte mich, wann Frau Wagner endlich auf den Punkt kam.

»Wann war das?«, wollte Sabine wissen.

Frau Wagner schaute sie an. »Vor vier Jahren.«

Also bevor Sabine in das Haus zu Richard gezogen war.

»Er fing an, Soziologie und Geschichte zu studieren, und alles lief völlig normal. Sicher, er musste nebenbei arbeiten, um sich das Studium und das Zimmer zu finanzieren. Aber das war er ja gewöhnt. Ich machte mir keine Sorgen ...«

»... bis ...«, führte ich den Satz weiter.

»Bis vor drei Wochen plötzlich die Polizei vor meiner Tür stand. Sie hatten einen Durchsuchungsbefehl in der Hand und haben meine gesamte Wohnung auf den Kopf gestellt.«

»Was haben sie gefunden?«, wollte Biene wissen.

»Nichts«, meinte Frau Wagner achselzuckend. »Was hätten sie denn auch finden sollen? Aaron hatte mich schon seit Monaten nicht besucht. Ich verstand das. Er ist jung und hat eine Menge um die Ohren. In seinem Alter will man sich nicht mit alten, merkwürdigen Frauen umgeben.«

Biene hob die Hand, um etwas einzuwenden.

»Ist schon gut«, meinte Frau Wagner. »Ich weiß genau, was die meisten Menschen von mir denken. Ich bin dick, schrill und laut, deshalb muss ich auch dumm sein. Ich habe mich daran gewöhnt.«

Eilig stand ich auf und lief zum Kühlschrank, um Eistee nachzugießen. Ich schämte mich und wollte nicht, dass es Biene oder Frau Wagner auffiel. Ich schämte mich, weil ich genau das gedacht hatte.

Als ich zurück zum Tisch lief, konzentrierte ich mich wieder auf das Wesentliche. »Hat die Polizei etwas über Ihren Enkel gesagt? Oder darüber, warum sie einen Durchsuchungsbefehl hatte?«

Doch Frau Wagner wollte nicht gleich raus mit der Sprache. Sie kaute auf ihrer Unterlippe herum und sah abwechselnd von Biene zu mir und zurück.

»Spucken Sie es schon aus. Wenn wir Ihnen helfen sollen, dann müssen wir einander vertrauen.« Biene sah sie auffordernd an.

Ich ergänzte: »Wir müssen wissen, was Sie wissen. Oder noch besser, was die Polizei weiß.«

»Die wissen nichts!«, beeilte sich Frau Wagner zu sagen. »Und ich weiß auch nichts!«

Ich schob meine rechte Augenbraue hoch, was mir hoffentlich einen skeptischen Gesichtsausdruck verlieh.

»Also gut. Aaron ist nicht mein Enkel. Jedenfalls nicht vor dem Gesetz«, ergänzte sie hastig. »Wir sind auch nicht blutsverwandt.«

»Wie konnte der Junge dann so lange bei Ihnen leben? Und warum?«, wunderte sich Biene.

»Ich bin so etwas wie seine Schwippoma.«

»Seine was?« Ich hatte den Begriff noch nie gehört.

»Na ja. Ich habe immer auf den Kleinen aufgepasst, wenn seine Eltern unterwegs waren oder arbeiteten. Sie hatten viel mit ihrer Firma zu tun, und soweit ich weiß, gab es keine leiblichen Verwandten. Kinderkrippe oder Kindergarten kamen für die Eltern nicht infrage. Ich meine, welcher Berufstätige kommt mit den Öffnungszeiten dieser Einrichtungen klar? Nicht jeder kann sein Kind schon um 16:30 Uhr abholen. Also baten sie mich, mich um Aaron zu kümmern.«

»Wie kamen sie gerade auf Sie?«, hakte ich nach.

»Louise, die Mutter von Aarons Mutter, war meine beste Freundin, seit wir Kinder waren. Wir sind zusammen aufgewachsen und haben uns nie aus den Augen verloren. Als Louise kurz nach Aarons Geburt starb, bin ich einfach in ihre Rolle der Oma hineingeschlüpft. Auf Berlinerisch eben Schwippoma.«

»Und niemand hat das jemals infrage gestellt? Noch nicht einmal nach dem Tod der Eltern?« Biene konnte es nicht glauben.

»Nein.« Frau Wagner schüttelte den Kopf, als müsste sie sich selbst erst einmal über diesen Umstand klar werden. »Das Jugendamt hat nicht groß nachgefragt. Die waren wahrscheinlich froh, dass sich jemand um den Jungen kümmerte, oder wir sind einfach durchs Raster gefallen. Keine Ahnung, warum sie nie nachgefragt haben. Es war ja auch kein Geld bei ihm zu holen. Er erbte praktisch nichts. Alles, was sich in der Wohnung befand, wurde verpfändet, weil die Firma seiner Eltern wohl nicht besonders lief. Ich weiß da nichts Genaues. Jedenfalls hätten die mit Aaron nur Probleme gehabt.

Und der Kleine hing so an mir – er nannte mich immer Omilein. Sie können sich das nicht vorstellen. Von einer Sekunde auf die andere hatten wir nur noch uns. Aaron war so ein leises, vorsichtiges Kind. Er redete nie mit Fremden, und nach dem Tod seiner Eltern wurde er noch stiller. Er vertraute nur mir. Und ich, ich vertraue nur ihm.«

Das klang zwar ziemlich merkwürdig, aber plausibel.

»Und jetzt wollen Sie uns vertrauen? Was sagt Aaron denn zu der ganzen Sache?« Ich wartete immer noch auf die Pointe.

»Ich weiß es nicht. Gott, er ist bestimmt nicht der Engel, als den ich ihn gern sehen würde. Aber, bitte glauben Sie mir, er würde sich niemals auf etwas einlassen, für das er ins Gefängnis käme.«

»Da reicht es schon, wenn Sie in der U-Bahn beim Schwarzfahren erwischt werden und das Strafticket nicht bezahlen«, wandte ich lässig ein.

»Die deutschen Strafgesetze sind zum Teil wirklich haarsträubend«, ergänzte Biene nickend. »Aber deshalb machen die Bullen nicht gleich eine Hausdurchsuchung.«

»Stimmt. Die suchen nach Material. Informationen, die der Staatsanwalt für eine fette Anklage braucht. Da steckt weit mehr dahinter.«

Frau Wagners Augen weiteten sich vor Angst, je mehr Sabine und ich uns eine Theorie zurechtspannen.

»Vielleicht haben sie ihn beim Schmiere stehen erwischt und wollen ihm nun alles von der Planung bis zum Einbruch anhängen?!«

»Oder sie wollen, dass er auspackt und seine Hintermänner ans Messer liefert?!«

»Meine Theorie wäre einfacher umzusetzen. Außerdem spricht die Hausdurchsuchung eher dafür, dass sie ihm alles in die Schuhe schieben wollen«, zeigte ich mich überzeugt.

»Was auch immer. Aaron sitzt ziemlich tief in der Scheiße. Er wäre nicht der Erste, den man unschuldig hinter Gittern bringen würde.« Neugierig schaute Sabine Frau Wagner an. »Haben Ihnen die Polizei oder

Aaron irgendetwas gesagt, das uns weiterbringen könnte?«

»Das Einzige, was ich aus den Polizisten rausbekommen habe, ist, dass Aaron im Gefängnis sitzt. Nur ... ich kann Aaron nicht besuchen ...«

»... weil dann vielleicht rauskommt, dass Sie nicht verwandt sind«, beendete Sabine den Satz. »Verstehe. Aber was wollen Sie dann von uns? Sollen *wir* Aaron im Knast besuchen?«

Frau Wagner bekam große Augen. »Das wäre ja wunderbar!« Auf die Idee schien sie noch gar nicht gekommen zu sein. »Würden Sie das für mich tun?«

Ich verdrehte meine Augen. Konnte Sabine wenigstens einmal denken, bevor sie den Mund aufmachte? Scheinbar nicht, denn sie saß bequem in ihrem Stuhl und nippte an ihrem Eistee, als wäre nichts gewesen.

»Wir könnten es zumindest versuchen«, meinte sie allen Ernstes.

Frau Wagner war den Tränen nahe. »Sehen Sie, ich kenne doch niemanden, den ich um so einen Gefallen bitten könnte. Ich habe schon alles versucht. Bei der Polizei sagte man mir nur, ich solle mich an die zuständige Staatsanwaltschaft wenden. Doch wer das ist, wollten die mir auch nicht sagen. Wenn ich in der Zentrale anrufe, dann lande ich immer nur in der Warteschleife. Und wenn ich persönlich im Amt auftauche, dann komme ich bloß bis zur Schleuse und werde dann direkt wieder nach Hause geschickt. Ich kann mir keinen Anwalt nehmen, weil ich mir keinen leisten kann. Ich weiß ja nicht einmal, wo sie Aaron festhalten. Ich weiß gar nichts! Nur dass ich wütend bin, unheimlich wütend. ›Ich soll es dem Rechtssystem überlassen. Das wird schon‹, sagen alle. Aber bisher ist nichts passiert. Wie kann ich denn davon ausgehen, dass dieses System funktioniert, wenn mir niemand etwas sagen will?«

»Gute Frage«, murmelte ich gedankenverloren.

Sabine beugte sich zu Frau Wagner hinüber und legte ihr die Hand auf den Arm. Eine Geste, die die Frau erst einmal beruhigen sollte. »Können Sie sich erinnern, was in diesem Durchsuchungsbeschluss stand, oder haben Sie vielleicht eine Kopie davon?«

Frau Wagner schaute Sabine an, als wäre sie gerade von einem anderen Planeten bei uns gelandet.

»Eine Kopie«, echote sie. »Ich würde ja lachen, aber danach ist mir gerade nicht zumute. Nein, da war ein Mann, so ein bulliger Typ, der mir dieses amtliche Blatt vor die Nase gehalten hat, als er in meiner Tür stand. Sechs weitere drängten sich an ihm vorbei in meine Wohnung und fingen sofort an, die Schubladen aus den Schränken zu ziehen. Sie haben sogar den Teppichboden rausgerissen und nach einem Versteck unter den Dielen gesucht. Sie haben mich einfach überfallen. Ich war wie gelähmt. Ich konnte mich nicht bewegen, geschweige denn etwas lesen. Ich habe keine Ahnung, was auf dem Blatt stand.« Sie schwieg einen Moment und schien nachzudenken. »Aber ein Stempel war drauf. Daran erinnere ich mich genau.«

Biene und ich sahen einander an. Aller Wahrscheinlichkeit nach war es wirklich ein offizielles Dokument. Aber auch Stempel konnte man fälschen. Doch wer würde so etwas tun?

Sabine stand auf. »Wie heißt Aaron mit vollem Namen?«, wollte sie von Frau Wagner wissen.

»Burgfeld, Aaron Burgfeld. Warum?«

»Bin gleich wieder da.«

Frau Wagner schaute mich fragend an, und ich sah die Frau zum ersten Mal wirklich. Ich sah die unendliche Hoffnungslosigkeit, die einen überfiel, wenn man keinen Ausweg mehr sah. Die Tränen, die man verzweifelt zurückhielt, weil man wusste, dass, wenn man ihnen freien Lauf ließe, man nie wieder aufhören würde zu weinen.

Woher ich das wusste? Weil es mir vor langer Zeit einmal genauso ging.

05
Versprochen ist versprochen

16. Juli – 22:54 Uhr – Unsere Küche – Immer noch

Die Stille, die sich in der Küche ausbreitete, war keine von der unangenehmen Sorte. Es war eher so, als würde ein Engel durch den Raum schweben und einem einen glasklaren Ausweg präsentieren.

Ich stand am Fenster und sah über den Hof in die Wohnungen meiner Nachbarn. Gardinen gab es bei uns nicht. Warum das Licht aussperren, wenn eh nur so wenig davon im Hinterhof ankam? Wenn einem nicht gefiel, was man sah, dann schaute man einfach weg. Und wenn es einem gefiel, dann konnte man zum Gruß winken. Ganz einfach!

Einfach war die Sache mit Aaron jedoch nicht.

Keine Ahnung, in was sich der Mann da hineinmanövriert hatte. Eines war jedoch schon jetzt klar: Er war nicht einfach schwarzgefahren oder hatte im Supermarkt eine Packung Kaugummis mitgehen lassen. Die Schwierigkeiten, in die Aaron hineingeraten war, waren eindeutig eine Nummer größer als ein kleiner Ladendiebstahl. So groß, dass sich die geballte exekutive und judikative Staatsgewalt seiner angenommen hatte.

Es lag nun an uns, einen Ausgleich zu schaffen. Denn die Polizei und die Staatsanwaltschaft hatten sich scheinbar schon ihre Meinung gebildet. Wir drei Frauen waren im Moment Aarons einzige Chance, Beweise für seine Unschuld zu finden. Oder wenigstens dafür, dass Aaron nicht das kriminelle Superhirn war, zu dem ihn der Staatsanwalt machen wollte.

Meine Gedanken kreisten derart um die Lage, in die sich Frau Wagners Enkel gebracht hatte – und um die Lage, in die uns Frau Wagner gebracht hatte –, dass ich gar nicht bemerkte, wie Sabine wieder in die Küche kam.

»Wir haben ein Problem. Ein richtig fettes«, schimpfte Biene.

Ich drehte mich um und fing ihren Blick auf. Sollten wir doch lieber die Finger von der Sache lassen?

»Was für ein Problem?«, schluchzte Frau Wagner, die sich nicht mehr gegen ihre Tränen wehrte.

»Ich brauche was Stärkeres als Tee.« Entschlossen lief Sabine zum Hängeschrank über der Spüle.

»Hände weg vom Alkohol. Du bist schwanger!« Ich griff Sabines Arm, um sie aufzuhalten.

»Das weiß ich nur zu genau«, knurrte sie mich an. »Aber danke, dass du mich immer wieder daran erinnerst! Lass mich los. Ich will mir einfach nur einen Kaffee machen. Das werde ich ja wohl noch dürfen.«

So heftig hatte ich Sabine noch nicht erlebt. Was Hormone alles anrichten konnten ... Trotzdem konnte ich mir die Bemerkung: »Soll auch nicht so gut fürs Baby sein«, nicht verkneifen. Auf Bienes bösen Blick hin meinte ich kleinlaut: »Mach mir auch einen mit«. Ich hatte nicht den Mut, mich zwischen eine Schwangere und ihre Gelüste zu stellen. Irgendwo hatte ich mal gehört, dass man dabei immer den Kürzeren zog. Und da sage noch mal einer, ich wäre nicht lernfähig.Bei unserem kleinen Schlagabtausch hatten wir Frau Wagner völlig vergessen. Sie stand in der Küchentür und wühlte in ihrer Handtasche.

»Wo wollen Sie hin?«

»Sie hätten mir sagen sollen, dass Sie schwanger sind. Wenn ich das gewusst hätte, dann wäre ich hier niemals aufgetaucht. Ich werde bestimmt jemand anderen finden, der mir hilft.«

Das klang nicht sehr überzeugend und entsprach auch nicht der Wahrheit. Sie würde niemanden finden.

»Setzen Sie sich wieder hin«, kommandierte Sabine in einem Ton, der uns deutlich machte, dass wir unsere Gesundheit aufs Spiel setzten, wenn wir ihrem Befehl nicht Folge leisteten. »Ich mache uns jetzt erst mal einen Kaffee und dann entwerfen wir einen Plan.«

»Einen Plan! Toll, an Plänen war nichts Falsches«, dachte ich. »Generell konnten Pläne wirklich super funktionieren. Nur leider nicht, wenn ich ein Teil davon war.«

17. Juli – 01:23 Uhr – Mein Schlafzimmer – Sorry, Bienes Schlafzimmer

Was hatten wir uns da nur eingebrockt?

Gegen Aaron wurde eine Anklage wegen Drogenhandel, Verstöße gegen das Betäubungsmittelgesetz, Schmuggel, Hehlerei und möglicher Verstöße gegen das Tierarzneimittelgesetz vorbereitet. Ein einziger Anruf und Sabine wusste alles, was die Polizei wusste: Bei einer Routinekontrolle auf der Autobahn war ihnen Aarons Kleintransporter aufgefallen. Nicht wegen überhöhter Geschwindigkeit oder verkehrstechnischer Mängel am Fahrzeug – nein, im Gegenteil, weil er sich zwanghaft an alle Regeln hielt und immer knapp unter dem Tempolimit blieb, waren die Polizisten stutzig geworden. Es hatte sich einfach mal wieder das Bauchgefühl eines Beamten ausgezahlt. Der Wagen war bis unter die Decke voll mit Tiermedikamenten aus serbischen Beständen. Was nicht so schlimm gewesen wäre, wären die Transportunterlagen echt gewesen. Genau genommen waren sie echt, aber nicht rechtmäßig. Die Formulare kamen wirklich aus einer serbischen Behörde, nur die Unterschrift war gefälscht. Die Person existierte noch nicht einmal.

»Warum haben die denn so genau nachgesehen? Sieht fast so aus, als hätte die Polizei nach ihm gesucht.«

»Zumindest ließ er einige Alarmglocken läuten.« Sabine streckte sich auf dem Bett aus und schob ein Kissen unter ihren Arm. »Wie es aussieht, war das nicht seine erste Tour. Wenn die ihm jetzt noch einen Mord unterschieben, dann wird er nie wieder das Tageslicht sehen.«

»Es sei denn, er bekommt eine Zelle mit Fenster.« Den Spruch konnte ich mir einfach nicht verkneifen. »Ich frage mich, wie er das alles allein geschafft haben will. Mit der Zahl an Straftaten wäre sogar eine ganze Organisation tagesfüllend beschäftigt, geschweige denn ein einzelner Mann.«

»Und wann hat er die Kontakte geknüpft, die man für so ein Unternehmen braucht? Er muss sich jeden Abend in den Clubs der ganzen Stadt rumgetrieben haben. Oder jemand hat ihn direkt an der Uni angesprochen. Frau Wagner hält sich ziemlich tapfer«, meinte Sabine und streckte sich lang aus. »Sie ist nicht zusammengebrochen und hat es allein nach Hause geschafft. Aber wir sollten auf sie aufpassen.«

Ich nickte automatisch, denn ich war mit meinen Gedanken völlig woanders. »Tiermedikamente als Drogen? Das ist doch schräg. Ich kann mir das irgendwie nur schwer vorstellen.«

Biene massierte vorsichtig ihre Schläfen. »Ich weiß nur, was mir Christine aus den Unterlagen vorgelesen hat. Und da stand das so drin.«

Christine war eine treue Kundin von Sabine und arbeitete in der Buchhaltung des LKA. Als solche hatte sie zwar keinen umfassenden Zugriff auf die Unterlagen der einzelnen Abteilungen, aber sie konnte jeden Vorgang einsehen, für den Gelder genehmigt werden mussten. So auch für Hausdurchsuchungen inklusive des offiziellen Beschlusses. Und da auch sie häufig Arbeit mit nach Hause nahm, konnte sie uns auch mitten in der Nacht weiterhelfen.

»Ich wüsste wirklich gern, wie du Christine dazu überreden konntest. Wenn das rauskommt, verliert sie ihren Job.«

Sabine lachte. »Sagen wir mal so: Ich habe ihr vor sehr langer Zeit das Leben gerettet.«

Jetzt lachte ich. »Das ist mir zu pathetisch. Los, sag schon, was genau hast du angestellt?« Ich stupste Sabine an, denn ich wusste, dass sie gern überredet werden wollte, die Geschichte zu erzählen.

»Gut. Das ist eh schon verjährt und nicht mehr beweisbar. Als wir fünfzehn waren, sind Chrissy und ich von der Polizei verhaftet worden.«

Interessiert machte ich es mir auf meiner Seite des Bettes bequem. Ich war so aufgedreht, dass ich noch nicht einmal müde war. Daran war bestimmt der Kaffee schuld.

»Wir hatten ein paar Gramm Cannabis dabei. Wesentlich mehr als für den Eigenbedarf. Wir waren unterwegs zu einer Party bei einem Freund in irgendeinem kleinen Kaff auf dem Land. Na ja, das erklärt wohl alles. Die Bullen glaubten uns nicht. Also bekamen wir eine Akte mit allem Drum und Dran. Du weißt schon. Es kam nie zu einer Verhandlung. Alles verlief irgendwie im Sand. Aber die Akte war immer noch da. Als Chrissy sich für den Job beim LKA bewerben wollte, hatte sie Angst, dass alles rauskäme. Also fuhr ich eines Nachts wieder in dieses Kaff und habe mich in das Polizeirevier reingelassen. Hab die Akte gefunden, mitgenommen und verbrannt.«

Mit offenem Mund starrte ich sie an.

Sabine lachte laut auf, als sie an diesen Tag zurückdachte. »Zum Glück hatten die damals so wenige Computer, dass sie noch alles auf Papier angelegt haben. Oder wir waren nicht so wichtig. Egal. Ich hatte das Problem gelöst, und Chrissy hat uns bei unserem Auftrag geholfen.«

»Und wie soll es jetzt weitergehen? Ich meine, nach allem, was wir bisher schon wissen, kann uns die ganze Geschichte ziemlich heftig um die Ohren fliegen.« Nicht, dass ich Frau Wagner nicht helfen wollte. Aber das hier war etwas mehr, als nur mal schnell den Müll rausbringen. »Egal wie, Frau Wagner hat uns in der Hand. Wir haben Frau Ehrlich geholfen, auch wenn wir nicht direkt darum gebeten worden sind«, seufzte ich.

»Sie hat uns nicht mal *indirekt* gebeten.« Biene konnte sich ein Grinsen nicht verkneifen.

»Es war ein Unfall ...«, rief ich und boxte sie gegen den Arm.

»Und als solchen hat die Polizei es auch eingestuft. Wenn sie keinen neuen Hinweis erhalten, und das haben und werden sie nicht, werden sie nie erfahren, was wirklich passiert ist«, redete Biene auf mich ein.

»Und jetzt glaubst du, wir kommen immer mit solchen Aktionen durch?« Ich stand auf und begann aufgeregt im Zimmer auf und ab zu laufen.

»Nicht immer. Denn es muss ja nicht immer so enden. Frau Wagner weiß nicht mehr ein noch aus. Wir sind die Einzigen, die helfen wollen. Auf alle Fälle sind wir die Einzigen, die ihr überhaupt zuhören. Was die Staatsanwaltschaft gegen Aaron in der Hand hat, ist erdrückend.« Biene unterstrich ihre Worte mit wilden Gesten. Doch plötzlich ließ sie ihre Arme fallen, so als wäre alle Kraft aus ihnen gewichen. »Verdammt, Anja, ich hab in meinem Leben so gut wie alles falsch gemacht. Ich hab die Schule geschmissen, mich in die falschen Männer verliebt und einen Job, der einen wahrlich nicht reich macht. Ich überlege oft, was gewesen wäre, wenn ich jemanden gehabt hätte, der mir mal zugehört, mir einen Rat gegeben oder mir einfach geholfen hätte. Ich verdiene im Moment gerade mal tausendzweihundert Euro. Brutto! Abzüglich der Steuern bleibt da nicht mehr viel. Wenn das Baby da ist, kann ich mir nicht einmal mehr eine eigene Wohnung leisten, denn an Vollzeitarbeit ist dann nicht mehr zu denken.

Kindergärten hin oder her. Die sind zeitlich einfach nicht flexibel genug!«

Ich schwieg und ließ Biene sich weiter ihren Frust und ihre Angst von der Seele reden.

»Es kann noch so viele Kindergärten geben, wenn die Firmen und Unternehmen nicht gewillt sind, Frauen mit Kindern einzustellen, dann bleibt uns nur Hartz IV. Wir werden immer arm sein, verstehst du? Ich meine, ich habe kein Problem damit. Aber was wird mit meinem Kind sein? Welche Chancen hat es denn im Leben, wenn niemand da ist, der uns hilft?«

Ich wusste genau, wie Biene sich fühlte. Ich war zwar nicht schwanger, aber auch ohne Kind hatte ich nach dem Studium mein berufliches Leben nicht auf die Reihe bekommen. Und das lag wahrlich nicht nur allein an mir. Ich konnte mein Bestes geben, aber niemand wollte es sehen. »Wir werden das Baby mit Liebe überschütten. Mit Zeit zum Spielen, Reden und was man sonst noch so als Familie machen kann. Wir werden es schaffen. Es gibt einen Weg, ich weiß es.«

»Siehst du.« Biene sah mich mit einer Mischung aus Überraschung, Freude und Stolz an. »Du willst mir helfen, und das, obwohl wir uns noch nicht einmal so lange kennen. Ohne lange zu überlegen, hast du einfach *Ja* gesagt, als ich dich um Hilfe gebeten habe. Und das will ich auch, verstehst du? Ich kann jemandem helfen, sich aus einer scheinbar ausweglosen Situation zu befreien. Selbst wenn es nicht klappt, habe ich es wenigstens versucht. Ich will mit meinen Möglichkeiten Menschen helfen, denen niemand anderer hilft. So wie du mir gerade hilfst, verstehst du? Ich will etwas Bedeutsames, etwas Richtiges tun.« Erschöpft von ihrem

Ausbruch lehnte sich Biene gegen ein Kissen. »Außerdem können wir keinen Rückzieher mehr machen. Wir haben Frau Wagner versprochen, Aaron da rauszuboxen.«

»*Du* hast es ihr versprochen«, betonte ich.

Sabine zuckte die Schultern und meinte amüsiert: »Was macht das für einen Unterschied? Ich bin schwanger. Du musst mir helfen.«

Biene war wieder ganz die Alte. Taff und unerschrocken, so wie ich sie vor drei Jahren kennengelernt hatte. Damals war ich in Tränen aufgelöst in den Salon gestolpert, kurz vor einem Nervenzusammenbruch. In einer Stunde hatte ich eine wichtige mündliche Prüfung, aber keine Frisur. Auf dem Weg zur U-Bahn hatte jemand seine brennende Zigarette aus dem Fenster geworfen und die war ausgerechnet auf meinem Kopf gelandet. Hätte ein kleiner Junge, der mit seiner Mutter auf dem Weg zum Kindergarten war, nicht gerufen, dass mein Kopf qualmen würde, hätte ich es erst gemerkt, wenn ich Flammen gestanden hätte. Biene vollbrachte ein kleines Wunder, kostenlos. Die Prüfung hatte ich vergeigt, aber Sabine und ich blieben in Kontakt. Und daraus entwickelte sich eine Freundschaft, wie ich sie bisher noch nicht gekannt hatte. Wir trafen uns mindestens einmal die Woche, spazierten durch die Stadt, machten die Flohmärkte unsicher und stromerten am Museumstag durch jede Ausstellung der Stadt. Ich litt mit Biene, wenn sie mal wieder den falschen Mann traf, und sie schleppte mich von einem Blind Date zum nächsten. Unser Reichtum ließ sich nicht am Kontostand ablesen. Unser Reichtum belief sich in Lachen und Schwesternschaft.

»Wird das jetzt die Ausrede für die kommenden sieben Monate?«, lachte ich auf.

»Ja. Und die Zeit danach.«

Ich sah sie direkt an.

»Was ist?«, fragte sie irritiert. »Hab ich was im Gesicht?«

»Willst du bei mir einziehen?«

»Wie jetzt? Für immer?«

»Na ja, das vielleicht nicht. Wer weiß schon, ob wir uns in fünfzig Jahren immer noch gut verstehen werden. Aber ja! Bis das Kleine Abitur hat, kann ich mir sehr gut vorstellen, gemeinsam mit dir in einer WG zu leben.«

Stumm sah Biene mich an. So lange, dass ich es ein wenig mit der Angst bekam. Hatte ich mich zu weit vorgewagt?

Doch statt einer Antwort sprang Sabine schließlich auf, riss mich an sich und umarmte mich so fest, dass mir die Luft wegblieb.

»Lass mich los. Lass mich los«, presste ich hervor. »Oder willst du die Wohnung für dich allein haben?«

Sie ließ mich frei. »Ich bin so glücklich. Ich kann es gar nicht fassen. Danke, danke, danke!«

Damit war das also geklärt.

»Nur«, sie sah sich um und mir schwante Böses. »Dann brauchen wir noch ein paar Sachen. Wohnzimmermöbel haben wir ja jetzt, aber«, Biene sprang auf und rannte in die kleine Abstellkammer, »du brauchst unbedingt ein eigenes Bett in deinem neuen Zimmer.«

Ich seufzte ergeben und schaute mich in meinem alten Zimmer um, in dem nun Bienes Umzugskartons kreuz und quer verteilt waren. Das würde ab sofort das

Reich von Biene und dem Baby sein. Mir blieb die Abstellkammer.

Wir brauchten wirklich unbedingt noch weitere Möbel. Auch wenn Sabines provisorisches Bett erst einmal reichen würde, brauchte ich eine schmalere Schlafstätte, die in das kleine Zimmer direkt neben der Eingangstür passte. Wir mussten eine Wiege, Wickeltisch und noch vieles mehr kaufen. Aber wo? Normalerweise waren Flohmärkte meine bevorzugten Jagdreviere. Doch lieferten die meist nicht frei Haus und große Möbelstücke waren dort eher selten zu finden.

Sicher, das Internet wäre noch ein Weg, doch ich besaß weder Computer noch Smartphone. Ich hatte keine Lust, mich mit Routern, Mobilfunkverträgen und dem ganzen Kram zu beschäftigen. Wobei ... ehrlich gesagt war das nur eine Ausrede. Das bisschen Geld, das ich verdiente, ging für den Lebensunterhalt und die Rückzahlung meines BAföG-Kredits drauf. Wenn doch mal etwas übrig blieb, dann ging ich lieber ins Kino oder traf mich mit Freunden in unserem spanischen Lieblingsrestaurant auf einen Wein. Noch kam ich ganz gut mit meinem alten, treuen Klapphandy klar. Wenn ich wirklich mal das Internet brauchte, dann fuhr ich zur Stadtbücherei. Und manchmal reichte es auch, wenn man jemanden kannte, der einen Computer besaß.

»Ich geh mal rüber zu Sadik und frag ihn, ob ich mir sein Laptop ausleihen kann.« Ich lief in den Flur, hellwach und zu jedem Blödsinn bereit. Ich war völlig überdreht.

»Um die Uhrzeit? Ich meine, wenn du einen Vorwand brauchst, um mit dem knackigen Kerlchen allein zu sein, dann nur zu«, rief Biene mir hinterher. »Aber mit einem Computer kann ich dir auch dienen.«

»Gott, kannst du auch noch an etwas anderes als Sex denken?« Manchmal hasste ich ihre Anspielungen. Vor allem dann, wenn ein Tröpfchen Wahrheit in ihren Worten lag.

»Im Moment? Nee. Meine Hormone schlagen Purzelbäume. Ehrlich, ich war in meinem ganzen Leben noch nie so geil!«

Erschreckt hielt ich mir die Ohren zu. »Lalalalala. Ich kann dich nicht hören. Ich kann dich nicht hören! Lalalala ...« Aber ich hörte sie natürlich trotzdem. »Außerdem, was meinst du mit: *Du kannst mir mit einem Computer dienen?* Ich dachte, du hast keinen?« Ich ließ meine Hände wieder sinken.

»Genau genommen«, antwortete meine neue beste Freundin, lief in ihr Zimmer und kramte in einer Umzugskiste, »ist es gar nicht meiner. Tadaaa!« Sie drehte sich um und präsentierte mir einen silbernen Kasten von der Größe eines A4-Blattes. Sabine öffnete ihn. Auf dem Monitor erschien ein Bild von Richard auf einem riesigen Segelboot.

»Scheiße! Du hast nicht wirklich den Computer deines Freundes mitgehen lassen?« Ich war perplex über die Dreistigkeit meiner Freundin. Oder über ihre Dummheit!

»Ex, Schätzchen. Ex-Freund!«

»Ja, nach der Aktion bestimmt. Verdammt, wenn er das rauskriegt, sind wir geliefert!«

»Wie soll er das denn herausbekommen?« Sabine lief ins Wohnzimmer, schmiss sich in den Ohrensessel, verschränkte ihre Finger ineinander und ließ sie knacken.

»Und? Wonach suchen wir?« Über den freien WLAN-Zugang meines Nachbarn unter uns loggte sie sich ein und öffnete den Internet-Browser.

»Nach einem Bett für mich«, antwortete ich und zog mir einen Sessel von Bienes Oma herüber.

»Wird ja auch langsam Zeit«, zwinkerte Sabine anzüglich zurück.

Hätte ich nicht genervt die Augen verdreht, wäre mir vielleicht das fröhlich leuchtende Lämpchen, winziger als der Kopf einer Stecknadel, neben der Laptop-Kamera aufgefallen.

06

Liebes Leben

17. Juli – 03:03 Uhr – Unser Wohnzimmer

Es lebe das Internet. Immer geöffnet. Bereit, einem zu jeder noch so unchristlichen Tageszeit das Geld aus der Tasche zu ziehen.

Biene bestand darauf, dass ich mir ein ordentliches Bett zulegte.

Keine einfache Sache. Nicht, dass ich zu anspruchsvoll war. Es war eher die Tatsache, dass Biene auf ein Doppelbett bestand und ich eher zu einem Einzelbett tendierte. Ich spielte im Einzel, nicht im Doppel.

Erschwerend kam hinzu, dass das leere Zimmer ziemlich klein war. Aber Biene ließ nicht locker, und dann wurden wir bei eBay fündig.

Also ersteigerte ich mit meinen letzten paar Kröten ein gusseisernes Original mit einem ultrakitschigen Kopfteil aus dem vorigen Jahrhundert. Nun mussten wir nur noch bis zum Mittag warten, denn der Verkäufer war so nett, das schmale Doppelbett bis vor die Haustür zu liefern.

Sabine gähnte herzhaft. »Jetzt bin ich aber wirklich müde.«

»Ich nicht. Ich bin total aufgekratzt.«

»Also, ich hau mich jetzt hin. Ich muss in fünf Stunden wieder raus.«

»Fängst du später an?«

Sabine nickte. »Hab den ersten Kunden erst um neun Uhr dreißig. Das ist mal eine humane Zeit.«

»Na dann, schlaf gut«, wünschte ich ihr und machte es mir in dem alten Ohrensessel gemütlich. Doch müde wurde ich immer noch nicht.

Ich schloss den Laptop und das Zimmer versank in Dunkelheit. Nicht finster, nur dunkel, denn über meiner Stadt lag immer ein Lichtschimmer.

Ich weiß nicht, wie lange ich so dasaß. Eigentlich wollte ich nachdenken, aber mein Kopf war leer. Dumpfe Geräusche drangen vom Hof zu mir nach oben, unterbrochen vom Zirpen einer Grille.

Dann hörte ich das Klappern eines Schlüsselbundes.

Vielleicht ein Einbrecher?

Barfuß schlich ich zum Türspion.

Kein Einbrecher! Ich atmete erleichtert aus. Es war Sadik, der versuchte, seinen Schlüssel in mein Schloss zu manövrieren. Scheinbar hatte er ein wenig zu viel getankt.

Ich öffnete die Tür. »Kann ich dir helfen?«

Erschreckt zuckte Sadik zurück. »Mann, hasst du mich so sehr, dass du mir als Revanche einen Herzinfarkt verpassen willst?«

»Wow. Du solltest heute eine Sonnenbrille tragen, wenn du zur Arbeit gehst. Überhöhter Alkoholkonsum soll lichtempfindlich machen. Und außerdem hast du dich in der Tür geirrt.« Ich wedelte mit einer Hand durch die alkoholgeschwängerte Luft.

Sadik grinste mich schief an und stützte sich an der Wand ab.

Ich nahm seinen Schlüssel und öffnete seine Tür. »Gab's was zu feiern?«

»Zu feiern?«, lallte mein Nachbar. »Zu feiern gibt es doch immer was, oder?« Er legte seine Hand auf meinen Hintern und schob mich in seine Wohnung.

»Hey, hey, mal langsam, Brauner«, wehrte ich ihn ab.

Lachend legte er mir seinen Arm um die Schultern. Keine zärtliche Geste, eher als suchte er nach einer Stütze, um nicht hinzufallen.

»Na los, am besten du legst dich gleich hin.«

Wir schwankten in Richtung Schlafzimmer, das gegenüber der Eingangstür lag.

Sadik ließ sich direkt aufs Bett fallen und zog mich mit sich. »Du bist so süß und du riechst so lecker.«

»Und du bist stockbesoffen!« Was meinen Körper nicht davon abhielt, auf Sadiks Nähe zu reagieren. Eine Hitzewelle erregte mich, aber ich riss mich los. War ich komplett bescheuert? Der Kerl war so zu, dass er sich an nichts mehr erinnern würde – wenn überhaupt etwas passierte.

»Bleib noch liegen. Lass uns kuscheln, dann kann ich besser einschlafen«, murrte Sadik, als ich mich aus dem Bett schob.

Ich warf ihm ein Kissen zu. »Nimm das, das ist genauso gut.«

Er zog es an sich und schlief direkt ein.

Aus Sadiks Abstellkammer holte ich einen Eimer und ein paar Handtücher und platzierte die Sachen neben seinem Bett. Dann stellte ich noch den Wecker auf 07:30 Uhr, dann käme er nirgends zu spät. Es sei denn, er arbeitete als Bäcker. Aber der Job passte nicht zu ihm. Komisch, nicht? Da kannte ich Sadik seit Jahren und wusste nicht, womit er sein Geld verdiente.

»Schlaf gut«, flüsterte ich.

Als ich gerade zur Tür lief, hörte ich Sadik murmeln: »Ich liebe dich«.

Was wohl Siegmund Freud dazu sagen würde?

17. Juli – 09:54 Uhr – Meine Abstellkammer

Ich erwachte mit einem Kater.

Einem Muskelkater.

Ich streckte mich auf der Luftmatratze aus und ließ meine Knochen knacken, und der erste Gedanke, der mir in den Kopf kam, war, ob Sadik diesen Satz ernst gemeint hatte.

Vergiss es, wisperte meine innere Stimme.

Ich blinzelte schlaftrunken in meine Abstellkammer, in der ich es mir für den Rest der Nacht bequem gemacht hatte. Die Matratze hatte ich mir aus Sadiks Wohnung mitgenommen. Sobald mein Bett da war, würde ich sie ihm zurückbringen.

Ich schreckte auf: das Bett!

Wann wollte der Transporter noch mal kommen?

Nachdem ich mich vorzeigbar hergerichtet und mir zwei Espressi einverleibt hatte, blieben meine Augäpfel endlich an dem von der Natur für sie vorgesehenen Platz stehen.

Ich brachte Wasser zum Kochen und goss Tee auf, den ich später in einen erfrischenden Eistee verwandeln wollte. Damit war mein Tagwerk so gut wie vollbracht.

Ich schlenderte durch die Wohnung und kam mir ein wenig verloren vor. Normalerweise hätte ich heute einen kleinen Spaziergang über die Flohmärkte der Stadt unternommen. Doch stattdessen blieb ich zu Hause und wartete auf die Lieferung meines Bettes.

Dummerweise hatte ich keinen Fernseher, um mir die Langeweile zu vertreiben. Ich schnappte mir meine Schlüssel und rannte ins Vorderhaus. In dem kleinen Tante-Emma-Laden kaufte ich mir die aktuelle Tageszeitung. Die ganze Zeit über behielt ich unsere Zufahrt im Auge. Auf keinen Fall wollte ich den Lieferwagen verpassen. Aber ich verpasste nichts.

Um die Mittagszeit fielen mir langsam, aber sicher die Augen zu. Um mich wachzuhalten, putzte ich die Wohnung – erneut. Zwei Stunden später hatte ich alle Staubflusen und Spinnweben von den Wänden abgesaugt, die Fenster samt Rahmen geputzt, alle Möbel abgewischt, auch hinter den Schränken, und hatte die Bücher aus- und wieder eingeräumt. Hatte jedes Glas, jeden Teller und jede Tasse abgewaschen. Reinigte das Besteck und jeden einzelnen Topf, den ich finden konnte. Jetzt blieben nur noch die Böden übrig.

In der gesamten Wohnung waren die originalen Holzböden erhalten geblieben. Bevor ich eingezogen war, hatte ich die alten Teppichböden herausgerissen und war froh, dass sie nicht vollflächig verklebt worden waren. Danach hatte ich vorsichtig vier Schichten Farbe von den Holzdielen abgetragen und sie versiegelt. Als ich fertig war, erstrahlte das Holz in all seiner orange-braunen Patina und machte die Wohnung zu einem kleinen Palast.

Gerade tauchte ich meine Arme, die in quietschgelben, ellbogenlangen Gummihandschuhen steckten, in den Eimer mit Wischwasser, als es an der Tür klingelte.

Aufgeschreckt schaute ich mich nach einem Handtuch um, fand keines und wollte gerade die Handschuhe abstreifen, als es erneut klingelte, dreimal hintereinander.

»Ich komme ja!«

Mit tropfenden Händen drückte ich die Klinke mit dem Ellenbogen herunter und trat einen Schritt zurück.

Mir gegenüber stand ein Schrank von einem Mann, komplett in Schwarz gekleidet: schwarzes T-Shirt, das eine Nummer zu klein schien, und schwarze Cargohose, die in schwarzen Boots steckte. Er war zwei Köpfe größer als ich und mit Muskeln an Stellen bepackt, von denen ich nicht einmal geahnt hatte, dass der menschliche Körper dort welche ausbilden konnte. Seine blonden Haare hielt er militärisch kurz, was hieß, dass er sie bestimmt jeden Morgen mit einem Rasierer, längste Stufe, kämmte. Aus einem stoischen Gesicht schauten mich zwei graugrüne Augen herausfordernd an.

»Ja?« Fragend zog ich die Augenbrauen nach oben und hielt meine Arme in die Höhe, als würde ich gerade zu einer Operation gerufen.

»Das Bett.«

»Hä?«

»Ich bringe das Bett.« Sein wohltönender Bass ließ die Härchen auf meinen Armen leicht beben.

»Oh! Ach so.« Ich schaute hilfesuchend hinter mich in die Wohnung. Warum, wusste ich nicht, denn dort war niemand.

»Ich brauche Hilfe beim Tragen.« Er sprach langsam, akzentuiert, und ich fragte mich unwillkürlich, ob er das nur mit mir machte oder ob er alle Menschen für leicht begriffsstutzig hielt.

»Tja, dann. Einen Moment bitte.« Ich lief zurück in die Küche. »Ich leg nur schnell die Handschuhe ab, dann kann ich mit nach unten kommen und Ihnen helfen.«

In meinem Rücken hörte ich ein komisches Geräusch, eine Mischung aus Gurgeln und Kichern. »Nichts für ungut. Aber ich denke nicht, dass Sie mir eine große Hilfe wären«, erwiderte der Mann und scannte mich mit seinem Blick.

Okay, ich reichte ihm gerade mal bis zu den Achseln und ich war vielleicht ein Drittel von ihm, aber: »Wenn ich will, dann kann ich eine Kuh fliegen lassen«, behauptete ich dreist.

»Wenn sie einen Gürtel aus Luftballons trägt, bestimmt.« Seine Mundwinkel zuckten belustig.

Leicht angefressen stampfte ich vor dem Mann die Treppe hinunter. Ich gab mich kämpferisch. Auf dem Foto sah das Bett nicht sonderlich schwer aus, nur sperrig. Wo war also bitte das Problem?

Im Hof angekommen blieb ich vor einem schnittigen Ford Transit, 2,2-l-TDCi mit 74 kW, geringem cW-Wert und einem Kraftstoffverbrauch von schätzungsweise 6,8 l auf 100 km, stehen.

Seine pechschwarze Lackierung war spiegelglatt poliert und glänzte wie eine dicke Wasserwanze in der Nachmittagssonne. Ein leiser Seufzer entwich meinem

Mund. Ich gebe es zu, ich habe eine Schwäche für amerikanische Autos, wenn auch eher für Muscle-Cars wie den Ford *Mustang* oder den Chevrolet *Camaro*. Und für Männer, die solche Autos fuhren.

Mein Helfer öffnete die hinteren Türen des Transporters und gab den Blick auf das zerlegte Bett frei. Ein Kopfteil, ein Fußteil, zwei Seitenteile und ein Lattenrost von einem Meter zwanzig mal zwei Meter mit passender Matratze. Freudige Erregung ergriff mich: mein erstes richtiges Bett seit Kindertagen.

Ich griff mir das Kopfteil am Fuß und zog kräftig daran, aber mehr als ein paar Millimeter schaffte ich nicht, es zu bewegen.

»Ich dachte, ich sollte Ihnen helfen?«, sagte ich patzig und drehte mich zu dem Mann um, der sich nur unzureichend ein Grinsen verkneifen konnte. »Warum fassen Sie dann nicht mit an?«

Kommentarlos griff er sich das Kopfteil und zog es bis zur Hälfte aus dem Wagen. Dann griff ich zu und stemmte meine Beine in den Boden. Das Teil würde doch schwerer sein, als ich dachte. Dass es mir aber fast die Arme ausriss, das hatte ich nicht erwartet. Tapfer hielt ich bis zur Treppe durch.

»Wir sollten das Teil mal abstellen und ausknobeln, wer die Treppe als Erstes hochläuft.«

Dankbar für den Vorschlag stellte ich meine Seite so vorsichtig es ging auf dem Fliesenboden ab und schnappte nach Luft.

»Sind Sie sicher, dass Sie das schaffen? Ich würde nur ungern mit ansehen, wie Sie auf den Stufen kollabieren. Allein kann ich das Teil sicher nicht halten.«

Ich stemmte meine Hände in die Hüften. »Ich schaff das.« Und setzte nach einer Pause kleinlaut hinzu. »Wenn wir zwischendrin noch mal eine Pause einlegen könnten ...«

»Okay, dann gehen Sie voraus, und ich werde hinter Ihnen laufen, dann liegt das Gewicht mehr bei mir«, stimmte er meinem Vorschlag zu.

Und ich renke mir den Rücken aus, dachte ich.

Auf drei hoben wir das Teil wieder an und schnauften Stufe für Stufe nach oben.

»Wir stellen es am besten gleich ins Zimmer ans Fenster«, presste ich hervor. Gesagt, getan.

Stöhnend stemmte ich meine Hände ins Kreuz und versuchte meine Wirbel wieder an die richtige Stelle im Rückgrat zu schieben.

»Ich brauch jetzt erst mal einen Schluck Wasser.« Ich ging in die Küche und kam mit zwei großen Bierkrügen, gefüllt mit Leitungswasser, wieder zurück. Der Mann stand vor dem Fenster und schluckte das ganze Licht. Dankbar trank er den Krug in einem Zug leer.

»Na dann. Kümmern wir uns noch um die restlichen Teile.« Anerkennend nickte er mir zu. »Die dürften nicht mehr so schwer sein.«

Wenig später hatten wir das Bett gemeinsam aufgebaut und die Matratze eingelegt. Ich verabschiedete mich vom *Schrank* und bat ihn, nicht sauer zu sein, dass er noch einmal wiederkommen musste, denn ich hatte leider nicht genug Geld im Haus. Peinlich, peinlich. Aber ihm schien es nicht viel auszumachen.

Erleichtert ließ ich mich in mein neues Bett fallen, um schon einmal Probe zu liegen. So gut es ging, rekelte ich mich und hörte meine Wirbel fröhlich knacken.

»Ich hoffe mal, ich soll das nicht als Einladung verstehen.«

Aufgeschreckt sprang ich aus dem Bett und schlug mir meinen linken Knöchel an.

»Autsch, verdammt!« Humpelnd hielt ich mich am hinteren Bettpfosten fest. »Was machst du hier? Wie kommst du hier überhaupt rein?«, wollte ich von Sadik wissen.

»Die Tür stand offen und ich hörte dich stöhnen«. Er zuckte entschuldigend mit den Schultern und grinste mich frech an. »Ich wollte nur nachschauen, ob es dir gut geht.«

Mein Blick durchbohrte ihn.

»Ich hab den Kerl aus deiner Wohnung kommen sehen.« Sadik wies mit seinem rechten Daumen hinter sich in Richtung Treppenhaus. »Na ja, ich hab ihn hier noch nie gesehen und er kam mir irgendwie unheimlich vor.«

»Und da hast du dir gedacht: ›Wie komisch! Es kommen doch sonst keine gutaussehenden Männer aus Anjas Wohnung. Was kann das denn nur bedeuten? Mal einfach reingehen und nachsehen‹.« Meine Worte tropften mit einer gehörigen Portion Sarkasmus aus meinem Mund. »Und was heißt hier unheimlich? Die Damen, die du so anschleppst, sind auch nicht gerade königlichen Geblüts.«

Sadik hob abwehrend die Hände und lief rückwärts aus der Wohnung. »Kein Grund, gleich in die Luft zu gehen. Ich wollte nur nachbarschaftliche Hilfe leisten. Du findest, der Typ sah gut aus?« Anstatt sauer zu sein, grinste er die ganze Zeit und brachte mich damit noch mehr auf die Palme. Auch, weil er die vergangene Nacht mit keinem Wort erwähnte.

Ich schob ihn aus der Tür und schlug sie hinter ihm zu.

17. Juli – 18:05 Uhr – In meinem Bett

Mein neues Bett war eingeweiht, von mir allein. Ich war nach Sadiks Abgang direkt eingeschlafen.

Als ich aufstand, zitterten meine Muskeln noch immer von der Anstrengung, das Bett die Treppe hinaufzuhieven. Ich beschloss, mich in der Wanne zu entspannen.

Auf dem Weg zum Bad sah ich den Eimer mit Seifenlauge im Flur stehen. Das Wasser, mit dem ich die Böden wischen wollte, war mittlerweile kalt, und ich hatte weder Kraft noch Lust, meine Arbeit zu beenden.

Mit dem Fuß schob ich den Eimer in die Küche. Ich würde ihn nachher auskippen. Im Moment waren meine Arme nicht in der Lage, irgendwas zu heben. Außer einem Glas Wein!

Ich tauchte in mein Schaumbad und hielt meinen Kopf unter Wasser. Beim Auftauchen schob ich mir die Haare aus der Stirn und seufzte zufrieden. Das Zittern ließ nach. Ein Hauch Merlot wehte vom Wannenrand herüber und so langsam gelang es mir, mich zu entspannen. Die Stille in der Wohnung wirkte wohltuend. Ich legte den Kopf auf den Rand der Badewanne und schloss die Augen. Mit meinem linken Fuß hob ich den Hebel der Mischbatterie und ließ etwas heißes Wasser nachlaufen.

Ich lächelte bei der Erinnerung an den Mann in Schwarz. An seine wachen Augen, die immer alles im Blick behielten. Und an sein Gesicht, das beim Lachen weicher wurde. Ich konnte mir zwar gut vorstellen, dass Menschen bei seinem Anblick das Weite suchten, aber ich fand ihn ganz anziehend. Irgendwie machte er auf mich nicht den Eindruck eines normalen Möbelpackers.

Ich wollte gerade ein wenig weiterträumen, als ich den Schlüssel in der Haustür hörte.

»Ich bin wieder da und hab uns was von *King Pow* mitgebracht. Für die Ente süßsauer könnte ich morden«, rief Sabine in die Wohnung.

Ich hörte sie in der Küche kramen, stieg aus der Wanne und zog meinen Bademantel über.

Als ich durch die Tür trat, fragte sie: »Was machst du denn um diese Uhrzeit in der Badewanne?«

»Ich musste meine Muskeln entspannen. Es war eine ganz schöne Plackerei, das schwere Bett nach oben zu schleppen.«

»Das Bett ist gekommen?« Sabine wurde ganz aufgekratzt. »Hast du es schon aufgebaut?«

Ohne eine Antwort abzuwarten, lief sie in mein neues Zimmer und schrie entzückt auf. »Wow. Das Teil sieht wirklich heiß aus. Und super bequem ist es auch. Da wirst du eine Menge Spaß drin haben, wenn du verstehst, was ich meine.« Biene zwinkerte mir zu.

Und zack, bekam ich einen knallroten Kopf und knurrte: »Ehrlich gesagt, ist *das* das Letzte, woran ich gerade interessiert bin.«

»Hat dein heißer Nachbar dir geholfen, das Monstrum nach oben zu tragen?«, wollte Sabine auf dem Weg zurück in die Küche wissen. Sie verteilte das Essen auf den Tellern. Ich zog mir schnell eine Jogginghose und ein T-Shirt über, und wir setzten uns.

»Der Typ, der das Bett geliefert hat, hat mir geholfen, oder besser gesagt ich ihm.« Ich schob mir die erste Ladung chinesisches Huhn mit Curry in den Mund. Ich hatte gar nicht gemerkt, was für einen Hunger ich hatte. »Der war irgendwie komisch. Ziemlich schweigsam, und er sah aus wie einer von diesen SWAT-Kerlen aus den Hollywoodfilmen.«

»Erzähl mir mehr!«

»Da gibt es nicht *mehr* zu erzählen.«

Sabine schaute mich herausfordernd an.

»Na gut«, gab ich nach. »Er sah ganz nett aus, auf eine muskelbepackte *Bruce-Willis-hey-Baby-lass-mich-mal-machen*-Art.«

Stumm kniff Sabine ihre Augen zusammen. Was wollte sie denn noch von mir hören?

»Ja, okay«, rief ich entnervt und wirbelte mit meinen Essstäbchen herum. »Er sah toll aus und ich würde ihn nicht von der Bettkante schubsen! Ist es das, was du hören willst?«

»Geht doch!«, kam als Kommentar.

Ich setzte nonchalant nach: »Er muss noch mal wiederkommen. Ich hatte nicht genug Geld im Haus.«

Biene klopfte sich mit ihrem Zeigefinger wissend gegen die Stirn. »Nicht genug Geld im Haus, hm?«

Ich versuchte sie zu ignorieren und blätterte den Rand der Tageszeitung wie ein Daumenkino durch. Sabine hatte sie auf dem Tisch abgelegt.

»Warum hast du eine Zeitung gekauft? Es interessiert dich doch sonst nicht, was da drinsteht.« Sabine schaute mich forschend an, als würde sie in mein Hirn kriechen wollen. »Du hast doch nicht etwa …?«

»Wo sollen wir denn sonst Informationen herbekommen? Wir müssen ja schließlich wissen, was die Polizei weiß.«

»Ja, das wird sie uns direkt über die Medien mitteilen. Mensch, Anja! Wir haben jetzt echt andere Probleme.«

»Die in direktem Zusammenhang mit dem ersten stehen«, rutschte es mir heraus.

Sabine schluckte und schwieg einen Moment. »Können wir uns jetzt auf das konzentrieren, was vor uns liegt? Bitte!«

Ich nickte. »Tut mir leid. Ich wollte nicht …«

Sabine winkte ab. Damit war meine Entschuldigung akzeptiert.

»Wie gehen wir weiter vor?«

»Ich muss dir was gestehen«, meinte Sabine.

Ich zog meine Augenbrauen fragend zusammen.

»Ich war heute nicht im Salon.«

»Wo warst du dann?«

Biene studierte sehr interessiert das Essen auf ihrem Teller.

»Sag's oder muss ich dich mit Essstäbchen foltern.«

»Ich war in Aarons WG.«

Mir blieb mein Mund offen stehen. »Du bist eingebrochen … ohne mich!?«

»Nein, nein«, wehrte Sabine ab. »Ich bin nicht eingebrochen. Das würde ja sonst zur Gewohnheit werden. Nein, der Hausmeister hat mich reingelassen, weil keiner der Jungs zu Hause war.«

»Wie?«

»Oh, ich habe ihm erzählt, ich wäre Aarons Freundin. Wir hätten uns heftig gestritten und ich wäre ohne meine Handtasche einfach rausgerannt. Kein Handy, kein Portemonnaie, du weißt schon, das ganze Programm.«

»Und natürlich hat er es dir abgekauft.«

»Der gute Mann ist Mitte sechzig und ziemlich einsam. Außerdem habe ich ihn gerade beim Mittagessen gestört. Er hat mir einfach den Generalschlüssel gegeben.«

»Tja, manchmal muss man einfach nur fragen, oder?«

»Genau.«

Ich schluckte den Rest gebratenen Reis herunter und fragte: »Hast du was gefunden?«

Sabine schüttelte den Kopf. »Die Polizei war natürlich schon vor mir da. Die haben in *Aarons* Zimmer buchstäblich alles auf den Kopf gestellt.«

»Mmh, dann hast du wohl etwas gefunden, was nicht in *seinem* Zimmer war«, folgerte ich mit meinem detektivischen Superhirn.

Sabine stand auf und holte etwas aus ihrer Handtasche, die im Flur lag. Sie legte ein Stück zerknülltes Papier auf den Küchentisch. »Eine Visitenkarte. Tierarztpraxis Dr. med. vet. Michael Brömmer.«

»Warum sollte das wichtig sein?«

»Überleg doch mal. Aarons Transporter war bis unter die Decke voll mit Medikamenten, die für Tiere zugelassen sind. Außerdem ist er unter anderem angeklagt wegen Verstoßes gegen das Tierarzneimittelgesetz.«

Fragend legte ich meine Stirn in Falten.

»Das bedeutet, er muss Kontakt mit den entsprechenden Kreisen gehabt haben.«

»Entweder mit den Herstellern oder einem Tierarzt!« Endlich ging mir ein Licht auf.

»Genau. Und ich verwette mein Dach über dem Kopf, dass es dieser Dr. Brömmer ist.« Biene tippte mit ihrem Fingernagel auf die Visitenkarte.

»Mein Dach!«, brummte ich und stand auf.

Sabine grinste.

Ich stellte mein Geschirr in das Spülbecken und warf die leeren Verpackungen vom Chinesen in den Mülleimer, wusch mir die Hände und goss mir noch ein Glas Rotwein ein. »Hast du schon etwas über diesen Doktor in Erfahrung gebracht?« Ich drehte die Karte zwischen meinen Fingern: »Im weiteren Feld 13, das ist am …«

»… am westlichen Stadtrand«, unterbrach Sabine meine Gedanken. »Da hat er vor zwei Jahren einen ziemlich großen Bungalow bauen lassen. Die Praxis ist mit der allerneuesten Medizintechnik ausgestattet. Darin befinden sich diverse Räume zur Unterbringung der Tiere und angeblich forscht er auch in seinem eigenen Labor.«

Ich war beeindruckt. Biene zuckte nur mit den Schultern.

»Steht auf seiner Website. Was nicht heißen muss, dass es auch stimmt. Was mich stutzig macht, ist, dass die Fotos scheinbar aus einem Katalog stammen.«

»Wo hast du das alles recherchiert, im Salon?«

»Nein, bei Aaron um die Ecke ist ein Internetcafé.«

»Sicherheitstechnik?«, wollte ich wissen.

»Darüber stand nichts auf der Website. Und das hätte mich auch gewundert.« Sabine stand auf und stellte ihr Geschirr in die Spüle. Dann holte sie den Laptop. »Aber das können wir noch checken.«

»Also, wenn wir den Rechner wirklich behalten wollen, dann sollten wir ein neues Foto als Bildschirmschoner nehmen. Irgendwie macht es mich nervös, wenn mich jedes Mal beim Einschalten Richard angrinst.«

»Das ändern wir ein anderes Mal. Jetzt will ich erst einmal recherchieren, ob es nicht noch etwas über den netten Herrn Doktor zu finden gibt. So rein kann seine Weste nicht sein.«

Wir suchten nach allen möglichen Stichworten, doch bis auf zwei kurze Zeitungsartikel über die Eröffnung der Klinik war nicht das Geringste zu finden.

»Komisch«, sagte ich. »Man sollte doch meinen, dass auch ein Tierarzt ein bisschen Werbung für sich macht. Zeig mir noch mal seinen Auftritt.«

Sabine nickte und tippte die Adresse in das Suchfenster.

»Mmmh«, brummte ich und rieb mir das Kinn. »Er sieht schon älter aus.«

»Schätzungsweise Mitte fünfzig, warum?«

»Na ja. Wenn er schon so lange als Tierarzt praktiziert, und das sollte er bei dem Alter, dann müsste man doch etwas über ihn finden. Ich meine, auch aus der Zeit, bevor er die Praxis hier gegründet hat.«

Sabine blieb stumm und tippte noch eine Weile auf der Tastatur herum, förderte aber nichts zutage, was wir nicht schon wussten.

Ich lief zum Kühlschrank, holte die angebrochene Weinflasche heraus und goss mir noch ein halbes Glas ein. Biene servierte ich Eistee im Weinglas.

»Also irgendwie finde ich das merkwürdig«, murmelte ich. »Der Kerl taucht einfach so auf, als hätte er in den Jahren davor nicht existiert.«

»Das kannst du so nicht wissen. Kann doch gut sein, dass er sich aus dem Internet rausgehalten hat.«

»Ich weiß nicht. Schade, dass du nicht hacken kannst, dann könnten wir seine Unterlagen bei den Behörden durchforsten. Steuererklärungen und das ganze Zeug.«

»Die illegalen Sachen überlasse ich gern dir«, spottete Biene.

»Vielen Dank«, murrte ich zurück und lächelte als Friedensangebot. »Ich hab so ein Gefühl, dass der liebe Doktor knietief in der Sache mit Aaron drinsteckt. Mit Sicherheit finden wir in seiner Tierarztpraxis Unterlagen, die Aaron entlasten können. Das sagt mir mein Bauchgefühl.«

»Das sind nur Blähungen«, winkte Biene grinsend ab. »Aber wenn du dir sicher sein willst, dann solltest du dort einfach mal vorbeischauen.«

»Du meinst schon wieder einbrechen?«

»Wenn wir richtige Profis werden wollen, sollten wir vielleicht einen Hollywoodstreifen zu dem Thema anschauen«, schlug Biene vor. »Mir ist grad danach.«

»An was hattest du gedacht?«

»Wie wäre es mit *The Rock*. Sean Connery und Nicolas Cage in einem Film. Yummy.« Biene leckte sich die Lippen.

»Sir!«, verbesserte ich sie.

»Was?«

»Sir Sean Connery.«

»Noch besser«, Sabine leckte sich erneut die Lippen.

»Du weißt aber schon, dass die aus- und nicht einbrechen. Außerdem weiß ich beim besten Willen nicht, wie wir an Hubschrauber kommen sollen«, meinte ich lachend.

Wir stellten den DVD-Rekorder auf eine Obstkiste
und verkabelten ihn mit dem Flachbildfernseher, beides aus Richards ehemaligem Besitz. Dann kuschelten
wir uns in mein neues Bett.

07
Klappe, die erste

18. Juli – 10:47 Uhr – In meinem Bett – Schon wieder

Es war Sonntag und ich schlief mich richtig aus. Doch irgendwann konnte ich die Sonne nicht mehr ignorieren, die sich durch die Vorhänge brannte. Ich hörte Biene in der Küche kramen. Sie bemühte sich nicht unbedingt, leise zu sein. Ich stand auf, warf mir meinen Morgenmantel über die Schultern und schlurfte ins Bad.

Igitt! Der Spiegel warf das Bild einer jungen Frau mit unzähligen Sommersprossen, verquollenen grünen Augen mit kleinen blauen Einschlüssen und einem Vogelnest aus schulterlangen lockig-roten Haaren zurück. Nicht gerade sexy!

»Bäh!« Mit dem Zeigefinger zog ich ein Augenlid nach oben. Das machte es aber auch nicht besser.

»Soll ich dir einen Kaffee machen?«, dröhnte Bienes Stimme durch die Tür.

»Ja. Lieb von dir! Ich dusch nur noch schnell.«

Sabine saß am Küchentisch, als ich frisch geduscht die Küche betrat. Ich setzte mich zu ihr und schmierte mir etwas Butter auf den Toast. Bienes Finger zeichnete das Symbol für Unendlichkeit, eine liegende acht, auf die gepunktete Tischdecke.

»Was überlegst du?«

»Wie wir am besten in die Klinik reinkommen. Heute ist Sonntag, da dürfte wohl niemand dort sein. Es wäre also eine günstige Gelegenheit.«

»Ich weiß nicht«, murmelte ich vorsichtig. »Irgendjemand muss dort sein, wenn es Tiere zu versorgen gibt.«

»Vielleicht auch nicht. Vielleicht kommt nur zweimal am Tag jemand zum Füttern. Dann hätten wir viel Zeit, um uns dort umzuschauen.« Sabines Stimme blieb fest, und ich merkte schnell, dass meine Chance, sie von der Idee abzubringen, gegen Null tendierte. Also versuchte ich es nicht weiter.

»Okay, aber wir machen uns nur ein Bild von der Lage, bevor wir irgendetwas entscheiden.«

»Das können wir auch einfacher haben.« Biene klappte den Laptop auf. »Google Earth ist einfach großartig, um sich ›ein Bild von der Lage‹ zu machen«, meinte Biene lachend und ich bekam so langsam das Gefühl, dass sie diese Inszenierung von langer Hand geplant hatte. Sie gab die Adresse am Stadtrand ein.

Ich kniff die Augen zusammen und versuchte etwas auf dem Bild zu erkennen. Ich sah Dächer von Häusern, Straßenverläufe, einen Fluss und etwas Grün. In schneller Folge hämmerte Biene auf die Zoomtaste ein. Ein alleinstehender Bungalow flog auf uns zu. Zusammen mit zwei Nebengebäuden ließ sich eindeutig ein U erkennen. Hinter der Klinik und an den Seiten erstreckte sich weites Land. Bewirtschaftete Felder, nahm ich an. Die einzige Zufahrt zur Klinik führte über einen schmalen Weg, der von einer Hecke gesäumt wurde.

Parallel dazu rief Biene noch mal die Website der Tierklinik auf. Ich gab ihr Recht, die Fotos sahen nicht so aus, als wären sie in der Klinik entstanden. Aber wie groß konnten die Unterschiede schon sein? Es würde einen Warteraum geben. Wahrscheinlich sogar zwei, denn die ansteckenden Fälle würde man nicht zu den anderen setzen. Dann kämen noch drei bis vier Behandlungszimmer dazu. Diese würden mit einer höhenverstellbaren Liege, Medikamentenschränken, einem Schreibtisch und fahrbaren Tischen mit Instrumenten ausgestattet sein. Auch die Operationssäle würden sich in nichts von anderen ihrer Art unterscheiden. Laut Dr. Brömmers Angaben waren dort noch zwei Räume zur Unterbringung der Tiere und ein Außengehege zu finden.

Es half alles nichts. Wir mussten uns vor Ort einen Überblick verschaffen. Falsche Informationen könnten uns in Schwierigkeiten bringen. Und schließlich musste ich genau wissen, welche Sicherheitsvorkehrungen dieser Tierarzt installiert hatte. Er war von Rechts wegen dazu verpflichtet, denn er bewahrte Medikamente in seinen Räumen auf. Nichts gegen Google Earth, aber es wäre nicht das erste Mal, dass Satellitenbilder einen falschen Eindruck erweckten. Gut, Biene und ich waren nicht die UNO und es ging hier nicht um einen Kriegseinsatz. Aber am Ende des Tages traute ich nur meinen eigenen zwei Augen und Ohren.

»Okay. Ich fahre da raus. Aber allein!« Ich hob die Hand, um jeden Einwand von Biene zu unterbinden. »Das ist besser so. Falls doch jemand am Sonntag da draußen ist, kann ich mich allein besser rausreden.«
Biene schaute mich zweifelnd an.

»Ehrlich, Biene, es wäre mir lieber, wenn ich das allein machen könnte. Ich weiß auch nicht. Ist nur so ein Gefühl. Außerdem solltest du an Aaron dranbleiben. Vielleicht kannst du noch irgendwas über ihn rausfinden. Je mehr Informationen wir haben, desto besser können wir Aaron und Frau Wagner helfen.«

»Und wie soll ich das anstellen?« Sabines Augenbraue schnellte in die Höhe.

»Keine Ahnung, lass dir was einfallen.«

»Die besten Infos bekommt man von der Quelle. Ich könnte mich noch mal als Aarons Freundin ausgeben und ihm im Gefängnis einen Besuch abstatten. Hast du eine Ahnung, wie die Besuchszeiten in staatlichen Einrichtungen sind?«

»Nö. Aber an einem Sonntag hast du wahrscheinlich als Anwältin bessere Chancen.« Auf dem Weg zur Spüle tätschelte ich Biene aufmunternd die Schulter.

Während ich meinen Rucksack packte, telefonierte Biene mit Frau Wagner. Scheinbar ging es ihr so weit gut. Sie war froh, dass wir ihr helfen wollten. Ich signalisierte Biene, sie sollte Frau Wagner von mir grüßen und machte mich auf den Weg.

Als die Haustür ins Schloss fiel, glaubte ich zu hören, wie Biene Frau Wagner nach etwas fragte, das wie »Anwaltskanzlei« klang. Für eine Zehntelsekunde wollte ich umkehren, denn ich hatte eigentlich nur einen Scherz gemacht. Aber ich hatte mich bestimmt nur verhört.

18. Juli – 12:00 Uhr – Irgendwo am westlichen Stadtrand

Mit öffentlichen Verkehrsmitteln war die Anfahrt zur Tierklinik sehr umständlich. Nach ungefähr anderthalb Stunden Fahrt, von denen ich in den letzten zwanzig Minuten mit dem Busfahrer allein war, stieg ich an der Endhaltestelle mit einem freundlichen »Auf Wiedersehen« aus.

Direkt vor mir lag die staubige Zufahrtsstraße zur Klinik. Die Sonne brannte unerbittlich vom Himmel herunter. Ich zog eine Baseballkappe der New York Yankees aus meinem Rucksack und stopfte meine Haare darunter.

Bisher hatte ich keinen Plan. Aber ich hatte meistens keinen Plan. Pläne hatten mich nie wirklich weitergebracht, denn sie kollidierten immer irgendwie mit denen anderer Leute. Also versuchte ich es einfach mit Spontanität und Fantasie. Die Hitze kitzelte auf meiner Haut, und bevor ich mir noch einen fetten Sonnenbrand holte, lief ich mal lieber auf meinen Sandalen los.

Nach ein paar Metern lief mir der Schweiß aus allen Poren. Vor mir flimmerte der Kies, und die Geräusche der Insekten erinnerten mich an diverse Filme, die im Death Valley spielten.

»Jetzt fehlen nur noch Steppenroller, diese Grasbüschel, die der Wüstenwind vor sich hertreibt«, murmelte ich. Mit zusammengekniffenen Augen schaute ich den Weg entlang, ob nicht doch Billy the Kid mit gezogenem Colt auf mich wartete.

Doch es war weit und breit niemand zu sehen. Leider hatte ich jedoch auch noch immer keine Idee, wie ich in die Tierklinik kommen sollte.

Es wäre bestimmt geschickter gewesen, ich hätte mir ein Haustier ausgeliehen und wäre damit zur Klinik gefahren.

Aber finden Sie mal auf die Schnelle eine Katze oder einen Hund, der Sie nicht anfällt und versucht, Sie in Stücke zu reißen. Mein Verhältnis zu den kuschligen Vierbeinern war nicht das beste. Es gestaltete sich eher so gruselig wie bei den Gremlins, wenn sie nass waren.

Da fällt mir ein: Fische – Fische mag ich. Aber haben Sie schon mal jemanden gesehen, der mit einem Fisch zum Tierarzt geht? So beginnen nur schlechte Witze!

Die Gebäude kamen näher, und mir fiel auf, dass links neben dem Hauptgebäude ein kleiner Weg hinter das Haus führte.

Ich steuerte darauf zu, als ich von hinten ein kehliges Geräusch hörte, und da flog auch schon ein schwarzer Mercedes an mir vorbei. Schotter schoss durch die Luft und ich sprang instinktiv in die Hecke. Ich fluchte laut und befreite mich umständlich aus dem stachligen Gestrüpp.

Der Wagen blieb vor dem Eingang stehen und ein zentnerschwerer Mann schälte sich aus dem Beifahrersitz. Er trug einen schwarzen Anzug, der im Sonnenlicht bläulich schimmerte. Routiniert schaute er sich um, drehte sich zur Limousine und öffnete die Tür des Fonds. Wieder stieg ein Mann aus. Er war kleiner, viel kleiner. Er trug einen handgefertigten Maßanzug, dessen Knopfleiste er schloss, während er sich ebenfalls umschaute. Scheinbar war er zufrieden mit dem, was er sah. Er bedeutete dem Felsen, vor dem Auto zu warten, und schritt durch die automatischen Flügeltüren ins Innere der Klinik.

Der Fahrer blieb die ganze Zeit im Wagen sitzen.

»Verdammt!«, murmelte ich. Es war doch jemand in der Klinik. An einem Sonntag!? Aber warum hatten die Männer kein Tier dabei?

Ungeschickterweise stand ich hier gut sichtbar auf dem Weg und wurde das Gefühl nicht los, dass mich der Dicke ins Visier nahm.

»Jack!«, rief ich laut. »Jack, Hündchen, Hündchen, Hündchen. Komm her!«, säuselte ich ziemlich dämlich und rieb dabei meine Zeige-, Mittelfinger und Daumen gegeneinander, als würde ich etwas Leckeres dazwischen verreiben. »Los, Hund, mach schon!«

Ich musste irgendwie an dem Wagen vorbei. Ansonsten kam ich nicht zu dem Weg, der hinter das Gebäude führte. Ich tat so, als würde ich intensiv nach meinem kleinen Liebling suchen, und riss an der Hecke herum. »Sie haben nicht zufällig einen kleinen Jack-Russell-Terrier gesehen?«, sprach ich den Dicken an.

Seine Miene blieb unbeweglich. Wahrscheinlich zwinkerte er noch nicht einmal hinter seiner verspiegelten Sonnenbrille. Ich hasste diese Teile. Es war, als würde man ein Selbstgespräch führen, weil man sich in die eigenen Augen sah, statt in die seines Gegenübers.

Ich zog meine Mundwinkel nach oben. »So ein kleiner, weiß-braun gescheckter Hund mit rotem Halsband?!«

Er drehte abschätzig seinen Kopf zur Seite und sagte kein Wort. Er brummte nicht einmal.

»Nein? Na, dann suche ich mal weiter. Schönen Tag noch«, wünschte ich, winkte und spazierte rufend direkt auf den kleinen Weg zu.

Meine Beine zitterten wie Wackelpudding. Als ich endlich aus dem Sichtfeld der Männer war, lehnte ich mich gegen die Hauswand und atmete tief durch. Mir blieb aber nicht viel Zeit. Wenn der Dicke aus Versehen seine einzige Gehirnzelle aktivierte, dann würde ihn meine komische Nummer vielleicht zum Nachdenken bringen. Und das könnte bedeuten, dass er mich suchen kommt. Und ganz ehrlich, wenn der mich auch nur mit seinem Zeigefinger berührte, ich würde alles gestehen, selbst wenn ich es nicht getan hatte.

»Also los,« pushte ich mich. »Dann werde ich mich mal beeilen.«

Der Weg war sehr gepflegt. Ich sah kein Fitzelchen Müll. Was eigenartig war, denn normalerweise lagen hinter solchen Häusern immer Plastiktüten oder Zeitungspapier. Selbst die fensterlose Wand des Bungalows schien auf Hochglanz poliert und war scheinbar erst vor Kurzem gestrichen worden.

Ich drückte mich weiter an der Hauswand entlang bis in den Hinterhof und schielte um die Ecke. Kein Mensch zu sehen. Direkt vor mir sah ich einen fensterlosen Schuppen, in den man nur durch eine Tür kam, in die ein Oberlicht mit Klarglas eingelassen war. Ich sprang hoch und krallte meine Finger in die schmale Holzleiste, die als Fensterrahmen fungierte. Ich zog meine Nase darüber und warf einen Blick ins Innere des Schuppens. Außer einem Schrank und einem Gerät, das aussah wie ein Rasenmäher, konnte ich nichts erkennen. Vorsichtig ließ ich mich wieder auf die Füße fallen. Dann schaute ich mich im Hof um. Auch der war picobello sauber. Dieser Doktor musste ein sehr penibler Mensch sein. Nichts lag hier einfach so herum.

Die Sonne brannte unbarmherzig weiter. Ich kramte meine Wasserflasche aus dem Rucksack und nahm einen tiefen Schluck. Dabei fiel mein Blick auf den Hundezwinger auf der anderen Seite. Die fünf Zellen waren leer. Leer, bis auf die Kartons, die dort in Massen herumlagen. Weit und breit war kein Hund zu sehen. Ich hörte nicht einmal das Geräusch von Tieren. Nichts!

Ich schaute Richtung Hauptgebäude und trotz der Hitze huschte mir eine Gänsehaut über die Arme. Vielleicht hätte ich mein Hirn einschalten sollen. Die Männer am Vordereingang sahen schließlich nicht aus wie Eisverkäufer. Aber nein! Ich musste ja unbedingt die Heldin spielen.

18. Juli – 12:36 Uhr – In der sengenden Hitze eines Hofes irgendwo am westlichen Stadtrand

Der hintere Zugang zum Bungalow bestand aus einer wenig einladenden Metalltür, die mit drei Schlössern gesichert war. Dort würde ich keinen Einlass finden. Aber ich versuchte es trotzdem und drückte sachte die Klinke herunter. Außer ihr bewegte sich jedoch nichts. Die Tür war fest verschlossen. Verstohlen suchte ich nach einem anderen Weg, um das Innere des Gebäudes in Augenschein nehmen zu können.

Auf den ersten Blick fielen mir, wenn man mal von den drei Schlössern an der Tür absah, keine großartigen Sicherheitsvorkehrungen ins Auge. Ich fand weder Überwachungskameras, Touchpads mit Zahlenfeld, Stolperdrähte oder sonstige Fallen.

Aber irgendwo musste es ein Fenster geben. Es handelte sich ja hier schließlich um eine Tierklinik und nicht um einen Bunker.

Schnell schlüpfte ich um die Ecke und fand mich zwischen Mauer und einer weiteren Hecke wieder, die auf dieser Seite so eng an das Gebäude gewachsen war, dass selbst ich mit meinen zierlichen ein Meter siebenundfünfzig Probleme hatte, mich auf allen vieren durchzukämpfen. »Eine Machete wäre jetzt nicht schlecht«, knurrte ich. Immerhin gab es hier Fenster.

Ich stellte den Rucksack vor meinen Füßen ab, drehte den Schirm des Basecaps in meinen Nacken und schob meinen Kopf Millimeter um Millimeter vor die Scheibe. Bis auf einen Metalltisch in der Mitte und deckenhohe Boxen an den Wänden war der Raum – na, was wohl – leer. Leere schien hier das beherrschende Motto zu sein.

Ich nahm das Fenster genauer unter die Lupe: Dreifachverglasung und aktuellstes Sicherheitsschloss im Griff. Hier kämen wir selbst mit einem Vorschlaghammer nicht durch.

Ich wollte gerade einen Blick durch das Nebenfenster riskieren, als dumpfes Geschrei zu hören war. Zwei Männer schrien sich lautstark an, aber ich verstand kein Wort. Die Fenster hielten dicht. Neugierig linste ich durch das Fenster in den Raum, aus dem die Stimmen kamen.

In einem der beiden Männer erkannte ich den Typen, der aus dem Fond des Mercedes gestiegen war. Der andere musste Dr. Brömmer sein. Da der Mann einen Arztkittel trug, war ich mir ziemlich sicher. Es schien, dass der Mann im Anzug dem Arzt gerade ein

Ultimatum verkündete, welches dieser mit glasigem Blick entgegennahm. Sein Kopf nickte wie der eines Wackeldackels auf der Ablage eines Autos, das mit Tempo hundert über Kopfsteinpflaster sauste.

Mit offenem Mund verfolgte ich den Stummfilm, der sich vor mir abspielte, und dachte nicht einen Moment daran, dass ich wie auf dem Präsentierteller stand, direkt sichtbar für jeden, der sich die Mühe gemacht hätte, aus dem Fenster zu sehen. Zu meinem Glück hatten die Männer mit sich selbst zu tun. Die beiden verließen den Raum und schlossen die Tür hinter sich.

Ich wagte wieder, zu atmen, und nahm zum ersten Mal die Kisten wahr, die halbhoch an den Wänden gestapelt waren. Angestrengt versuchte ich die Aufkleber zu entziffern. *Reconcile* konnte ich erkennen, bevor mich ein Geräusch vor der Hecke erschreckte. Ich raffte meine Sachen und kroch gebückt unter dem letzten Fenster durch.

Ich stand jetzt auf Höhe des Haupteingangs und kam keinen Schritt weiter. Die Hecke war verdammt dicht, aber es half nichts, ich musste da durch!

Mit beiden Händen drückte ich die Zweige der Hecke so gut es ging auseinander und presste mich hindurch. Ich glaube, solche Anstrengungen hatte ich das letzte Mal unternommen, als ich durch den Geburtskanal meiner Mutter musste. Ich schoss aus der Hecke und knallte gegen den Bauch des Riesen.

»Jack!«, rief ich wieder und trat einen Schritt zurück.

Der bullige Typ hatte immer noch den gleichen Gesichtsausdruck wie vorhin, und ich fragte mich unwillkürlich, ob der Kerl überhaupt echt war oder aus Madame Tussauds Kabinett entlaufen war.

Lächelnd schob ich mein Basecap wieder zurecht und schaute an dem Mann hoch. »Sie haben meinen kleinen Hund wahrscheinlich immer noch nicht gesehen, oder!?«

In Zeitlupe bewegte er seinen Kopf von links nach rechts, was wohl seine Art eines Kopfschüttelns war, und scannte mich von oben bis unten. Vor Angst konnte ich keinen Muskel bewegen. Ich, übersät mit Zweigen und grünen Nadeln, saß in der Falle. Jeden Moment würde sich die Vordertür der Klinik öffnen und ...

Doch aus heiterem Himmel fuhr plötzlich meine Rettung in Gestalt eines weißen Transporters auf uns zu. Ich nutzte die Gunst der Stunde und verabschiedete mich.

»Ähm. Tja, dann Danke schön. Ich werde dann mal weitersuchen.« Ich schulterte meinen Rucksack und stolperte so anmutig ich konnte die Zufahrtsstraße hinauf. Im Vorbeigehen nahm ich ein Schild auf der Seite des Transporters wahr: *Putzteufelchen.*

So hieß die Reinigungsfirma eines Freundes von mir. Sie war spezialisiert auf Arztpraxen und Unternehmen mit besonderen Sicherheitsanforderungen. Bevor man für eine solche Firma arbeiten durfte, musste man eine Zusatzausbildung vorweisen. Es würde nicht ganz einfach werden, in das Reinigungsteam zu kommen, doch ich hatte da einen Trumpf im Ärmel.

Das war er, der Schlüssel, der mir Zugang zur Tierklinik von Dr. Brömmer ermöglichte!

08

Unverhofft

***18. Juli – Keine Ahnung, wie spät – Auf der Rückbank
eines Linienbusses***

Ich spürte eine Berührung an meiner Schulter. Jemand rüttelte sie leicht, und von weiter Ferne hörte ich eine tiefe Stimme an mein Ohr dringen. »Hey. Junge Frau! Sie müssen aussteigen, meine Schicht ist zu Ende.«

»Hä?« Schwerfällig rappelte ich mich hoch, öffnete die Augen und sah mich verwirrt um.

»Sie sind in meinem Bus eingeschlafen.«

Du meine Güte, der Fahrer hatte recht. Normalerweise hätte mich diese Tatsache nicht sonderlich beunruhigt, denn ich besaß eine Umweltkarte und konnte demnach nicht zur Kasse gebeten werden. Aber ein Blick aus dem Fenster zeigte mir, dass ich durchaus Grund hatte, beunruhigt zu sein. Denn ich sah mein eigenes Spiegelbild und den Mann in der Uniform der Stadtwerke. Wann war die Sonne untergegangen?

»Ich hab Sie schlafen lassen. Sah aus, als hätten Sie es nötig. Aber wie schon gesagt, jetzt ist meine Schicht zu Ende und ich will nach Hause.«

»Ja, sicher«, stammelte ich, stand auf und griff mir meinen Rucksack. »Wo sind wir?«

»U-Bahn-Station Wilhelmstraße. Von hier aus kommen Sie überall hin, dachte ich mir.«

»Sie sind ein Schatz.« Spontan umarmte ich den Mann und stieg aus. Ich winkte dem Busfahrer noch einmal und machte mich auf in die milde Nacht. Von hier aus konnte ich einen kleinen Spaziergang nach Hause machen und mein Gehirn auslüften. Die Luft wirkte nach Sonnenuntergang erfrischend.

Eine halbe Stunde später hatte der Plan *Rettet Aaron* in meinem Kopf Gestalt angenommen und ich stapfte fröhlich vor mich hin summend die Treppe hinauf.

Jetzt eine Dusche, ein reichhaltiges Abendessen, ein Glas Weißwein – und ein Telefonat mit meinem Freund von den *Putzteufelchen*.

18. Juli – 22:56 Uhr – Wühlischstraße – Hinterhof – Vor meiner Wohnungstür

Ich steckte gerade den Schlüssel ins Schloss, als die Tür aufgerissen wurde und krachend gegen die Wand schlug. Erschreckt schrie ich auf, ließ den Schlüssel fallen und versuchte instinktiv ins Treppenhaus zu fliehen.

Keine Chance!

Richard riss an meinem Pferdeschwanz und zog mich in die Wohnung.

»Lass mich los«, schrie ich und trat nach ihm, doch Richard wich mir geschickt aus.

Er schleuderte mich in den Flur. »Halt die Klappe, du blöde Schlampe!«, japste er und schwang einen hölzernen Baseballschläger.

Ich griff nach meinen Haaren, nicht, um zu sehen, ob noch alle da waren, das war mir egal. Ich wollte den Schmerz betäuben, indem ich die Hand auf den Hinterkopf drückte.

»Ich will mein Zeug zurück!« Richard hielt mir drohend das breite Ende des Schlägers vor die Nase. »Ihr glaubt doch wohl nicht im Ernst, dass ihr mir meine Sachen so einfach klauen könnt, ihr blöden Schlampen. Kein bisschen Grips in der Birne.« Er tippte mit der Rundung des Schlägers gegen meine Stirn. »Von dieser Frisöse«, spuckte er aus, »hab ich ja nichts anderes erwartet. Aber dass du da mitmachst? Du hast doch studiert, richtig?«

Ich hatte nicht die leiseste Ahnung, was das eine mit dem anderen zu tun hatte. Männliche Logik ging mir ab. Aber ich wollte Richard auf keinen Fall noch mehr aufbringen. Während er sich weiter in Rage redete und dabei suchend seinen Blick schweifen ließ, rutschte ich langsam auf meinem Hintern in Richtung Küche. Vielleicht konnte ich mir ein Messer schnappen oder irgendwas anderes, um mich zu verteidigen. Verstohlen schaute ich mich um. Müsste Sabine nicht längst zu Hause sein?

Mir stockte der Atem. Oh mein Gott.

Nein!

Nein, bitte nicht!

Ich hatte keinen Meter geschafft, als ich Sabines Füße sah. Sie lag auf dem Bauch mitten in der Küche. Sie schien zu atmen, aber ich war mir nicht sicher.

»Du elender Dreckskerl«, spie ich aus und zog mich am Türpfosten auf die Füße. Ich wollte zu Sabine, doch ich kam nicht weit.

Wieder griff sich Richard meinen Pferdeschwanz und schleifte mich ins Wohnzimmer. Vor Schmerzen schossen mir Tränen in die Augen. In dem Moment schwor ich mir, mir die Haare abschneiden zu lassen. Ein Igel wäre genau das Richtige.

»Du kommst mit mir«, befahl Richard.

»Was soll ich denn bei dir?«, fragte ich und fügte höhnisch hinzu: »Du hast ja noch nicht mal Möbel.«

»Sieh mal einer an, auch noch frech werden, was?« Richard ließ meine Haare los und beugte sich zu mir nach unten. »Du wirst mir jetzt helfen und den ganzen Kram nach unten tragen. Und dann schaffen wir das alles zurück in meine Wohnung.« Er griff sich einen Sessel. »Und wenn du ganz lieb bist«, säuselte er mir ins Ohr, »dann werde ich keinem erzählen, dass ihr bei mir eingebrochen seid und mich bestohlen habt.« Seine eiskalte Stimme rieselte über mich hinweg.

Ich versuchte irgendeinen Gedanken zu fassen, es musste ja kein vernünftiger sein, aber es gelang mir nicht. Das Einzige, was ich fertigbrachte, war, ihn nicht merken zu lassen, wie viel Angst ich wirklich hatte.

Irgendwie kam ich auf die Beine, ohne gleich wieder zusammenzubrechen. Richard hob den einen Sessel hoch.

»Na los«, schrie er mich an. »Oder soll ich die ganze Arbeit allein machen? Nimm den beschissenen Sessel und hilf mir gefälligst.«

Ich schleppte mich mit dem zweiten Sessel an der Küche vorbei. Sabine hatte sich nicht von der Stelle bewegt.

»Biene«, hauchte ich und lief weiter in den Treppenflur hinaus.

Wie ein Roboter stieg ich die Stufen hinunter. Kurz, nur kurz schoss mir die Idee durch meinen schmerzenden Kopf, einfach an einer Tür meiner Nachbarn zu klingeln. Doch Richard, der hinter mir lief, ließ mich nicht aus den Augen.

Im Hof angekommen schubste mich Richard auf den gepflasterten Weg und fuhr mich an, ich solle den Sessel abstellen.

»Wie willst du die Sachen transportieren?«, wollte ich wissen. »Du hast kein Auto?«

»Halt die Klappe! Ich hab jemanden angeheuert, der die Sachen transportieren wird. Er muss jeden Moment hier sein.«

Wir blieben neben den Sesseln stehen und spähten durch den Torbogen in den ersten Hinterhof. Es tat sich nichts. Die Sekunden verrannen wie Stunden.

»Ich hab keine Lust mehr auf den Scheiß!« Ich war völlig in Panik und mir war alles egal. »Du kannst mich mal. Ich geh jetzt hoch und sehe nach Sabine.«

»Du bleibst schön hier.« Richards Hand krallte sich schmerzhaft in meinen Arm.

Ich wollte mich gerade losreißen, als zwei Scheinwerfer im Vorderhof erschienen. Der Wagen fuhr auf uns zu und hielt direkt vor meinen Füßen. Ich starrte wie ein Reh ins Licht.

Richard lief zur Fahrertür, deren Fenster scheinbar heruntergelassen war, und sprach kurz mit der Person, die dort saß. Dann schnauzte er mich an: »Hey, komm her und stell den Sessel in den Wagen.« Er selbst trat hinter den Transporter und öffnete die Türen.

Während ich das Teil in den Laderaum wuchtete, schätzte ich ab, ob ich es schaffen würde, bis zum Vorderhaus zu rennen.

Ich könnte Sturm klingeln. Jemand würde schon öffnen und könnte die Polizei rufen.

In meinem Gehirn schrie es: *RENN* – und doch blieb ich wie angewurzelt stehen. Überrascht starrte ich auf die Kratzer, die am Boden des Laderaums zu sehen waren.

Ich kannte diese Kratzer.

Ich kannte diesen Wagen!

Das war der Transporter, aus dem ich gestern das Bett ausgeladen hatte.

»Was treibst du so lange da hinten?«, rief Richard und lief auf mich zu. »Ich denke, du willst Sabine helfen, dann sollten wir uns mal ein bisschen beeilen«, verhöhnte er mich. Dann schlug er mir mit der flachen Hand ins Gesicht.

Verdammt!, dachte ich und starrte ihn fassungslos an. *Gibt es für Jungs einen Volkshochschulkurs, in dem sie lernen, wie man Frauen schlägt?*

Ich hielt mir die brennende Wange und unterdrückte meine Tränen. Richard lief zurück und redete wieder mit dem Fahrer des Wagens. Der war ausgestiegen und schaute mich direkt an.

Eiseskälte rann meine Arme hinauf, die Luft blieb mir weg und meine Beine drohten, unter mir nachzugeben.

Das konnte nicht wahr sein!

Ein paar Meter von mir entfernt stand der *Schrank*, der mit mir das Bett in die Wohnung getragen hatte. War er etwa mit Richard befreundet? Hatte er uns ausspioniert? Sich unter dem Vorwand des Bettes in unsere Wohnung geschlichen?

Während er die Augen auf mich gerichtet hielt, sprach er mit Richard. In meinen Ohren summte es so laut, dass ich kein Wort verstand.

Mit einem Mal rannte Richard auf mich zu. Der *Schrank* gab mir ein Zeichen, und ich, ich stellte Richard ein Bein!

»Was zum Teufel …?«, rief er aus, verlor den Halt und stürzte ungeschützt zu Boden.

Eine Zehntelsekunde später saß der Fahrer des Transporters auf ihm, zog Richards Arme brutal nach hinten und zurrte seine Hände mit einem Kabelbinder zusammen. Richard brüllte vor Wut und Schmerz, schlug mit den Beinen aus und bäumte sich auf.

Wortlos reichte mir der Mann einen weiteren, längeren Plastikstrick und wies auf Richards Beine. Wie ferngesteuert lief ich zu ihm und hockte mich ebenfalls auf Richard. So saßen der *Schrank* und ich Rücken an Rücken, während ich Richard die Füße zusammenschnürte.

Mein Retter erhob sich und zog mich auf die Beine. Da standen wir nun nebeneinander und sahen auf Richard hinunter, der in einer Tour schimpfte und fluchte.

»Für einen Jurastudenten lässt sein Wortschatz ziemlich zu wünschen übrig«, konstatierte der Mann neben mir mit dem gleichen sanften Brummen in der Stimme wie gestern. Er schaute hinunter auf meine Beine und ich glaubte einen kleinen Pfiff zu hören. »Alle Achtung. Den Fuß sollten Sie sich versichern lassen.«

Ich fragte mich kurz, wie er das meinte, rückte dann aber lieber ein Stück näher an ihn heran, denn sein Körper strahlte eine beruhigende Wärme aus. »Wir sollten ihm dem Mund zukleben, sonst hört ihn noch die ganze Nachbarschaft«, meinte ich.

Der Mann schaute mich prüfend an. Dann drehte er sich um, und ich hörte ihn im Handschuhfach des Transporters kramen, während mein Blick unablässig auf Richard gerichtet blieb.

Ihm ging langsam die Puste aus.

»Wenn du endlich still wärst, dann müssten wir dir nicht den Mund zukleben. Ich glaube, das ist ziemlich unangenehm, vor allem, wenn man einen Schnupfen hat.«

»Ich bin kerngesund.« Richard bäumte sich verzweifelt auf.

»Darüber ließe sich streiten«, gab ich zur Antwort.

Richard verstummte.

Ich rieb mir meine kalten Arme, als sich plötzlich eine leichte Windjacke über meine Schultern legte. Sie war schwarz und so groß, dass ich sie als Minikleid hätte tragen können.

»Hab kein Klebeband gefunden.«

»Macht nichts. Jetzt ist er ja still. Was wollen Sie denn jetzt mit ihm anfangen …« Ich sah den Mann neben mir fragend an.

»Nikolai. Mein Name ist Nikolai.«

»Anja. Anja Blume«, stellte ich mich vor, was wohl unnötig war.

»Ich weiß«, kommentierte er trocken.

»Woher kommen Sie, Nikolai?« Doch wenn ich allen Ernstes eine Antwort erwartet hatte, dann wurde ich enttäuscht. Das Einzige, was ich bekam, war ein leicht amüsierter, aber fester Blick.

Na gut. Dann eben ein anderes Mal.

Nikolai hockte sich vor Richard und band seine Arme und Beine zusammen, sodass er jetzt wie ein großes menschliches Paket mit Griff aussah. Er zog Richard hoch und warf ihn in den Laderaum des Transporters. Diesmal protestierte er nur schwach. Mir war nicht klar, ob Richard keine Kraft mehr hatte oder ob ihm der Arsch auf Grundeis ging, weil er nicht wusste, was mit ihm geschehen sollte.

»Was passiert jetzt?«, wollte ich wissen, nicht minder neugierig.

»Wir bringen die Sessel wieder nach oben.«

Ich sah meinen Retter an und wartete auf mehr. Aber da kam nichts.

Mit einer seltsamen Mischung aus Eindringlichkeit, Sorge und einer kleinen Spur Belustigung sah er mich an. »Außerdem schulden Sie mir noch Geld für die Lieferung von gestern, und wenn ich Sie richtig verstanden habe, dann wartet ihre Freundin oben.«

»Sabine«, rief ich erschrocken und erwachte endlich aus meiner Starre.

Ich griff mir einen Sessel, zog ihn von der Ladefläche, schoss einen letzten giftigen Blick auf Richard ab und rannte los.

18. Juli – 23:13 Uhr – Wühlischstraße – Unser Hausflur

Ein Schutzengel musste über Biene gewacht haben, denn sie lief uns, wenn auch etwas unsicher, auf der

Treppe entgegen. Auf ihrer rechten Wange prangte der Abdruck einer Hand. Richard hatte sie so stark geschlagen, dass sie bewusstlos geworden war.

Mein Sessel krachte auf den Treppenabsatz.

Mit Tränen der Erleichterung in den Augen nahm ich meine Freundin in die Arme und drückte sie fest an mich.

»Es geht mir gut. Es geht mir gut! Alles in Ordnung«, flüsterte mir Biene ins Ohr und streichelte meinen Rücken. Hemmungslos heulte ich los.

»Hey«, Sabine hielt mich auf Armeslänge von sich weg. »Jetzt rotz mir aber nicht in mein T-Shirt. Deine Wimperntusche geht nie wieder raus.«

Ich ließ von ihr ab und wir schauten beide auf Nikolai, der mit dem Sessel unterm Arm auf dem Treppenabsatz stand und die Szenerie betrachtete.

»Wenn Sie nichts dagegen haben, würde ich gern die Sachen in die Wohnung tragen. Treppenhäuser machen mich irgendwie nervös. Außerdem wartet unten im Wagen noch ein Auftrag auf mich.«

Ich lächelte, griff mir meinen Sessel, und wir drei stiefelten in unsere Wohnung, ohne dass sich im Haus irgendetwas regte. Meine Nachbarn waren nicht übertrieben neugierig. Auch hinter Sadiks Tür blieb alles ruhig.

Als alle Möbel wieder an ihren Platz standen, gab ich unserem Retter das Geld, das ich ihm schuldete. Sabine begleitete ihn zur Tür und wollte sich gerade von ihm verabschieden, als sie zusammenbrach.

09

Ein Freund, ein guter Freund

18. Juli – 23:23 Uhr – Wühlischstraße – Unser Wohnungsflur

Völlig kopflos rannte ich zu Sabine und rüttelte an ihr herum. Ohne Erfolg. Sie kam nicht zu sich. Wie tot lag sie in Nikolais Armen.

»Wir bringen sie am besten ins Krankenhaus«, meinte er.

»Wenn ihr oder dem Baby ...« Meine Stimme brach. »Ich bring ihn um«, brachte ich tonlos hervor und wollte mich schon an Nikolai vorbeischieben, doch er hielt mich am Arm fest.

»Den solltest du lieber mir überlassen. Zuerst müssen wir deine Freundin ins Krankenhaus bringen, und dafür muss ich kurz telefonieren«, hielt mich Nikolai mit eindringlicher Stimme zurück.

Er drückte einen Knopf an seinem Ohr. Erst jetzt fiel mir auf, dass er ein schmales Headset trug, das kabellos mit seinem Handy verbunden war.

»Hier Nikolai. Ich brauche dich an meinem aktuellen Standort. Sofort.« Dann legte er auf.

Ich schob meine Augenbrauen nach oben. »Woher wissen die, wo du bist?«

»GPS.«

»Ach so«, meinte ich und lief hinter Nikolai her, der Sabine auf seinen Armen durch das Treppenhaus trug.

Noch bevor wir im Hof angekommen waren, hörte ich einen Wagen, der hinter dem Transporter hielt, in dem noch immer Richard lag.

Der Fahrer, eine schmalere Ausgabe von Nikolai in Jeans und Shirt, stieg aus, öffnete die Hintertür und half uns dabei, Sabine auf den Rücksitz zu betten. Sie war mittlerweile wieder zu sich gekommen und versuchte sich gegen eine Fahrt ins Krankenhaus zu wehren. Doch als Nikolai sie fragte, ob sie ihr Baby gefährden wolle, gab sie nach.

»Steig ein«, befahl er mir.

Ich rührte mich nicht, sondern starrte den Transporter, in dem Richard lag, böse an.

»Ich sagte doch, dass du den Kerl mir überlassen sollst.« Nikolai griff mein Kinn und drehte mein Gesicht zu sich. »Deine Freundin braucht dich jetzt!«

Ich hielt seinem Blick stand, drehte wie in Zeitlupe meinen Kopf wieder weg und schaute zu Sabine hinüber. Nikolais Atem streichelte über meine Wange und meinen Hals. Eine Gänsehaut rieselte an mir herab.

Der Fahrer hupte. Er trieb mich zur Eile an.

Ich schaute Nikolai wieder in die Augen. Und in diesem Moment war mir egal, was er oder sonst wer von mir hielt. Ich würde einen Teufel tun und Richard einfach Nikolai überlassen. Nein, ich wollte sichergehen, dass dieser Mistkerl ein für alle Mal aus unserem Leben verschwand. Woher sollte ich wissen, dass Richard nicht eines Tages wieder vor unserer Tür stand, um zu beenden, was er heute angefangen hatte? Wer sagte mir, dass er nicht einen auf *Vater* machen und sein Sorgerecht einklagen würde?

Richard hatte es in der Hand, uns das Leben zur Hölle zu machen, und so wie ich ihn kannte, würde er diese Chance nicht ungenutzt lassen.

Ich reckte mein Kinn in die Luft, schaute Nikolai offen an und sagte mit fester Stimme: »Sabine ist wieder bei Bewusstsein. Dein Partner fährt sie sicher ins Krankenhaus, richtig? Es gibt nichts, was ich dort für sie tun könnte. Ich gehe mit dir.«

Mein Gegenüber nickte unmerklich. Scheinbar sah er ein, dass es keinen Sinn hatte, mit mir zu diskutieren. Er ging zum Wagen, gab dem Fahrer ein paar Anweisungen und nahm eine Rolle Klebeband in Empfang. Dann setzte der Wagen zurück und bog auf der Hauptstraße in Richtung Krankenhaus ab.

»Ab jetzt gibt es kein Zurück mehr. Willst du das wirklich?«

Ich nickte. »Ich bin mir sicher. Ich schaffe das.«
Was auch immer wir vorhatten!

Nikolai schob mich zu Richard in den stickigen Laderaum des Transporters. Er meinte, es reiche, wenn einer von uns auf einer Überwachungskamera auftauchte. Wahrscheinlicher war, dass er aus dem Ort, an den wir fuhren, ein Geheimnis machen wollte. Mir war das egal.

Ich saß mit dem Rücken zur Fahrerkabine angeschnallt auf einem Sitz. Oberhalb meines Kopfes befand sich eine schmale Schiebetür zur Fahrerkabine, die im Moment verschlossen war. An den Seiten des Wagens waren hölzerne Latten angebracht, an denen in unterschiedlichen Höhen Metallringe angeschraubt waren. Im Boden befanden sich ebensolche Ringe, in Schienen eingelassen. Im Wagen herrschte eine schummrige Dunkelheit vor, die nur von Zeit zu Zeit durch das Licht einer vereinzelten Straßenlaterne erhellt wurde.

Richard lag immer noch wie ein Paket verschnürt auf seinem Bauch am Boden. In jeder Kurve rutschte er unsanft über die Schienen mit den Ringen.

Nikolai hatte mir eingeschärft, kein Wort mit Richard zu wechseln. Doch ehrlich gesagt, so abgebrüht war ich nicht. Außerdem gab es noch ein paar Fragen, die ich beantwortet haben wollte.

»Wie hast du uns gefunden?«

Ein höhnisches Grunzen war die Antwort.

Ich löste meinen Gurt. Keine gute Idee, da Nikolai gerade in einem Affentempo nach rechts abbog. Ich schlug hart gegen die Seitenwand.

»Alles klar da hinten?«, rief es aus der Fahrerkabine.

»Alles klar!«, antwortete ich und rieb mir meine schmerzende Schulter. Richard kicherte wie irre vor sich hin. Für einen kurzen Moment tauchten unsere Bremslichter den Frachtraum durch die Fenster der Hintertür in einen roten Schein. Und ich schwor mir, ihm seine letzten Minuten zur Hölle zu machen.

»Also noch mal. Wie hast du uns gefunden?« Mein Atem umspielte sein Gesicht und die Eiseskälte meiner Stimme schien ihm, wenn schon keine Angst, wenigstens Respekt einzuflößen.

»Ihr seid einfach zu dämlich, ihr Weiber«, spuckte er aus.

Doch ich ließ mich nicht aus der Ruhe bringen. Ich kniete immer noch vor ihm.

Ich kann Ihnen sagen, es ist nicht so einfach, in einem fahrenden Wagen eine einigermaßen passable Figur zu machen. Vor allem, wenn man seinem Gegenüber Angst einjagen will. Doch das musste ich gar nicht. Er sprach auch so. Richard war dermaßen arrogant, dass er mit allem angeben musste. Sich damit brüstete, wie er Sabine und mich gefunden hatte.

»Ihr hättet den Laptop nicht mitnehmen dürfen. Sobald man das Ding einschaltet, aktiviert sich die Kamera und speichert alles, was sie aufnimmt in der Cloud. Wenn ich die Daten dort abrufe, kann ich alles sehen. Und so habe ich«, lachte er trocken auf, »eure blöden Fratzen gesehen!«

Ich schwieg. Richard versuchte sich aufzurichten. Ein völlig unnützer Versuch, Oberwasser zu bekommen, doch er schaffte es zumindest, sich auf die Seite zu wälzen. »Außerdem glaubst du doch nicht, dass ich nicht eins und eins zusammenzählen kann. Wer sonst sollte in meine Wohnung einbrechen, an dem Tag, an dem ich dieser Nutte von Frisöse den Laufpass gegeben habe? Und dann klaut ihr auch noch ausschließlich die Gegenstände, die ihr gehören.«

Ich nickte stumm. Er hatte recht, wir waren nicht sehr clever gewesen. Doch bis zu dem Zeitpunkt hatten wir auch nicht geglaubt, dass wir das sein mussten.

Ich hatte mich schon oft gefragt, wie Frauen auf so einen Typen abfahren konnten. Sein frettchenhafter Körper war durchtrainiert, aber nicht auf eine sympathische Art. Eher gezwungen. Er war gepflegt, geradezu schon grotesk reinlich. Seine hellbraunen Haare waren immer akkurat gegelt. Jede Strähne lag an ihrem Platz. Eine Fliege, die sich auf seinem Kopf niedergelassen hätte, wäre für immer dort kleben geblieben. Sein wässrig blauer Blick war an Arroganz kaum zu übertreffen, und er trug stets nur maßgeschneiderte Anzüge. Wenn er doch einmal seinen kostbaren Hintern einer Jeans überließ, dann stammte diese mit Sicherheit auch von einem Schneider. Wie hieß es so schön: Über Geschmack lässt sich nicht streiten. Da blieb manchmal eben nur ein Kopfschütteln.

Oberflächlich gesehen konnte Richard sehr charmant sein, wenn er wollte. Doch dieser Wesenszug war ihm im Moment wohl abhandengekommen.

»Ich an deiner Stelle würde etwas netter zu mir sein«, meinte ich.

»Wozu? Ich habe Freunde. Einflussreiche Freunde, die sich um euch kümmern werden. Ich muss noch nicht einmal einen Finger krümmen. Ihr werdet schon sehen, mit wem ihr euch angelegt habt. Wenn ich erst mal frei bin, dann kann euch auch dieser Hulk da vorne nicht mehr helfen.« Richard lachte auf eine so unheimliche Art, dass mir fast das Blut gefror.

Mit schweren Beinen erhob ich mich und tastete mich mit eingezogenem Kopf zurück zu meinem Sitz. Am liebsten hätte ich die Wagentür geöffnet und Richard auf dem Straßenpflaster entsorgt. Stattdessen nahm ich die Rolle Klebeband entgegen, die mir Nikolai wortlos durch die kleine Klappe nach hinten reichte, und stopfte Richard das Maul.

Schweigend fuhren wir weiter durch die Stadt. Das Adrenalin in meinem Körper baute sich langsam ab und mir fielen die Augen zu. Dieser Sonntag war der anstrengendste in meinem Leben. Gut, ich war noch nie besonders sportlich gewesen, aber heute war ich definitiv an meine Grenzen gestoßen.

Nikolai bog mal links, dann wieder rechts ab. Mein Orientierungssinn hatte sich schon vor vielen Kreuzungen verabschiedet. Umso überraschter war ich, als der Transporter abrupt stoppte.

19. Juli – 01:27 Uhr – Weit im Osten der Stadt – Ein stillgelegtes Fabrikgelände

Ich hörte, wie Nikolai die Fahrertür öffnete und ausstieg. Dann hörte ich nichts mehr. Ich löste meinen Gurt, schob die Trennklappe zur Seite und versuchte durch die Windschutzscheibe etwas zu erkennen. Wir standen vor einem riesigen schmiedeeisernen Werkstor. Dahinter erstreckte sich im Scheinwerferlicht eine kilometerlange Zufahrtsstraße zwischen verklinkerten Gebäuden, die scheinbar ins Nichts führte. Ich sah, wie Nikolai telefonierte und sich das Tor wie von Zauberhand zur Seite schob. Er warf sein Handy auf den Beifahrersitz, nickte mir aufmunternd zu und bewegte den Wagen vorsichtig auf das Gelände der ehemaligen Fabrik.

»Was hast du vor?«, wollte ich wissen.

Nikolai warf mir im Rückspiegel nur einen schnellen Blick zu. Dann sah ich den Fluss. Beantwortete das meine Frage?

»Wenn du jetzt noch eine Kiste und eine Ladung Beton besorgt hast, dann wäre ich wirklich beeindruckt«, meinte ich und sah, wie sich kleine Lachfältchen um seine Augen zogen.

»Da muss ich dich leider enttäuschen. Wir sind nicht im Chicago der 1920er Jahre.«

»Wäre aber spaßiger«, sagte ich grimmig.

»Ich nehme mal an, die Toten dieser Zeit würden dir widersprechen.«

»Die können gar nicht mehr sprechen, die sind nämlich mittlerweile sowieso alle tot.«

Nikolai ging nicht weiter auf mein Gebrumme ein, sondern konzentrierte sich auf den Weg, der vor einem Betonpoller am Fluss endete.

Der Motor des Transporters verstummte. Nikolai öffnete die hintere Tür, und über Richard hinweg stieg ich nach draußen. Ich lief nach vorn und schaute im Lichtkegel der Autoscheinwerfer in das brackige Wasser hinab. Leichte Wellen schlugen gegen die Eisenbegrenzung der Uferwand. Mein Blick glitt über das Wasser, aber ich konnte außer Müll nicht viel erkennen. Ich atmete den warmen schalen Geruch von Moder und verrottenden Fischresten ein.

»Ich könnte deine Hilfe gebrauchen«, rief Nikolai mir zu.

»Dafür, dass du mich erst gar nicht dabeihaben wolltest, soll ich dir jetzt auch noch helfen? Bei einer Straftat!« Ich war wirklich auf Krawall gebürstet.

»Mäuschen. Dein Leben ist gespickt mit Straftaten. Und da ist unbefugtes Betreten noch der geringste Tatbestand, den man dir zur Last legen würde.«

Für einen kurzen Moment war ich sprachlos. Woher wusste er …?

Nikolai schnitt Richards Fußfesseln durch, zog ihn von der Ladefläche und stellte ihn auf die Beine. »So, mein Lieber, ich nehme dir jetzt das Klebeband ab. Du brauchst nicht schreien. Hier hört dich niemand. Weglaufen hat auch keinen Sinn.« Nikolai griff hinter sich und brachte plötzlich einen Revolver zum Vorschein. Richards Augen weiteten sich vor Schreck, und auch ich zog fragend meine Augenbrauen hoch.

Wortlos reichte mir Nikolai die Waffe. »Sie wird dich erschießen, wenn es sein muss. Und glaube mir, die Kleine weiß genau, wie man mit dem Schätzchen umgeht.«

Sein Optimismus in allen Ehren, aber ich hatte ja noch nicht einmal die geringste Ahnung, wie man das *Schätzchen* hielt, geschweige denn entsicherte. Mal abgesehen davon, dass dieser stumpfnasige Trommelrevolver nicht besonders bedrohlich wirkte: ein niedliches Spielzeug, das in jede Clutch passte. Andererseits hatte ich in meinem Leben genügend Filme gesehen, und was ein Schauspieler konnte, das würde ich doch wohl auch hinkriegen! Wie selbstverständlich nahm ich den Revolver in die rechte Hand, bemüht, mein Zittern unter Kontrolle zu halten. Nikolai zwinkerte mir zu und ich richtete den Lauf der Waffe auf Richard.

»Soll ich auf die Beine zielen oder auf den Kopf?«

»Auf den Oberkörper.« Nikolai grinste. »Da ist die Trefferwahrscheinlichkeit am höchsten.«

Ich kniff die Augen zusammen und heftete sie auf Richard. Der schien unter meinem Blick zu schrumpfen, während ich mit dem Metall in meinen Händen langsam warm wurde. So schwer war das gar nicht. Ich fühlte mich sicher und unbesiegbar.

Nikolai riss Richard das Tape vom Mund, und der schrie laut auf vor Schmerz. Ohne weiter darauf zu achten, drehte er den Gefangenen um und löste ihm die Handfesseln. »Okay. Zieh deine Klamotten aus!«

»Was?«, protestierte Richard beleidigt. »Das kann doch nicht euer Ernst sein, wollt ihr mich nackt im Fluss versenken?«

Nikolai lachte auf. »Wer redet denn davon, dich in den Fluss zu werfen. Ich hab keine Lust, wegen Umweltverschmutzung belangt zu werden.« Da war er, der Tropfen, der das berühmte Fass zum Überlaufen brachte.

»Ich mach euch fertig!«, schrie Richard außer sich. »Ihr habt nicht die leiseste Ahnung, was ich euch alles antun werde. Damit kommt ihr nicht durch. Du und diese blöde Schlampe von einer Frisöse, die noch nicht einmal die Pille richtig einnehmen kann. Aber wer weiß, wahrscheinlich ist dieser Bastard gar nicht von mir.«

»Das reicht.« Ich machte einen Schritt auf Richard zu und drückte ihm den Lauf des Revolvers zwischen die Rippen. »Hast du nicht gehört? Du sollst dich ausziehen. Und das, obwohl ich auf diesen Anblick wirklich verzichten kann.« Meine Stimme war so kalt, dass selbst mir ein Schauer über die Haut lief. Richard starrte mich an und zog wortlos seine Schuhe, die Jeans und das Shirt aus.

Nikolai griff an ihm vorbei nach einer Tasche im Wagen. Richard duckte sich erschreckt.

»Nur keine Panik. Zieh das hier an.« Mit diesen Worten warf er ihm einen ausgeleierten Jogginganzug zu, dann nahm mir Nikolai die Waffe ab und meinte: »Vielleicht solltest du dich besser umdrehen. Sonst wirst du noch blind, wenn er sich den Rest auszieht.«

Ich nahm das Angebot dankend an und schlenderte zum Ufer. Obwohl es schon nach Mitternacht sein musste, war es nicht sonderlich dunkel. Aber das wurde es in einer Großstadt sowieso selten, eigentlich nur dann, wenn es einen massiven Stromausfall gab. Ich lief auf und ab und versuchte meiner Nervosität Herr zu werden, als ich plötzlich eine Bewegung auf dem Wasser wahrnahm. Ich rannte wieder hinter den Transporter. »Nick! Nick, wir kriegen Besuch.«

Nikolai reichte mir den Revolver. »Behalt ihn im Auge. Ich bin gleich wieder da.«

Richard saß zusammengesunken auf der Ablage des Transporters und starrte auf seine Füße, die nicht mehr in sündhaft teuren Slippern, sondern in ausgetretenen Sneakers steckten. Wie es aussah, hatte er sich seinem Schicksal ergeben. Dass ich mich in dieser Einschätzung irrte, sollte ich im nächsten Moment schmerzhaft erfahren. Einen kurzen Moment nur ließ ich die Waffe sinken, und den Augenblick nutzte er für seinen Angriff. Wie ein Stier rammte er mir seinen Kopf in den Magen. Mit einem leisen *Mhmpf* ging ich zu Boden und landete unsanft auf meinem Hintern. Dumpf vernahm ich, wie der Revolver über das Kopfsteinpflaster hüpfte. Der heftige Schmerz trieb mir die Tränen in die Augen, und ich rang nach Luft, wobei ich mit einer Hand hilflos nach der Waffe tastete. Derweil rannte Richard in Richtung Zufahrtsstraße.

Ich hustete schwer, drehte mich auf den Bauch und versuchte meine Tränen wegzublinzeln. Der Revolver lag einen Meter von mir entfernt. Ohne nachzudenken, kroch ich zu ihm hinüber. »Verdammte Scheiße«, brüllte ich laut. Beim Aufprall hatte sich die Trommel des Revolvers gelöst und alle Patronen lagen verstreut herum. Mit zitternden Händen hob ich einige von ihnen auf und versuchte sie wieder in die Kammern zu schieben. »Verdammt, verdammt, verdammt!«, fluchte ich die ganze Zeit. Wo war Nikolai?

Ich war verzweifelt. Tränen rannen über meine Wangen.

Nach einer gefühlten Ewigkeit hatte ich endlich die Patronen an ihrem Platz. Ich ließ die Trommel wieder einrasten. Dann kniete ich mich hin und visierte Richard an. Ich zog den Hahn nach hinten und ballerte in meiner Aufregung blind drauflos.

Hätte ich nur einen Moment nachgedacht oder mir wenigstens Zeit gelassen, hätte ich vielleicht bemerkt, dass eine weitere Person den Gang hinunterlief.

10
Und Action!

19. Juli – 02:31 Uhr – Immer noch auf dem stillgelegten Fabrikgelände

»Aus dem Weg!«, schrie ich, voll auf Adrenalin. Ich rappelte mich schwankend auf die Beine, hob den Revolver, legte an und wollte gerade einen weiteren Schuss abfeuern, als ich den Mann erkannte: Nikolai!

»Oh, Mist!« Schnell steckte ich den Revolver in den Bund meiner Jeans und riss ihn augenblicklich wieder heraus – das Ding war heiß, und ich hatte mir gerade die Haut verbrannt –, da sah ich, wie Nikolai ein Brecheisen warf, als wäre es ein Bumerang. Weil es aber kein Bumerang war und daher auch nicht wieder zurückkam, traf das Teil Richard im Rücken. Ein Schmerzensschrei hallte durch die Zufahrt. Richard kam aus dem Tritt und fiel der Länge nach hin. Sekunden später stand Nikolai über ihm, und ich rannte endlich los.

»Brauchst du Hilfe?«, schnaufte ich, als ich bei den beiden ankam.

»Es ist schon von Vorteil, dass du den Revolver weggesteckt hast«, knurrte Nikolai, wobei es schien, dass er weniger auf mich sauer war als auf Richard. »Hoch mit dir und keine Mätzchen mehr, verstanden?« Er hielt

Richard in die Luft und warf ihn wieder in Richtung Fluss.

Richard sagte kein Wort und stolperte weiter. Am Transporter angekommen wartete ein Nikolai-Klon auf uns, und ich fragte mich unwillkürlich, ob die hier direkt in der Fabrik gefertigt wurden.

»Ich hätte schon eingegriffen«, entschuldigte er sich grinsend und wies dann mit einem Kopfnicken auf mich. »Aber ich wollte nicht ins Kreuzfeuer geraten. Die Lady hat schließlich zwei Klinkersteine und einen Laternenpfahl erschossen.«

»Sie sahen sehr gefährlich aus«, murmelte ich entschuldigend.

Nikolai lächelte jetzt auch und übergab Richard dem Klon. »Bring ihn aufs Schiff. Die Überfahrt ist bezahlt. Charles wird ihn übernehmen.«

Und da sah ich das kleine Boot, das am Ufer festgemacht hatte. Richard wurde hineingestoßen. Der Klon ließ nach einer kurzen Verabschiedung den Außenbordmotor an und verschwand in der Dunkelheit.

Nikolai und ich liefen zurück zum Transporter.

»Wo bringt er ihn hin?«

Nikolai antwortete nicht gleich, sondern drückte mir eine Taschenlampe in die Hand. »Du sammelst besser die verlorenen Patronen ein. Ich will nicht, dass irgendwelche Polizisten hier rumschnüffeln oder, schlimmer noch, Kinder damit spielen.«

Ich ging in die Hocke. »Du wollest mir sagen, wo ihr Richard hinbringt.«

»Nein. Du wolltest wissen, wo er hinkommt.«

Ich rollte mit den Augen und zog eine nicht sehr nette Grimasse.

Nikolai lachte. »Ich kann dich sehen.« Das war glatt gelogen, denn es war immer noch dunkel und er stand in meinem Rücken, aber es funktionierte.

»Also. Sagst du es mir jetzt oder muss ich noch mal schießen?«

Nikolai riss gespielt die Arme in die Luft. »Bitte nicht. Ich rede ja schon.« Er nahm die Arme wieder runter und half mir auf die Beine. Ein leichter Schwindel überkam mich und ich sank leicht gegen Nikolais Brust. »Ups, 'tschuldigung.«

Ich drückte mich von ihm weg und spürte seine Muskelpakete. Für einen kurzen Moment schaute ich ihn direkt an. Seine blonden Haare waren durcheinandergeraten und gaben ihm ein jungenhaftes Aussehen. In seinen Augen saß der Schalk. Ich atmete seinen Duft tief ein und der Schwindel kam zurück. Ich riss mich zusammen und lächelte ihn an. »Also?«

Nikolai nahm mir die Patronen und die Waffe wieder ab. »Komm, steig ein. Ich erzähl es dir auf der Fahrt.«

Bildete ich mir das nur ein oder war seine Stimme weicher als sonst?

Bevor er den Wagen startete, telefonierte er kurz. »Wir können gleich zu dir fahren«, sagte er, nachdem er das Telefonat beendet hatte. »Sabine ist wieder zu Hause. Mein Bruder ist bei ihr. Sie schläft, weil sie ihr ein leichtes Beruhigungsmittel gegeben haben. Sie wird wohl noch eine Weile Kopfschmerzen haben und das blaue Auge wird auch nicht ohne sein. Aber so weit ist alles in Ordnung.« Nikolai startete den Motor und fuhr langsam am Ufer entlang zu einem anderen Werkstor.

»Woher weiß dein Bruder das alles? Ich denke, Ärzte und Krankenhauspersonal dürfen nur

Familienangehörigen Auskunft erteilen? Und Sabine ist Fremden gegenüber nicht besonders redselig.«

Nikolai grinste wieder.

»Er hat doch nicht ...?«

Seine linke Augenbraue zuckte amüsiert. »Doch. Juri hat sich als Freund und Vater des Babys ausgegeben.«

»Hatten sie Sabine da schon das Beruhigungsmittel gegeben?«

»Yo!«

»Das erklärt es dann wohl. Aber was ist jetzt bitte mit Richard?«

Nikolai seufzte. »Mein Partner bringt Richard auf ein Binnenfrachtschiff, das ohne Halt bis zum Containerhafen nach Danzig fährt. Dort wird er auf einen Hochseefrachter verladen, der ihn in den kommenden Monaten auf eine philippinische Insel bringen wird.« Nikolai stoppte den Transporter und schaute mich an.

»Kann er hierher zurückkommen?«, wollte ich wissen, als wir das Tor passierten und auf die Zufahrtsstraße abbogen.

»Eher unwahrscheinlich.« Nikolai konzentrierte sich auf die Fahrbahn. »Er hat kein Geld. Er kennt dort niemanden und kann auch zu seinen Freunden hier keinen Kontakt aufnehmen.«

»Aber er könnte sich ein Handy besorgen oder in ein Internet-Café gehen.«

Nikolai lachte trocken auf. »Du warst noch nie in der Gegend, oder? Handys sind teuer und funktionieren nur bedingt. Ein Anruf ins Ausland kostet dich mehr als einen Jahreslohn. Ins Internet zu kommen, ist noch schwieriger. Ich sage nicht, dass es unmöglich ist, aber es ist sehr unwahrscheinlich, und wenn wir seine

Freunde erst mit entsprechenden Informationen versorgt haben, dann wird Richard froh sein, dass er sich auf der anderen Welthalbkugel aufhält.« Nikolai schaute mich eindringlich an, während wir an einer Ampel auf die Grünphase warteten. »Eigentlich wäre es besser, wenn du nicht zu viel weißt.«

»Damit ich euch nicht verraten kann. Keine Bange. Ich widerstehe jeder Art von Bestechung.«

»Und wie sieht es mit Folter aus?«

»Das würde niemand tun. Dafür bin ich viel zu niedlich«, versuchte ich es mit meiner Bezirzungsnummer – große Augen, Schmollmund und den dümmlichsten Gesichtsausdruck, den ich draufhatte.

»Okay, ich sag's dir, damit du endlich Ruhe gibst«, meinte Nikolai lachend. »Aber das bedeutet, dass ich dich ab jetzt im Auge behalten werde. Und du musst mir versprechen, mich sofort anzurufen, wenn du Ärger hast.«

Ich nickte deutlich zum Einverständnis.

»Wir werden Richards sogenannten Freunden und Geschäftspartnern weismachen, dass er sich mit ihrem Geld aus dem Staub gemacht hat. Mit einer Summe, die sie nicht ignorieren und die sie ihm vor allem nicht durchgehen lassen können.«

»Und wie?«

»Wir haben da so unsere Methoden«, beendete Nikolai dieses Thema mit einer Stimme, die keine weiteren Fragen duldete.

Also ließ ich es bleiben. Vielleicht bekam ich ja noch meine Chance. Manchmal kam man mit Geduld weiter. Nicht eine meiner stärksten Tugenden, aber immerhin hatte ich sie im Repertoire.

Die restliche Fahrt schwiegen wir. Ich genoss den Sonnenaufgang und beobachtete, wie meine Stadt langsam erwachte. Die ersten Menschen verließen ihre Wohnungen und stiegen zu den U-Bahnhöfen hinab. Sie fuhren zur ersten Schicht des Tages in die Fabriken, Krankenhäuser oder die Depots für Straßenbahnen und Busse. Kioskbesitzer schnitten Pakete mit Zeitungen und Zeitschriften auf, die sie druckfrisch von den Verlagen erhalten hatten, und verteilten sie in ihren Auslagen. Die letzten Nachtschwärmer kauften die Tageszeitung direkt aus der Hand.

Wir fuhren die vierspurige Ausfallstraße entlang, vorbei an Hochhäusern, die in den Achtzigerjahren hochgezogen worden waren. Plattenbauten, an denen sich die Geister schieden. Entweder man liebte oder man hasste die »Platte«. Ich für meinen Teil würde dort nicht wohnen wollen, aber ohne sie würde meiner Stadt etwas fehlen. Je näher wir der Innenstadt kamen, desto enger wurden die Straßenverläufe.

Die Bäcker rollten die Gitter vor ihren Schaufenstern in die Höhe und verkauften den ersten Kaffee, obwohl sie von Amts wegen eigentlich noch gar nicht geöffnet hatten. Aber der Kunde war König, und wenn der Kunde einen Kaffee wollte, dann bekam er einen.

Für einen kurzen Moment überlegte ich, ob ich Nikolai auf einen einladen sollte. Aber mit all dem Adrenalin im Blut brauchte ich kein Aufputschmittel mehr.

Da der Tag wieder sehr hitzig werden würde, spritzten viele Ladenbesitzer ihren Teil des Straßenpflasters mit Wasser ab. Nebliger Dunst erhob sich, nachdem Millionen kleiner Regenbögen verdampft waren.

Ich ließ das Fenster herunter und atmete den herben, erdigen Duft ein, der sich von den Pflastersteinen erhob. Das war Heimat für mich, und ich freute mich auf den Tag, an dem ich Sabines Baby meine Heimat zeigen würde.

19. Juli – 05:26 Uhr – Wühlischstraße vor meinem Haus

»Soll ich dich noch nach oben bringen?«

»Nein«, rief ich und winkte Nikolai dankend ab. »Ich schaff das schon.«

Nikolai nahm eine Visitenkarte aus der Seitentasche seiner Cargohose und legte sie auf das Armaturenbrett.

Ich nahm sie und stieg aus. Nikolai schaute mir nach. Erst nachdem ich oben in meinem kleinen Zimmer das Licht angemacht hatte, hörte ich, wie er den Wagen anließ und davonfuhr.

Bienes Zimmer war leer. Die Küche auch. Aber im Wohnzimmer brannte Licht.

»Wie geht es dir?«

Biene, in einen Bademantel gehüllt, hatte sich in den Ohrensessel gekuschelt und blätterte in einem Bildband von Franz Marc. Eine Tasse Tee dampfte auf dem Beistelltisch neben ihr. Unter ihrem rechten Auge breitete sich ein Veilchen aus.

»Bis auf die Kopfschmerzen ganz gut. Das Baby hat nichts abbekommen.«

»Ich hol mir schnell einen Tee und dann setze ich mich zu dir. Ich kann noch nicht schlafen.«

Biene nickte kurz und blätterte um. Ich sah mein Lieblingsgemälde von Marc, *Hocken im Schnee,* auf dem Kopf.

Die Stille in unserer Wohnung war beruhigend. Ich stand am Fenster und wartete darauf, dass das Wasser im Kessel kochte. Mein Nachbar im Haus gegenüber stand ebenfalls am Fenster und genoss seine erste Tasse Kaffee im Stehen. Er winkte kurz, und ich hob meine Hand, um seinen Gruß zu erwidern. Schon komisch, wir hatten noch nie ein Wort miteinander gewechselt. Wir waren uns noch nie über den Weg gelaufen. Wir sahen uns immer nur an den Fenstern stehen.

Der Wasserkocher pfiff, und ich übergoss das Tee-Ei, das mit Roibuschtee und Zitronengras gefüllt war.

Gedankenverloren hob und senkte ich das Ei und beobachtete, wie der Tee das Wasser rötlich färbte. Ich nahm es heraus, legte es in den Ausguss und trug die Tasse zu Biene.

Als ich das Zimmer betrat, legte sie das Buch vorsichtig auf den Boden. Ich schob einen Sessel zu ihr hinüber und kuschelte mich hinein.

»Wo ist Richard?«, fragte Sabine leise. »Lebt er?«

»Ja. Aber er wird uns nichts mehr tun.«

»Sicher?«

»Sicher.« Ich nippte vorsichtig am Tee. Er war noch ziemlich heiß.

»Geht's genauer?«

»Nikolai hat ihn ins Ausland verschiffen lassen. One-Way!« Alles andere musste Biene nicht wissen. »Wie geht es dir und dem Baby?«

»Uns geht es gut. Diese kleinen Würmer sind zäher, als man denkt.«

»Dein Kopf auch.«

Biene lachte laut auf. »Ja, das hab ich heute schon mal gehört.«

Fragend schaute ich sie über den Tassenrand hinweg an. Dann dämmerte es mir plötzlich. »Du hast nicht wirklich …!«

»Mensch, Anja, du hast mich doch erst auf die Idee gebracht.«

»Also hast du dich als Anwältin ausgegeben und bist zum Gefängnis gegangen!?«

»Genau genommen war es andersrum.« Biene kicherte und handelte sich von mir einen bösen Blick ein. »Ich bin zum Gefängnis gefahren. Eigentlich wollte ich mich noch mal als Aarons Verlobte ausgeben, aber das ging nicht. Da Aaron noch in Untersuchungshaft sitzt, hätte ich beim Amtsgericht eine Besuchserlaubnis beantragen müssen. Und das kann dauern. Und auch wenn ich eine Erlaubnis bekommen hätte, hätte ich noch in der Justizstrafanstalt anrufen müssen, um einen Termin zu vereinbaren.«

»Außerdem wäre dann vielleicht rausgekommen, dass du gar nicht seine Verlobte bist.«

»Jup.« Biene trank einen Schluck von ihrem Tee. »Das ist übrigens auch der Grund, warum Frau Wagner Aaron nicht besucht.«

»Die Gefahr wäre zu groß, dass die Polizei herausfindet, dass die beiden überhaupt nicht miteinander verwandt sind und die Behörden über die ganzen Jahre hinweg belogen haben. Damit säße Aaron noch tiefer in der Klemme.«

»Wenn man es nett ausdrücken will.« Biene grinste. »Ich hab mich bei Frau Wagner erkundigt, ob Aaron einen Anwalt hat. Sie meinte, er hätte am Telefon erwähnt, dass man ihm einen Pflichtverteidiger zugewiesen hat.«

»Welche Kanzlei?«

»Diemter, Borner, Kräter und Solms.«

»Noch nie gehört.«

»Wundert mich nicht. Allein in der Stadt gibt es zweihundertzweiundsiebzig eingetragene Anwälte. Und da ist das Umland noch nicht mitgezählt.«

»Wie hast du es angestellt?«

»Wie der Zufall es so will, gibt die Kanzlei für Notfälle eine Telefonnummer auf ihrer Website an. Es ist das Handy eines Assistenten. Ich habe ihm einfach erzählt, ich würde auch in der Kanzlei arbeiten und hätte meinen Ausweis im Büro liegen lassen. Da ich aber einen Klienten im Gefängnis befragen müsste, bräuchte ich eine Bestätigung, dass ich in der Kanzlei arbeiten würde.«

»Hat er angebissen?«

»Nicht gleich. Vor allem, weil er wissen wollte, warum ich nicht einfach ins Büro fahre und mir den Ausweis hole.«

»Was hast du ihm gesagt?«

»Die Wahrheit! Dass ich schon im Gefängnis bin und nicht die Zeit habe, noch mal durch die halbe Stadt zu fahren. Außerdem hab ich ihm versprochen, dass ich in den kommenden Monaten alle Abschriften tippen würde, die auf seinem Schreibtisch landen. Da hat er nachgegeben. Er hat dem Beamten in der JVA am Telefon eine Aktennummer und irgendwelche weiteren Daten gegeben. Das und zwei geöffnete Knöpfe an meiner Bluse waren ausreichend, und ich war drin!«

»Hattest du etwa dein Kostüm Marke »Heiße Bibliothekarin« an?«, fragte ich schmunzelnd. Vergangenes Halloween hatte Biene einen Rock, der knapp über ihrem Knie endete, getragen, dazu eine bis oben zugeknöpfte weiße Bluse unter einem knappsitzenden Jackett. Ihre Haare hatte sie zu einem strengen Dutt zusammengebunden und eine schwarzumrandete Hornbrille mit Fensterglas aufgesetzt. In ihrem schwangeren Zustand mussten die Klamotten noch knapper gewesen sein. Wahrscheinlich hatte sie die Knöpfe gar nicht zubekommen.

Biene zuckte die Schultern. »Hat geklappt.«

»Was hat Aaron gesagt?«

»Du meinst, nachdem er endlich mit Sabbern fertig war?« Meine linke Augenbraue flog belustigt in die Höhe.

Biene trank ihre Tasse leer und stellte sie auf dem Fußboden neben dem Bildband ab. »Nachdem ich ihn davon überzeugt hatte, dass wir für seine Schwippoma arbeiten, ist er etwas aufgetaut. Er traut wohl niemandem, weil er ziemlich übel reingelegt worden ist.« Biene setzte sich im Sessel zurecht. »Also. Vor drei Jahren hat er sich seine Studienkasse hinter einer Bar aufgebessert. Eines Morgens, nach seiner Schicht, sind zwei Osteuropäer auf ihn zugekommen und haben ihn *gebeten*, Drogen im Club zu verticken. Sein Vorgänger habe das auch getan, aber leider wäre der in eine andere Stadt gezogen, bla, bla, bla. Sie haben ihn wohl ziemlich handfest davon überzeugt, als Dealer zu arbeiten.«

»Dann hatte er also keine Wahl.«

»Na ja, er hätte den Job wechseln können. Aber du weißt ja selbst, wie schwer es ist, einen gut bezahlten Job zu finden.«

Ja, davon konnte ich wirklich ein Liedchen singen.

»Am Anfang ging auch alles gut. Aaron hat viel Geld verdient und den Rat befolgt, nicht alles auf einmal auszugeben. Dann haben sie einen Fahrer gesucht ...«

»Hat er gesagt, was für Drogen er verkauft hat?«, unterbrach ich Biene.

»Pillen. Es waren nur Pillen.«

»Ecstasy?«

»Glaube ich nicht. Aaron meinte, die Leute, denen er das Zeug übergab, waren keine Kids, die einfach mal Party machen wollten. Es waren eher Geschäftsleute, Studenten, Anwälte und PR-Fuzzis. Leute, die zu jeder Tages- und Nachtzeit hundert Prozent fit sein müssen. Und das klingt eher nach Meth.«

»Wird das Zeug nicht geraucht?«

»Auch. Aber in Pillenform wirkt es langsamer und hält viel länger an. Das erhöht die Leistungsfähigkeit massiv.«

»Gott! Hör uns mal zu. Wir klingen wie Dealer.«

»Oder Chemiecracks.« Biene lachte kurz auf. »Aaron meinte, es wären unterschiedliche Pillen gewesen, weil sie sich farblich unterschieden. Ansonsten konnte er mir nicht viel mehr darüber sagen.«

»Konnte oder wollte er nicht?«

»Meiner Meinung nach hat er mir die Wahrheit gesagt. Wir wollen ihm helfen und nicht schaden. Also, warum sollte er lügen?«

Ich zuckte die Schulter. *Ja, warum sollte er?*

»Jedenfalls«, sprach Biene weiter, »fragten die Typen Aaron ein paar Monate später, ob er nicht als Fahrer arbeiten wolle. Er könne es in den Nachtschichten machen, in denen er nicht in der Bar arbeitet.«

»Nachts?«

»Ja. Die Fahrten fanden immer nachts statt. Er musste zu der Tierklinik von unserem Dr. Brömmer fahren und Pakete einladen. Die hat er dann in eine Fabrik am nördlichen Stadtrand gebracht. Hat die Pakete an einen der Typen übergeben, und das war's dann. Pro Fuhre haben die ihm 5000 Euro bezahlt.«

In meinem Hirn klingelte ein kleines Glöckchen. Bevor es lauter werden konnte, lenkte mich Biene ab.

»Aaron hat alles in allem eine ganz schöne Summe eingesackt. Kein Wunder, dass er nicht redet. Und so wie es aussieht, hat die Polizei nicht viel gegen ihn in der Hand, außer Indizien. Vor drei Wochen haben sie Aaron bei einer angeblichen Routinekontrolle hochgenommen. Wegen Verdachts auf Medikamentenmissbrauch. Sein Wagen war bis zum Dach vollgeladen mit Tiermedikamenten. Jetzt suchen sie nach Beweisen wegen geschäftsmäßigen Drogenhandels und Mitarbeit in irgendeiner osteuropäischen Mafia. Es sieht so aus, als würden die alles, was sie finden können, Aaron anhängen wollen.«

»Das brächte ihm lebenslänglich.«

»Nicht, wenn er wirklich mit der Mafia zu tun hat und die denken, dass er gesungen hat. Dann dürfte seine Zeit auf Erden ziemlich begrenzt sein.«

Nach Bienes Worten schwiegen wir beide. Durch die Fenster schien die Sonne zu uns herein. Wie friedlich alles aussah!

Das meinten die Menschen also, wenn sie sagten: »Der Schein trügt«. Es war nämlich alles andere als friedlich!

Aaron sollte als Bauernopfer herhalten. Und das von beiden Seiten. Die Polizei und die Staatsanwaltschaft hatten sich auf Aaron eingeschossen. Sie würden nach keiner anderen Spur suchen. Nicht, wenn sie keine neuen Indizien oder besser noch Beweise frei Haus geliefert bekamen.

Und dann war da noch diese ominöse Mafia. Wenn Aaron wirklich für eine solche Organisation gearbeitet hatte, dann war sein Leben keinen Pfifferling mehr wert. Niemand würde ihm glauben, dass er nicht geredet hatte. Die Mafia war ja nicht gerade für ihre Nächstenliebe bekannt.

Was mir nur nicht in den Kopf wollte, war die Tatsache, dass Aaron mit Kisten von Tiermedikamenten hochgenommen worden war. Was hatte das bitte schön mit Drogen zu tun?

Ich streckte mich. Langsam wurde ich doch müde. Mein Hirn fühlte sich an wie Brei.

Biene erhob sich schwerfällig und gähnte. Sie hatte Schmerzen, das sah ich. Aber ich wusste, dass sie es leugnen würde, wenn ich sie danach fragte.

»Zeit, eine Mütze voll Schlaf zu nehmen«, meinte sie und schlurfte in die Küche, um ihre Tasse abzuwaschen.

»Ja«, erwiderte ich.

Der Körper reagiert schon interessant: Erst pumpt er Adrenalin in alle Zellen, um in Abwehrstellung bleiben zu können. Und dann, wenn alles vorbei ist, baut er es wahnsinnig schnell wieder ab. Es ist, als ob man einen Schalter umlegt. Mit einem Mal wird man müde. Es geht einem sprichwörtlich die Luft aus.

Biene und ich würden morgen – halt, nein, heute – darüber reden, wie wir weiter vorgehen wollten.

Eines war jedoch klar. Wir mussten uns beeilen.

11
Weiter im Programm

20. Juli – 12:43 Uhr – Unsere Küche

Sabine und ich genossen unser spätes Frühstück. Die wichtigste Mahlzeit des Tages, wie meine Großmutter immer zu sagen pflegte. Früher war mir das egal gewesen, aber seit Biene hier wohnte, stiegen in mir familiäre Gefühle hoch.

»Wann musst du heute in den Salon?«

»Um zwei hab ich den ersten Kunden.«

Ich biss gerade herzhaft in mein Marmeladenbrötchen, als im Hausflur Schreie zu hören waren. Aufgescheucht rannten wir zur Wohnungstür und schlugen uns um den Spion. Sabine gewann.

»Was ist da draußen los?«, wollte ich wissen.

»Pssst« Biene wedelte mit ihrer Hand durch die Luft, als wollte sie eine lästige Fliege verscheuchen.

Ich presste mein Ohr gegen das Türblatt und versuchte so viel wie möglich mitzubekommen. Sadiks Tür stand sperrangelweit offen, und ich hörte das wütende Gezeter einer seiner Übernachtungstussis.

»Du bist das größte Arschloch, das mir je untergekommen ist. Du blödes Arschloch kannst mich nicht einfach nach dem Frühstückssex rauswerfen. Das lasse ich nicht mit mir machen ...«

»Tut sie doch«, murmelte Biene. »Sie steht in Unterwäsche vor der Tür und versucht ihre Klamotten in eine viel zu kleine Handtasche zu stopfen.«

»Lass mich auch mal«, quengelte ich und versuchte den Spion für mich zurückzuerobern. Aber Biene schob mich beiseite und ihr Auge saugte sich am Türspion fest.

Das Mädchen wiederholte in einer Tour das bereits benutzte Schimpfwort. Wie schon gesagt: Sadik legte bei seinen Eroberungen keinen besonders großen Wert auf Intelligenz und Sprachgewandtheit. Das traf auch auf diese Wasserstoffblondine mit Bombenfigur zu.

»Oha, jetzt hat sie Sadik gegen die Brust geboxt. Der hat noch nicht mal gewackelt. Die wirft bestimmt auch wie ein Mädchen.«

Die Blondine motzte immer noch herum und rief etwas, das klang wie: »Du blöder Bulle!« Doch bevor sich in meinem Hirn ein Gedanke festsetzen konnte, meldete sich mein Gewissen. »Ach, jetzt komm schon. Sei nicht so gemein. Irgendwie kann sie einem leidtun.«

»Wieso? Sie ist alt genug und macht das bestimmt nicht zum ersten Mal.«

»Trotzdem, ich möchte nicht in Unterwäsche in einem fremden Hausflur stehen.«

Das ließ Sabine kurz verstummen.

»Meinst du nicht, wir sollten sie zu uns reinbitten?«

»Spinnst du!« Doch bevor Biene mir die Leviten lesen konnte, rief sie »Achtung!« und rutschte schnell unter den Spion. Fast gleichzeitig klopfte es an unserer Tür.

»Habt ihr alles mitbekommen? Ansonsten erzähle ich euch gern noch den Rest.«

»Scheiße!«, murmelte ich. Sadik hatte uns bemerkt. Aber das war wahrscheinlich auch keine Kunst. Um den Tumult zu ignorieren, hätten wir schon außer Haus sein müssen.

»Nein, danke«, rief ich. »Nette Show.«

Zur Antwort hörten wir nur, wie die Wohnungstür meines Nachbarn krachend ins Schloss fiel.

»Gott. Du kannst so peinlich sein«, murmelte Sabine und zog sich auf die Beine. »Hättest du nicht einfach nichts sagen können?«

»So ein Blödsinn. Der hat doch gemerkt, dass wir gelauscht haben«, winkte ich ab und holte die Telefonnummer meines Freundes von den *Putzteufelchen*. Der Tag war schließlich schon ein paar Stunden alt, und wir hatten noch einen Auftrag zu erfüllen.

Ich hörte Sabine die Küche aufräumen und schnappte mir das Telefon. Nach mehrmaligem Klingeln hörte ich eine Frauenstimme, die mir mitteilte, dass gerade niemand persönlich ans Telefon gehen könne und ich doch bitte eine Nachricht auf das Band sprechen oder die folgende Handynummer wählen sollte. Ich hatte es eilig und nahm die zweite Option.

»Putzteufelchen, was kann ich für Sie tun?«, brummte es mir wenig später entgegen.

»Du solltest deiner Firma echt einen neuen Namen geben oder nicht selbst ans Telefon gehen. Einen erwachsenen Mann, der *Putzteufelchen* sagt, kann man irgendwie nicht ernst nehmen.«

»Ich freu mich auch, dich zu hören«, knurrte Rolf heiter. »Ich wollte dich schon am Wochenende anrufen, bin dann aber nicht dazu gekommen.«

»Wieso das?«

»Ich hab einen Job für dich. Drei meiner Frauen haben sich krankgemeldet. Dummerweise habe ich zwei neue Kunden dazubekommen.«

»Das wird eng«, gab ich zu.

»Du sagst es. Ich weiß, dass du keine spezielle Bescheinigung hast, aber wenn du nichts sagst, dann weiß ich auch von nichts.«

Das ging ja einfacher, als ich erwartet hatte. Gönnerhaft antworte ich: »Ich helf dir gern. Kein Problem.«

»Gott, das ist klasse. Ich bin dir so dankbar. Es ist auch nicht schwer. Ich hab einen Tierarzt als Kunden, Dr. Brömmer. Du musst dich nur um die Praxisräume und die öffentlich zugänglichen Anlagen kümmern. Ich verspreche dir, du kommst mit den Tieren nicht in Berührung.«

Ich konnte mein Glück gar nicht fassen!

»Wann soll ich anfangen?«, fragte ich und versuchte nicht allzu fröhlich zu klingen.

»Wenn es geht, schon heute Abend?«, druckste Rolf ein wenig herum.

»Kein Problem! Soll ich mich gleich dort melden oder erst bei dir vorbeifahren?«

Ich hörte Rolf erleichtert ausatmen. »Komm ins Büro. Ich bringe Rita, Gaby und dich dann direkt hin. Es ist ein wenig außerhalb der Stadt und um die Zeit fahren da keine Busse mehr raus.«

»Holst du uns dann wieder ab oder soll ich mir einen Fahrdienst organisieren?«

»Nein, das mach ich schon. Putzzeug brauchst du auch keins. Das ist alles in der Praxis. Nur deine Klamotten müsstest du mitbringen.«

»Kein Problem!« Kittel, Handschuhe und Käppi hatte ich eh auf Vorrat.

»Also dann, Treff im Büro um Punkt 20:30 Uhr.«

»Bis dann«, verabschiedete ich mich, hörte aber noch Rolfs schnelle Frage: »Was wolltest du eigentlich von mir?«

»Oh. Ich wollte dich um einen Job bitten. Ich brauche Geld.«

»Wer tut das nicht«, meinte Rolf. »Ich freu mich auf dich.« Dann legte er auf.

Mit zitternden Händen legte ich das Telefon zurück in die Ladestation.

Sabine hatte sich in der Zwischenzeit umgezogen und für den Salon zurechtgemacht. »Wie sieht's aus?«

Ich klatschte in die Hände. »Ich hab den Job. Heute Nacht kann ich die Praxis dieses Arztes durchsuchen.«

Sabine checkte ihre Handtasche. »Das schaffst du nicht allein.«

»Warum nicht?«

»Na ja, Anja, ich sage es nur sehr ungern, aber ich kann mit Computern besser umgehen als du. Und selbst wenn wir alle Beweise auf einen USB-Stick ziehen könnten, wissen wir nicht, ob der Doktor nicht auch altmodische Akten hat. Die müssten wir dann kopieren, weil es auffallen würde, wenn sie einfach weg wären. Und meinst du nicht auch, dass Rolf stutzig werden könnte, wenn du plötzlich mit einer schweren Tasche aus der Klinik kommst?«

»Ach verdammt. Daran hab ich gar nicht gedacht.« Was Sabine sagte, macht mehr als Sinn.

»Wann holt euch Rolf wieder ab?« Sabine kontrollierte noch mal kurz ihr Make-up im Flurspiegel.

»Ich denke so gegen Mitternacht. Drei Stunden putzen sollten eigentlich reichen. So groß ist die Praxis ja nicht.«

Biene überlegte kurz. »Dann komme ich vorbei. Du musst nur dafür sorgen, dass Rolf keinen Verdacht schöpft, und irgendwie die Hintertür aufmachen, damit ich reinkomme.«

Ich dachte kurz über Sabines Vorschlag nach. »Das müsste zu machen sein. Aber verspäte dich nicht. Da draußen ist es ziemlich gruselig.«

»Keine Sorge. Zur Sicherheit solltest du dein Handy einstecken.« Damit war Sabine aus der Tür und machte sich auf den Weg zur Arbeit. Mir blieben noch ein paar Stunden, und die wollte ich schlafend verbringen. Heute Nacht würde ich fit sein müssen. Dummerweise hatte ich gerade einen Becher Kaffee in mich hinein gekippt. Es hatte keinen Sinn, sich jetzt hinzulegen, ich würde keinen Schlaf finden. Das Einzige, was vielleicht half, war eine Runde Joggen.

Ich lief in mein Zimmer und zog eine ausgeleierte graue Jogginghose und ein blassgelbes T-Shirt aus dem Reisekoffer. Dann schlüpfte ich in meine Sportschuhe, steckte etwas Kleingeld in die Hosentasche und nahm den Schlüssel vom Regalbrett.

20. Juli – 13:27 Uhr – Scharnweberstraße, Richtung Stadtpark

Die Sonne hatte den Tag auf gefühlte fünfunddreißig Grad erwärmt. Genau die richtige Temperatur, um wieder mit dem Sport anzufangen. Ich schaute mich in meinem Hof um.

Alles war wie immer. Die Mülltonnen standen an der Mauer links von mir, beschattet von der riesigen Kastanie. Die Sonnenblumen in den Beeten reckten ihre hübschen Köpfchen gen Himmel, und das Tor gab den Blick auf den Vorderhof frei. Ich steckte meinen Schlüssel in die Hosentasche und lief auf der Stelle. Dann legte ich den ersten Gang ein und rannte durch das Tor. Auf der Straße drehte ich nach links ab in Richtung Park, der ungefähr einen Kilometer entfernt war.

Die ersten Meter waren kein Problem. Euphorisch, wie ich war, legte ich einen Gang zu. Meine Arme schwangen im Takt. Ich erreichte den Eingang des Parks und begab mich auf die erste Runde.

Die Vögel zwitscherten, ein leichter Wind rüttelte an den Blättern der Eichen und Buchen, die weit mehr Jahrzehnte auf dem Buckel hatten als ich. Meine Schritte waren federnd. Mein Gesicht der Sonne zugewandt.

Ich kam keine fünfhundert Meter weit, als mir der Schweiß ausbrach und ich nach Atem rang. Aber ich riss mich zusammen.

Das wäre doch gelacht, ich würde nicht einfach aufgeben.

Hier lief die neue Anja Blume – tough, mit allen Wassern gewaschen und ausnehmend sportlich.

Ich schnaufte schwer, und in meinen Beinen schien sich Blei zu sammeln.

Die erste Runde war noch nicht mal zur Hälfte geschafft, als ein Mann mittleren Alters an mir vorbeischoss. *Angeber*, dachte ich und raffte meine letzten Reserven zusammen.

Zwei Meter weiter hielt ich an und griff mir ins Zwerchfell. Seitenstechen!

Ich suchte mir einen Baum und stützte mich dagegen.

»Nicht stehen bleiben. Sie müssen weiterlaufen. Sonst haben Sie morgen einen Muskelkater, der sich gewaschen hat«, riet mir der Mann, der gerade seine zweite Runde absolvierte. »Klugscheißer«, murmelte ich und rief ihm laut nach: »Ich hab bloß einen Stein im Schuh.«

Er winkte mir zur Antwort.

Ich trottete langsam zum Ausgang und rang nach Luft. Vielleicht war Joggen nicht der richtige Sport für mich. Vielleicht könnte ich es vorsichtiger angehen? Schach war ja schließlich auch Sport, oder?

Irgendwie schaffte ich es in meine Wohnung, ohne auf der Treppe tot zusammenzubrechen. Ich schleppte mich durch den Flur in Richtung Bad. Unterwegs entledigte ich mich meiner Klamotten und fragte mich, was Sadik wohl zu dieser Spur aus verschwitzter, dreckiger Schiesser-Feinripp-Unterwäsche statt parfümierter Dessous sagen würde. Eines war klar: Ich würde nicht halbnackt im Treppenhaus stehen müssen – ich käme erst gar nicht so weit!

Ich duschte schnell, schlüpfte in eine neue Garnitur Unterwäsche, verdunkelte meine Fenster so gut es ging und kuschelte mich in mein neues Bett. Kurz bevor mir die Augen zufielen, erinnerte mich mein Unterbewusstsein daran, dass es besser wäre, einen Wecker zu stellen. Ich taumelte in Sabines Zimmer und suchte ihren. Ein digitales Schätzchen, von dem ich nicht die leiseste Ahnung hatte, wie ich es einstellen sollte.

Dann doch lieber die Weckfunktion meines Handys.

12
Die Nacht der Wahrheit

20. Juli – 19:42 Uhr – Unsere Wohnung

Mein Schlaf war traumlos.

Langsam schälte ich mich aus dem Bett, schlurfte in die Küche und schaltete die Espressomaschine an. Heute brauchte ich den ganz harten Stoff. Im Bad wusch ich mir das Gesicht und putzte mir die Zähne. Dann zog ich meine Arbeitsuniform an: Jeans, hautenges T-Shirt und Sneakers. Der Espresso war fertig und ich trank ihn, entspannt gegen die Küchenzeile gelehnt.

Ich lauschte in meine Wohnung, in der es angenehm ruhig war. Vom Nachbarhaus her hörte ich die üblichen Abendgeräusche der Menschen einer Großstadt: das Klappern von Geschirr, Streit zwischen vollbeschäftigten Eheleuten über das Bügeln von Oberhemden, und Toilettenspülungen. Dann schlug der Deckel einer Mülltonne und jemand knallte die Haustür ins Schloss. Von irgendwo her klang das glucksende Lachen eines Kindes zu mir.

Während all diese Menschen ihren Feierabend mehr oder weniger genossen, stand mir mein Arbeitstag noch bevor. Ich packte Putzkittel, Handschuhe und

Basecap in meinen Rucksack. Als ich das Handy dazu schmeißen wollte, kam eine SMS an.

»Mist!«

Sabine schrieb mir, dass sie länger im Salon bleiben musste. Sie würde es nicht rechtzeitig zur Tierklinik schaffen. Ich überlegte kurz. Dann müssten wir später noch mal rausfahren. Was vielleicht auch besser wäre, denn dann hätten wir unsere Ruhe. Ich musste nur sehen, dass wir nach dem Job wieder in die Klinik reinkamen.

Biene war einverstanden. Ich würde mich bei ihr melden, sobald Rolf uns in der Stadt wieder abgesetzt hatte.

20. Juli – 20:20 Uhr – Frankfurter Allee, Höhe Amtsgericht

Während der Fahrt zur Tierarztpraxis teilten Rita, Gaby und ich die Zimmer und Aufgaben untereinander auf. Dadurch sparten wir Zeit. Ein Faktor, der gerade in diesem Geschäft viel Geld wert war. Wir drei hatten schon bei anderen Objekten zusammengearbeitet, und Gaby wusste, dass ich für bestimmte Bereiche keine Arbeitserlaubnis hatte. Deshalb sollte ich mich hauptsächlich um den Wartebereich, das Büro und die Abstellräume kümmern.

Rolf hielt direkt vor dem Haupteingang, und während wir Mädels uns aus dem Kleintransporter schälten, schloss er die Türen zu den Räumen auf, die wir reinigen sollten. Dann gab er Gaby den Schlüssel zum Objekt und machte sie damit für die kommenden Stunden zu meiner direkten Vorgesetzten.

»Dein Putzzeug steht den Gang runter links, die vorletzte Tür«, wies mir Gaby die Richtung.

»Alles klar!« Ich salutierte und lief den Gang hinunter. Dabei tat ich so, als würden mich die verschlossenen Türen nicht interessieren. Meine Ohren aber standen auf Habachtstellung. Aus einem der Räume dran ein klägliches Maunzen zu mir herüber. Vorsichtig drückte ich die Türklinke hinunter. Auf Zehenspitzen schlich ich zu einem Käfig, in dem eine kleine Katze hockte.

»Hallo, meine Kleine! Du bist einsam hier drin, was?«
Sie maunzte zur Antwort.

»Tut mir leid. Ich kann dich nicht rauslassen. Ich weiß ja auch gar nicht, was dir fehlt. Siehst aber eigentlich gesund aus.« Wenn ich etwas mutiger gewesen wäre, hätte ich meine Finger durch die Stäbe gesteckt und sie gestreichelt. Aber, wie schon gesagt, Katzen und Hunde mochten mich normalerweise nicht.

»Hey, Anja, da musst du nicht putzen.«
Ertappt schreckte ich zurück und drehte mich um. »Gott Gaby, 'tschuldigung. Hab mal wieder links und rechts verwechselt.«

Gaby winkte lachend ab. »Ich kenn das Problem. Komm, ich zeig dir, wo du dein Zeug findest.«

Sie führte mich zu einer schmalen Abstellkammer zwei Türen weiter. Ich zog meinen Kittel über und deckte mich mit einem Eimer, diversen Lappen, einem Schrubber und zwei Flaschen mit chemischen Reinigern ein, einen schnelltrocknenden für Böden und einen für Tische, Regale und Glasflächen. Vorschriftsmäßig ließ ich die Tür wieder ins Schloss fallen und schaukelte mit meinem Zeug zurück in Richtung Haupteingang mit angeschlossenem Wartezimmer.

In einer der Toiletten füllte ich den Eimer mit Wasser und begann systematisch die Glasfronten der Türen zu säubern. Dabei konnte ich aus nächster Nähe abschätzen, welche Sicherheitsstandards Dr. Brömmer im Eingangsbereich verbaut hatte. Diese Seite der Klinik hatte ich bei meinem *Sonntagsausflug* nicht begutachten können. Interessanterweise hielt der gute Doktor sehr viel von Sicherheitstechnik. Die Eingangstür verfügte über einen Zahlencode, gepaart mit einem Kartenscanner, und der Bereich, in dem die Klienten keinen Zutritt hatten, verfügte zusätzlich über einen Fingerabdruckscanner. Ich hätte mein sauer verdientes Geld verwettet, dass dieser kleine Wunderkasten nur auf den Abdruck der Papillarleisten des Chefs reagierte. Alle Türen waren mit Sicherheitsschlössern ausgestattet. Ziemlich paranoid für einen einfachen Tierarzt.

Aber eventuell gab es noch einen eleganteren Weg ins Gebäude zu gelangen. Nur Geduld.

Ich machte mich über die Tische und Stühle im Wartebereich her und ging dabei super gründlich vor – nicht einmal die Blätter des Plastik-Ficus waren vor mir sicher. Währenddessen zermarterte ich mir das Hirn, wie ich später mit Biene noch einmal hier hereinkommen könnte. Die Schlösser in den Türen waren kein Problem. Selbst den Fingerabdruckscanner könnte ich leicht umgehen. Ich müsste nur einen Zehn-Finger-Satz im Büro des Meisters abnehmen. Die Tastatur des Computers wäre dafür ideal. Aber ein Aktenschrank täte es zur Not auch.

Und jetzt lüfte ich mal das Geheimnis des Schminktäschchens einer Frau: Pudriger Lidschatten eignet sich einfach fantastisch zum Abnehmen von

Fingerabdrücken. Und wenn man zufällig keinen Latexfinger dabeihat, um den Abdruck aufzunehmen, dann reicht auch ein Streifen Tesafilm. Ich hatte das noch nie selbst ausprobiert, aber mein Ex-Chef beim Schlüsseldienst schwor, dass es funktionierte. Zahlenfeld und Kartenscanner würden sich leicht mit einer bestimmten Software knacken lassen, die es in diversen Kreisen mittlerweile als App fürs iPhone gab. Wie der Zufall es wollte, hatte mir genau dieser Ex-Chef das Programm zum Ausprobieren überlassen. Es war eine etwas ältere Version, die wir auf Bienes Smartphone geladen hatten.

Das Problem waren also nicht die Sicherheitsmaßnahmen an sich, sondern die Vielzahl. Es würde sehr viel Zeit kosten, jede einzelne auszuschalten.

20. Juli – 21:53 Uhr – Tierklinik Dr. Brömmer

Warum, um alles in der Welt, schützte ein Tierarzt seine Praxis besser als Fort Knox? Unsere Vermutung, dass Aaron und er in etwas sehr Illegales verwickelt waren, verstärkte sich immer mehr.

Ich holte frisches Wasser und warf dabei einen interessierteren Blick auf das Toilettenfenster.

Vielleicht könnte ich es anlehnen und nachher dort einsteigen?

Keine Chance! Das Fenster war nicht viel größer als ein A4-Blatt. Um da durchzukommen, hätte ich spontan einige Kilo an Umfang verlieren müssen.

Gedankenverloren polierte ich die Ablage des Eingangstresens. Ich hob das runde Aquarium an und brachte das Wasser darin in Bewegung. Der kleine Goldfisch schaukelte hin und her.

»'tschuldige, mein Kleiner, aber ich muss auch unter dir wischen.« Der kleine Kerl schaute mich traurig an. Er war ganz allein. Nicht mal eine Wasserpflanze war in dem Becken, mit der er hätte spielen können. Außer ihm, ein paar Steinchen am Boden und Wasser war das Aquarium leer.

Ich trat einen Schritt zurück.

»Armes Kerlchen«, murmelte ich, und der Kleine schwamm wieder seine Runden. Ich nahm ein trockenes Tuch in die Hand und wischte gerade den Staub vom Empfangscomputer, als ich ein helles *Ping* hörte. Erschreckt fuhr ich zurück. Hatte ich aus Versehen den Rechner eingeschaltet?

Nein. Ich lauschte. Da war es wieder – *Ping!*

Suchend drehte ich mich im Kreis und hielt die Luft an. Mein Handy konnte es nicht sein, denn das lag in meinem Rucksack, und der lag in der kleinen Kammer mit den Putzmitteln.

Beim nächsten *Ping* wusste ich endlich, was es war und woher es kam. Es war dieser Ton, den ein Computer machte, wenn er eine Eingabe nicht ausführen konnte. Immer wenn ich während des Studiums mein Passwort falsch eingegeben hatte, war dieser Ton erklungen.

Hinter dem Tresen ging eine Tür ab, die ins Büro von Dr. Brömmer führte. Soweit mir bekannt war, gab es zwei davon. Eine, die hinten raus in den Flur führte, und eben jene, vor der ich gerade stand. Da ich dort sowieso noch putzen musste, konnte ich auch ebenso gut dem *Ping* auf den Grund gehen. Ich sammelte meine

Sachen zusammen, drückte mit meinem rechten Ellbogen die Klinke herunter und schlüpfte hinein.

»Was wollen Sie hier?«, erschreckte mich eine fiepsige Stimme.

Verdattert fror ich in der Bewegung ein.

»Ich, ich –«, stotterte ich, bevor ich mich wieder im Griff hatte. »Was machen *Sie* hier? Eigentlich sollte niemand hier sein.«

Der Mann schlug weiter auf die Tastatur seines Laptops ein, diesmal klang es wie das Staccato eines Maschinengewehrs, und ich hörte wieder das *Ping*.

»Davon wird's auch nicht besser«, rutschte es mir raus. Ich stellte meine Sachen ab, nahm ein Tuch und begann den halbhohen Aktenschrank vom Staub zu befreien.

»Das weiß ich selbst«, knurrte Dr. Brömmer in meinem Rücken. »Können Sie das nicht später machen?«, bat er mich in fast höflichem Ton.

Ich drehte mich um und putzte dabei demonstrativ einen Fotorahmen, in dem das Bild eines Golden Retrievers untergebracht war.

Dr. Brömmer saß hinter seinem Schreibtisch und schaute mich erwartungsvoll an. Er war kleiner, als ich erwartet hatte, besaß einen spitzen Kopf, der mich an einen Football erinnerte, und seine Augen lagen fast unnatürlich eng beieinander. Irgendwie gruselig.

»Ich mache hier nur meinen Job und dafür habe ich nicht viel Zeit. Ich putze einfach um Sie herum.« Ich drehte mich wieder zu dem halbhohen Schrank um, der über die gesamte Wandlänge von gut drei Metern verlief, und putzte einfach weiter.

Er wollte gerade etwas erwidern, als sein Handy einen Tanz auf dem Schreibtisch aufführte. Er ging ran, hörte kurz zu, sagte: »Moment«, und schrie mich an, ich solle sofort sein Büro verlassen, was ich auch prompt tat.

Die Tür fiel hinter mir ins Schloss. Ich stellte das Foto des Hundes neben den Goldfisch auf den Tresen und lief in den Flur der Praxis.

Etwas weiter hinten hörte ich den metallischen Klang eines alten Kassettenrekorders. Rita und Gaby hörten gern Musik bei der Arbeit, aber Kopfhörer waren aus Sicherheitsgründen verboten.

»Hey«, grüßte ich die beiden, die gerade dabei waren, einen der Operationsräume auf Hochglanz zu bringen.

»Machst du Pause?«, fragte Gaby, und ich hatte den Eindruck, dass ein kleiner Vorwurf in ihrer Stimme mitschwang.

»Nein. Dr. Brömmer hat mich aus seinem Büro geschmissen. Wo soll ich jetzt weitermachen?«

»Scheiße! Ich hasse es, wenn noch irgendjemand im Haus ist. Das verzögert unseren Zeitplan.« Dann sah sie mich an und legte ihre Stirn leicht in Falten. »Kümmere dich um den Abstellraum und sieh zu, dass du bald ins Büro reinkommst.«

»Alles klar.«

Mit Schwung öffnete ich die Tür zur Kammer gleich neben dem Büro. Sie prallte zurück und schlug mir gegen den Kopf.

»Verdammt, was ist das denn?« Ich rieb mir die Stirn und schaltete das Licht an. Vor mir entfalteten sich zwei Gebirgszüge von Kartons, die bis unter die Decke gestapelt waren. Hier gab es nichts zu putzen, wenn man den handbreiten Gang zwischen den Bergen außer Acht ließ.

Erstaunlich, was sich in den paar Stunden angesammelt hatte. Denn als ich vorgestern ums Haus geschlichen war und durch das Fenster hier reingeschaut hatte, war der Raum bis auf drei Kartons, den Tierarzt und den unheimlichen Mann leer gewesen.

Ich schaute mich um und versuchte die Namen auf den Kartons zu lesen. »Pentobarbital«, murmelte ich und strich mit der rechten Hand über weitere Wörter: *Slentrol, Reconcile, Methylprednisolon* und *Caniphedrin.*

Das sagte mir alles überhaupt nichts. Ich fragte mich nur, warum ein Tierarzt diese Medikamente in solchen Mengen hortete? Damit würde er locker die kommenden drei Jahre überstehen, selbst wenn alle Haustiere der Stadt bei ihm in Behandlung wären. Vielleicht gab es die Medikamente aber auch gerade im Sonderangebot beim Großhandel? Egal, was der Grund war, ich kam nicht dazu, länger darüber nachzudenken, denn Dr. Brömmer schrie in seinem Büro so laut, dass ich mich nicht mehr denken hören konnte.

»Sind Sie komplett bescheuert! Sie können nicht einfach das ganze Zeug hier abladen. Ich hab Ihnen doch gesagt, ich kann den Verkauf nicht übernehmen.«

Eine Pause folgte, in der Dr. Brömmer offensichtlich seinem Gesprächspartner lauschte.

»Ist mir egal, ob Ihr Kurierfahrer von der Polizei gefasst wurde. Abgemacht war, dass ich die Medikamente bestelle, weil ich als Tierarzt keinen Verdacht auf mich lenke. Aber nur, wenn die Sachen sofort abgeholt werden! Haben Sie eine Ahnung, wie schnell mir die Kontrolleure auf die Pelle rücken, wenn die ganzen Kartons hier noch länger rumstehen? Wie soll ich das meinem Personal erklären? Allein mit der Menge an Pentobarbital könnte man die halbe Stadt einschläfern. Holen Sie die Kartons hier weg. Noch heute!«

Dr. Brömmer schwieg und wartete auf die Antwort auf seine Drohung. Leider konnte ich sie nicht hören, so sehr ich mich auch anstrengte.

»Hören Sie auf damit. Erzählen Sie mir nicht, wie ich meinen Job zu machen habe. Ich habe bei dem Geschäft genug Geld auf die Seite geschafft. Meine Taschen sind voll. Außerdem habe ich Beweise gegen ihre Organisation gesammelt. Sie machen mir keine Angst mehr.«

Die Stimme des Doktors schnappte fast über, aber als er weitersprach, wirkte er seltsam entspannt. Offensichtlich gefiel ihm, was er am anderen Ende der Leitung gehörte hatte.

»Gut. Holen Sie das Zeug ab, bevor die Klinik öffnet und mein Personal kommt.«

Dann wurde es still.

»Was war das denn?«, murmelte ich. Doch bevor ich ausgiebiger darüber nachdenken konnte, schreckte Gaby mich aus meinen Gedanken.

»Bist du fertig hier drin?«, rief Gaby vom Flur aus.

Schnell schnappte ich mir mein Putzzeug und rannte hinaus. »Ja!«

»Gut, dann kümmere dich um das Büro. Wir putzen jetzt noch die Tierkäfige und sind dann fertig.«

Ich nickte und hob die Hand, um an Dr. Brömmers Bürotür zu klopfen, als diese aufgerissen wurde.

Ohne ein Wort stürmte der Doktor an mir vorbei und riss mir fast meinen Eimer aus der Hand.

»Hey!«, rief ich ihm nach, aber er reagierte überhaupt nicht.

Wenig später hörte ich das leise Röhren eines Motorrollers. Er musste ihn hinten im Hof geparkt haben, denn mir war keiner aufgefallen, als Rolf uns hier abgesetzt hatte.

Zeit, mich in seinem Büro etwas genauer umzusehen. An allen Wänden standen halbhohe Aktenschränke. Darüber hingen Kunstdrucke, die, meiner fachfraulichen Meinung nach, keine billigen waren. Auch die Auswahl von Marc Chagalls *Tanz* und Franz Marcs *Liegender Hund im Schnee* zeugte von einem guten Geschmack des Doktors.

Ich schaute mich weiter um. Der Laptop war verschwunden. Vielleicht lag er in einem der metallenen Rollcontainer, die links und rechts neben dem Schreibtisch standen. Sie waren verschlossen. Jetzt war die Zeit zu knapp, um sie zu öffnen.

Dr. Brömmer hatte die Praxis mit leeren Händen verlassen. Kein Aktenkoffer oder Rucksack. Wenn es wirklich Unterlagen gab, dann waren sie wahrscheinlich hier.

Mein Blick glitt über die Aktenschränke. Alle Buchstaben des Alphabets waren vorhanden. Ich lief auf einen zu und rüttelte an der obersten Schublade. Sie war verschlossen. Es war ein normales kleines Sicherheitsschloss, nichts Aufwendiges. Eine Büroklammer war alles, was ich brauchte.

Ich setzte mich in den Bürostuhl. »Selbst wenn er alle Akten digital archiviert, er hat mit Sicherheit Ausdrucke davon abgelegt. Dieser Arzt ist von der alten Schule.«

Mein Blick fiel auf die Uhr über der Tür, die zum Empfangsraum führte.

22:37 Uhr.

Mist, die Büroklammer musste warten. Ich sprang auf und stieß schmerzhaft mit dem Fuß gegen einen festen Rucksack, den Dr. Brömmer dort abgestellt hatte.

»Au, verdammt«, knurrte ich und reinigte humpelnd den Raum zu Ende. Zehn Minuten später fuhr Rolfs Transporter vor. Gaby, Rita und ich verstauten die Reinigungsmittel wieder an ihrem Platz, zogen uns um, und Gaby verschloss alle Türen.

Ich checkte mein Handy. Sabine hatte sich noch nicht gemeldet. Ich schrieb ihr schnell, dass wir fertig waren, und stieg zu Rolf auf den Beifahrersitz. »Kannst du mich in der Stadt rauslassen?«

»Klar, noch verabredet?«

»Mhm.«

»Ein Date?«, fragte Rolf neugierig, der meine Fehlgriffe in Sachen Männer kannte.

»Jep«, antwortete ich vielsagend und überließ den Rest Rolfs Fantasie. Er holte Luft, um noch etwas zu fragen, als mein Handy sich rührte. Sabine wartete am Café *Reuther* auf mich. Glücklicherweise lag es direkt auf dem Weg.

Eine Dreiviertelstunde später stieg ich zu Sabine ins Auto.

13

Mission Impossible, oder?

20. Juli (immer noch) – 23:35 Uhr – Wieder auf dem Weg zur Klinik

Ruhig steuerte Sabine den Leihwagen, einen kleinen Smart, nach den Anweisungen des Navigationsgerätes durch die City. Wir ließen die lauwarme Luft herein und genossen das nächtliche Murmeln der Großstadt.

Die Straßen waren trotz der späten Stunde und der Tatsache, dass die Arbeitswoche für die meisten Menschen gerade begonnen hatte, noch stark bevölkert. Kleine Bars und Cafés hatten ihre Tische und Stühle auf die Gehwege gestellt, und das Ordnungsamt sah großzügig darüber hinweg.

Ich atmete den Duft der Stadt ein, in der ich geboren worden war, und in der ich, bis auf eine kleine Unterbrechung von vier Jahren im Internat, mein Leben verbracht hatte. Meine Stadt war im besten Sinne kosmopolitisch: Ich musste nicht andere Länder bereisen, um deren Kulturen kennenzulernen.

Ich bog einfach um eine Ecke und war mitten drin in einer kleineren Ausgabe von Ägypten, der Türkei, Vietnam, Bolivien, Mexiko oder Korea.

Sabine folgte den Anweisungen der weiblichen Navigationsstimme, denn sie traute meinen Künsten im Lesen von Straßenkarten nicht.

Das konnte ich gar nicht verstehen. So schlimm war eine Links-rechts-Schwäche doch gar nicht. Auch wenn die Leute immer etwas nervös wurden, wenn sie mich nach dem Weg fragten und ich von links sprach und nach rechts zeigte.

»Hast du schon eine Idee, wie wir in die Klinik kommen?«

»Nicht wirklich«, antwortete ich, streckte gedankenverloren meine Hand aus dem Wagen und trommelte mit den Fingern gegen die Wagentür. »Der Vordereingang fällt aus. Da gibt es zu viele Sicherheitsschleusen. Das hält uns zu lange auf. Die Fenster sind alle vergittert. Und die Hintertür ist aus Metall.«

»Du redest wie ein Profi.« Biene lachte.

»Ja, nicht? Vielleicht bewerbe ich mich bei der GSG 9, wenn das hier vorbei ist.«

»Wenn Türen und Fenster ausfallen, bleibt nur noch das Dach«, meinte Biene und überholte einen LKW, der in zweiter Spur vor einem kleinen Supermarkt parkte.

»Das Dach?«, überlegte ich einen Moment. »Normalerweise ist die Idee nicht schlecht, aber es gibt keine Oberlichter, durch die wir klettern könnten. Mal abgesehen davon haben wir nicht die richtige Ausrüstung dafür. Wir gehen lieber durch die Tür. Hast du das Werkzeug mitgebracht?«

»Die kleine Tasche? Ja, wie du es gesagt hast. Liegt unterm Sitz.« Biene wies mit der rechten Hand in die Richtung, behielt aber die Fahrbahn immer im Auge.

Ich griff unter meinen Hintern und zog einen schwarzen Beutel hervor. Darin befanden sich mein Einbruchswerkzeug, ein externer Akku für Bienes altes iPhone, bestückt mit der passenden App zum Auslesen des Sicherheitscodes, und ein Verbindungskabel. Mehr brauchten wir nicht, um in die einzelnen Räume zu kommen, die wir durchsuchen wollten. Außerdem hatten wir alles, um digitale Kopien und Fotos von Papieren machen zu können. Ein Problem blieb aber. Wie sollten wir in das *Gebäude* kommen?

Ich begann, mir das Gehirn zu zermartern. Aber immer, wenn man nach einer Idee sucht, findet man garantiert keine. Ich trommelte mit meinen Fingern über meinen Rucksack, der auf meinem Schoß lag, als wir ein knurrendes Geräusch hörten.

Sabine warf mir einen kurzen Blick zu. »Hast du heute eigentlich schon was gegessen?«

Ich überlegte. »Frühstück?«

»Das war's?«

»Das war's.«

Sie ignorierte die Anweisung der netten Stimme aus dem Navigationssystem und bog ab, was die Dame erzürnte. Sie knurrte Sabine an, bei der nächsten Gelegenheit zu wenden. Das »Bitte« klang eindeutig nach einer Drohung. Aber das Schöne an Technik war: Man konnte sie einfach abschalten. Und das tat Sabine dann auch. Ich glaube, der Erfinder des Navigationssystems hat sich genau aus diesem Grund eine weibliche Stimme ausgesucht, weil er einmal im Leben einer Frau das Wort verbieten wollte.

Ein paar Querstraßen weiter fuhr Sabine an den Straßenrand und stopfte den Wagen in eine kleine Lücke.

Das Stadtviertel war zurzeit fest in spanischer Hand. Hier pulsierte das Leben zu jeder Tages- und Nachtzeit, außer mittags, da war Siesta. Die Gehwege waren immer einen Tick voller als im Rest der Stadt. Suchte man um diese Uhrzeit noch etwas Essbares, dann war man hier richtig.

»Du musst was essen, und wir auch.« Sabine klopfte leicht auf ihren Bauch. Wir dürfen heute Nacht keine Fehler machen und brauchen unsere ganze Konzentration.«

Sabine schob mich durch eine Hauseinfahrt in den Hinterhof und wir wurden aufgenommen ins Herz der besten Tapasbar, die ich kannte.

21. Juli – 00:15 Uhr – Im Volver

Bunte Lampions verwandelten das kleine Fleckchen Erde in einen Regenbogen, in dem die Gäste unter riesigen Sonnenschirmen saßen. Die hölzernen Tische standen durcheinander gewürfelt. Jeder saß hier, wo er wollte. Manchmal vergrößerte sich eine Gruppe, weil das Gesprächsthema alle interessierte, und man schob einfach die Tische zusammen. Wer lieber für sich blieb, saß allein an einem Tisch, las ein Buch oder hing einfach seinen Gedanken nach. Handys, Smartphones oder Laptops suchte man hier vergebens. Niemand, der bei Verstand war, würde es wagen, diese familiäre Atmosphäre mit technischem Firlefanz zu entweihen. Das einzige Zugeständnis an die digitale Entwicklung waren Babyfone, die vereinzelt auf den Tischen lagen.

Wir hatten noch nicht einmal begonnen, nach einem Sitzplatz zu suchen, als auch schon der Besitzer an unserer Seite auftauchte. Herzlich umarmte er mich.

»Willkommen. Schön, euch mal wiederzusehen. Ich dachte schon, ihr wärt mir untreu geworden.«

Dann wandte er sich Sabine zu und nahm ihre Hände in seine. »Also, ich will ja nichts sagen, aber, Sabine, meine wunderbare einzigartige Haarkünstlerin, du wirst von Tag zu Tag schöner. Die Schwangerschaft steht dir.«

»Juan, du alter Schmeichler.« Sabine kicherte und ihre blauen Augen strahlten. Jede Frau hörte gern Komplimente und eine schwangere Frau gleich noch mal so gern. »Warte nur, bis ich dick und rund bin und du mir zwei Stühle geben musst.«

Juan tat schockiert. Doch bevor er etwas erwidern konnte, stand Nalda, seit mehr als fünfundzwanzig Jahren seine Ehefrau, neben ihm.

»Juan, lass doch die Arme hier nicht so lange stehen. Sie muss sich setzen.«

»Hey, Paul, macht mal Platz für unsere beiden Mädchen hier.« Mit diesen Worten lotste uns Nalda zu einem Tisch in der Mitte des Hofes. Der angesprochene Mann sprang auf und stellte noch zwei Stühle an seinen Tisch, an dem schon acht Leute Platz genommen hatten. Alles Studenten, wie ich vermutete.

Wir setzten uns dankend, und noch bevor wir Nalda unsere Bestellung geben konnten, winkte sie ab. »Ich bringe euch meinen Spezialteller.« Dann sah sie mich an. »Wein für dich.« Das war keine Frage. »Du siehst aus, als könntest du ein Gläschen brauchen. Für unser Schätzchen nur Wasser.« Dabei streichelte sie Sabines

Bauch, der noch nicht vorhanden war. Zwei Minuten später brachte uns eine Kellnerin die Getränke.

»Auf uns und eine erfolgreiche Nacht«, prostete Biene mir zu.

»Pst«, brummte ich. »Wenn dich jemand hört!«

»Na und, woher sollen die denn wissen, was ich meine?«

Auch wieder wahr.

Ich nippte an meinem Rotwein. Der Alkohol erwärmte direkt meinen Magen und umnebelte kurz darauf mein Hirn. Ich schob das Glas weg. Es war wohl besser, ich würde warten, bis ich etwas im Magen hatte.

Glücklicherweise ließ das Essen nicht lange auf sich warten.

Mit einem Lächeln, das jeder Frau das Gefühl gab, sie wäre die Einzige auf der Welt, stellte Juan die Teller vor uns ab. Der Duft von Kichererbsen an würzigem Spinat kitzelte in meiner Nase.

»Keine Muscheln?«, schmollte Sabine.

Juan schüttelte missbilligend den Kopf. »Keine Meeresfrüchte, mein Schatz. Das ist nicht gut fürs Baby.« Und schon verschwand er an den Nebentisch.

Biene und ich aßen schweigend.

»Also los, Anja. Jetzt sag's schon. Ich sehe doch, dass deine Gedanken wie wild hin- und hersausen. Mal abgesehen davon: Nalda schaut schon ganz böse, weil du ihre Kichererbsen mit der Gabel tötest.«

»Ich hab dir doch erzählt, was ich beim Auskundschaften in der Tierklinik gesehen habe.«

Sabine nickte.

»Na ja, und heute sind gleich zwei merkwürdige Dinge passiert. Erstens war der Doktor da. Was komisch ist, weil um diese Uhrzeit eigentlich niemand mehr in der Praxis sein sollte.«

»Und?«, trieb mich Biene weiter an und ließ sich den pikant gewürzten Spinat auf der Zunge zergehen.

»Das ganze Lager war voll mit Kartons. Ich meine wirklich voll, bis unter die Decke.«

»Was soll daran merkwürdig sein?«, meinte Biene. »Wahrscheinlich haben sie eine große Lieferung bekommen. Das soll vorkommen. Und manche Chefs arbeiten manchmal länger. Auch das soll vorkommen.«

»Nein, so ist das nicht.« Ich stocherte mit meiner Gabel in der Luft herum. Wie sollte ich ein Gefühl plausibel beschreiben. Für Gefühle gab es keine Beweise. »Irgendwas läuft da. Ich hab da so ein komisches Gefühl. Die Kisten waren voller Medikamente ...«

»...-was in einer Tierklinik nicht so ungewöhnlich ist.«

»Lass mich lieber ausreden, bevor du deinen Sarkasmus von der Leine lässt.«

Sabine grinste nur.

»Die Masse macht's. Tonnenweise Medikamente, aber keine Tiere, nicht einmal eine Maus weit und breit – außer einer kleinen Katze im Käfig. Und einem Goldfisch auf der Eingangstheke«, gab ich zu bedenken.

»Eine Katze und ein Goldfisch?«

Ich zuckte die Schultern. »Ich frag mich nur: Was fängt man mit tausenden Packungen *Pentobarbital*, *Reconcile*, *Slentrol* oder *Methylprednisolon* an? Ich weiß noch nicht mal, wofür das Zeug gut sein soll«, murmelte ich.

Sabine sah mich an, als wäre ich gerade vom Mars gekommen. »Also ehrlich. Manchmal beneide ich dich um deine Naivität. Liest du keine Zeitungen? Redest du nie mit Menschen?« Amüsiert verfolgte sie mit ihrer Gabel eine widerspenstige Kichererbse über den Teller.

Was sollte ich dazu sagen? »Nein!«

»Okay, dann wollen wir dich mal aufklären.« Sabine nahm einen Schluck Wasser. »*Pentobarbital* ist schon seit Jahren auf dem Markt. Damit schläfert der Arzt Tiere ein. Es ist eigentlich kein Beruhigungs- und Schlafmittel. Da es aber den Herzschlag verlangsamt, führt eine Überdosis zu Atem- und Herzstillstand. Heute wird Natriumpentobarbital in der Sterbehilfe eingesetzt.«

»Schön und gut. Und Hut ab vor deinen medizinischen Fachkenntnissen, woher auch immer die stammen, aber das erklärt nicht, warum der gute Doktor so viel davon hortet.«

»Schwarzmarkt.«

»Hä? Ich dachte, so etwas gibt es nur für Drogen.«

»Ja, genau das ist es«, meinte Sabine und verstummte abrupt.

Ich sah sie an. Und mir gefiel nicht, wie sich ihr Gesicht veränderte. »Was ist los? Biene!« Doch sie schwieg noch immer. »Hallo! Kann ich an der Party in deinem Kopf teilhaben? Rede mit mir!«

»Verdammt. Ich glaube, du hast recht mit deiner Ahnung. Es gehört alles zusammen. Aaron, der Doktor, die Drogen. Was du von dem Telefonat erzählt hast und die Tatsache, dass Dr. Brömmer an einem Sonntag im Büro war und von einem düsteren Typen bedroht wurde. Und wenn wir dann noch den Schwarzmarkt und Aaron in die Gleichung einfügen, dann kann das nur heißen, dass sich unser Doktor nicht allein mit dem lieben Vieh, sondern auch mit der Mafia eingelassen hat.«

»Mafia?«, presste ich hervor. »Das kann nicht dein Ernst sein.«

»Doch, das ist mein Ernst. Überleg mal. In den vergangenen zehn Jahren hat sich die Zahl der Menschen, die unter Depressionen leiden, mehr als verdoppelt. Und das sind nur die, die sich bei Ärzten behandeln lassen. Die Dunkelziffer dürfte bedeutend höher sein. Bevor du Medikamente verschrieben bekommst, musst du den Arzt überzeugen, dass du wirklich krank bist. Mal abgesehen davon, dass deine Krankenkasse erst einmal eine Psychotherapie genehmigen muss, wenn du nach einer Wartezeit von bis zu einem halben Jahr endlich einen Termin bekommst.« Biene sah sich wachsam um und beugte sich nah zu mir herüber. »Ich meine, mittlerweile nehmen stinknormale Büroangestellte Crystal Meth, als wären es *Tic Tac*. Sie müssen die Arbeit von drei Leuten erledigen, weil die Aktionäre immer mehr Dividende fordern und das nur noch durch Lohnkostensenkung erreicht werden kann. Dann sollst du dich auch noch um die Familie, den Haushalt und den Ehepartner kümmern. Und das Ganze in Konfektionsgröße 38, wunderschön, perfekt maniküirt und hochgebildet. Du musst deinen Job behalten, weil dich die Hypothek für das Haus drückt. Du musst für das Studium deines Kindes Geld ansparen, weil es sich vom BAföG nicht einmal ein Frühstück leisten kann. Und wofür?

Damit dein Kind zur Uni gehen kann, um die gesellschaftliche Mühle am Laufen zu halten. Zu guter Letzt musst du auch noch für deine eigene Beerdigung Geld beiseitelegen, damit du deine Hinterbliebenen nicht in den Ruin treibst. Von Urlaub oder anderen Sachen will ich gar nicht reden«, flüsterte sie eindringlich.

Ich spann die Theorie weiter. »Es gibt also einen Schwarzmarkt für diese Medikamente. Es gibt eine Nachfrage und jemanden, der diese Nachfrage bedient. Jemanden, der richtig viel Geld damit verdient.«

Sabine nickte. »Und wenn man dann noch bedenkt, dass der Markt nicht nur Deutschland umfasst, sondern ganz Europa, dann sind das keine Peanuts.«

»Und wenn es den Konsumenten egal ist, welche Nebenwirkungen die Medikamente haben, umso besser.«

»Ja, weil die meisten denken, dass sie Aufputschmittel oder Beruhigungspillen nur für eine kurze Zeit brauchen. Um Prüfungen zu überstehen, um das nächste Projekt für die Firma noch zu Ende zu bringen, überall dort, wo Koffein nicht mehr wirkt.«

Ich verputzte den letzten Rest meines Essens und seufzte. »Aber ich weiß immer noch nicht, warum die ausgerechnet Medikamente von Tieren dafür nehmen.«

»Weil sie die gleichen oder ähnliche Wirkstoffe haben wie die aus der Humanmedizin. So verschieden sind Menschen und Tiere nicht. Wir sind alle Teil der Natur, auch wenn die meisten Menschen denken, sie wären etwas Besseres.«

»Und Aaron steckt bis über beide Ohren mit drin.«

Wir verstummten, als Juan wieder an unseren Tisch trat und uns zu einem Nachtisch zu überreden versuchte: Dattelpudding.

Nur leider war uns unser Gesprächsthema auf den Magen geschlagen.

Sabine schaute auf ihre Uhr und bat ihn um die Rechnung. »Wir sollten langsam los. Wann macht die Praxis auf?«

»Um 08:00 Uhr. Wir haben also noch jede Menge …« Ich hielt mitten im Satz inne, denn mir fiel ein, dass wir gar keine Zeit hatten!

Dr. Brömmer hatte dem Mafiatypen am Telefon gesagt, sie sollten die Kartons wegschaffen, *bevor* die Praxis öffnete, und die Schwestern wären bereits eine Stunde vor Öffnung in der Klinik.

»Wir haben nicht mehr viel Zeit!« Ich sprang auf und zog Sabine vom Stuhl.

»Ich muss noch zahlen«, wehrte Sabine mich ab. »Außerdem muss ich noch mal aufs Klo.«

»Du kannst gehen, wenn wir in der Praxis sind«, entgegnete ich und schob sie in Richtung Auto. Wir winkten Juan und legten das Geld, das wir ihm schuldeten, auf die Theke am Ausgang.

»Was ist los? Warum hetzt du denn so?«

Ich erzählte ihr, was ich beim Putzen gehört hatte.

»Warum hast du das nicht gleich gesagt?«, schimpfte sie und rannte zum Wagen.

»Ich hab nicht mehr dran gedacht.« Entnervt ruderte ich mit meinen Armen in der Luft herum. Wenn der Smart ein Motorrad gewesen wäre, wäre Sabine mit einem klassischen Hochstart aus der Parklücke geschossen. So hinterließen wir nur Gummiabrieb auf dem Pflaster.

»Glaubst du, unsere Theorie stimmt?«, fragte ich Sabine und stützte mich am Armaturenbrett ab, als Biene eine Kurve auf zwei Rädern nahm. »Es will mir einfach nicht in den Kopf, dass die wirklich Tiermedikamente wie *Caniphedrin* an Menschen verkaufen.«

Sabine warf mir ihr Smartphone in den Schoß. »Google es!«

»Bitte?«

»Google es und sag mir, welchen Wirkstoff dieses *Caniphedrin* hat.«

»Also gut: *Caniphedrin* wird zur Behandlung von Inkontinenz bei Hunden eingesetzt. Der Wirkstoff ist E-p-h-e-d-rin«, buchstabierte ich, während ich versuchte, mein Gleichgewicht zu halten. Es war gar nicht so einfach, etwas auf einem winzigen Monitor zu entziffern, wenn man in einer Tour nach links und rechts geschleudert wurde.

Sabine konzentrierte sich auf die Fahrbahn und sah mich nicht einmal aus dem Augenwinkel an. Der Smart hüpfte über das Kopfsteinpflaster. »Ephedrin«, sagte Biene, »gehört zur Gruppe der Amphetamine. Und Amphetamine nutzt man, um die Leistung des Körpers zu steigern. Es erhöht die Körpertemperatur und regt damit die Fettverbrennung an. Deshalb wollen viele Frauen das Zeug als Appetitzügler nehmen, um ihr Gewicht besser zu halten. Oder sogar, um abzunehmen. Das Problem dabei ist nur, dass die Nebenwirkungen tödlich sein können.«

Wir schrubbten um die nächste Kurve.

»Ach ja. Amphetamine sind der Grundbaustein für aufputschende Drogen wie Ecstasy. Die stehen nicht umsonst auf der Antidopingliste ganz weit oben.«

»Das heißt, ein geschickter Chemiker kann aus diesem Zeug gegen Inkontinenz bei Hunden Ecstasy herstellen?«, fiepte ich und knallte mit dem Kopf fast auf das Armaturenbrett, als Sabine eine Vollbremsung hinlegte.

Eine imposante Ratte überquerte vor uns seelenruhig die Fahrbahn. Sie drehte ihren Kopf und sah uns aus ihren Knopfaugen genervt an. Gott – ich liebte diese Stadt!

»Ein weniger geschickter Chemiker auch«, meinte Sabine trocken. »Und mit dem Zeug lassen sich Millionen verdienen. Vor allem, wenn man es auf Schulhöfen oder auf dem Unigelände vertickt. Da zieht man sich seine künftigen Kunden schon beizeiten heran.« Sabine kam in Fahrt. »Was sagtest du? Was für Zeug liegt da noch rum?«

»*Reconcile*, *Pentobarbital* und *Methylprednisolon*«, antwortete ich.

»Okay. Also, *Pentobarbital* kennt jeder. Das nimmt man, um Tiere einzuschläfern. Ich schätze mal, beim Menschen wirkt es beruhigend. Kann man wohl gebrauchen, wenn man nach einem heftigen Tag runterkommen will. Aber check mal die beiden anderen.«

»Ja. Also, laut Tante Google ist dieses *Reconcile* ein Beruhigungsmittel für Hunde. Wozu braucht ein Hund denn Beruhigungsmittel?«, rutschte es mir heraus.

»Damit dein Liebling dir nicht die Wohnung zerlegt, während du die Brötchen verdienst. Vielleicht auch gegen Verlustangst oder so was. Keine Ahnung. Wer weiß schon, was in so einem Hund vor sich geht? Ist wahrscheinlich billiger als ein Besuch beim Psychiater.«

»Mit einem Hund?«

»Mit einem Hund!«

Da tat sich eine völlig neue Welt für mich auf. Und mir wurde langsam klar, warum Unwissenheit oft als Segen bezeichnet wurde.

»Oh Scheiße«, rief ich, als ich den Rest des Textes gelesen hatte. »Dieses Zeug ist artverwandt mit *Prozac* – diesem Antidepressivum.«

»Na, da hast du deine Antwort. Hey, die Straße gehört nicht dir allein! Mach, dass du nach Hause kommst!«, schrie Sabine plötzlich. Der Fahrer des Wagens vor uns wich erschreckt zur Seite, als wir mit rund 110 km/h links an ihm vorbeizogen. »Geht doch«, schickte ihm Sabine durch den Rückspiegel nach.

Ich achtete darauf, dass mir das Handy nicht aus den Händen glitt, und las gespannt weiter. »Dieses *Methylprednisolon* – warum denken die sich immer so schwierige Namen aus?«

»Weil sie damit klüger wirken als der Rest der Welt«, warf Sabine ein.

»Das ist ein Argument. Gut. Dieses Zeug ist für Pferde gedacht. Sie bekommen es laut Zitat: ›bei depressiven oder anorektischen Zuständen nach Überanstrengung‹. Oh, das hier ist interessant. Angeblich bekommt man durch das Erhitzen des Stoffs seine Methylgruppe und kann diese dann weiter verarbeiten zu Methylphenidat, besser bekannt als *Ritalin*.«

»*Ritalin*! Sieh mal einer an. Weißt du, wie schwer es ist, an dieses Medikament heranzukommen?«

»Ich weiß noch nicht einmal, wozu dieses *Ritalin* gut ist!«

Notrufsäulen, Bäume und Sträucher flogen an uns vorbei, während sich das Licht unserer Scheinwerfer in den brüchigen Asphalt brannte.

»Es erhöht deine Konzentrationsfähigkeit. Es wird bei ADHS oder ähnlichen psychischen Problemen verschrieben. Vor allem Schüler und Studenten fahren auf das Zeug ab, weil sie stundenlang lernen können, ohne müde zu werden. Das Problem sind die Nebenwirkungen, wie Herzrasen oder Funktionsstörungen anderer Organe. *Ritalin* ist nichts anderes als gering dosiertes Kokain. Deshalb ist es in Deutschland verschreibungspflichtig. Und das wird sehr streng überwacht. Nur bestimmte Ärzte dürfen es verschreiben. Es gibt sogar spezielle Rezeptblöcke dafür. Und wenn du es legal nimmst, dann musst du einen Zettel mit dir rumtragen, dass dir das Zeug verschrieben worden ist, sonst kann dich die Polizei wegen Mitführens illegaler Drogen einkassieren. Dieser Schwarzmarkt ist milliardenschwer!«

»Woher weißt du das alles?«

»Bio- und Chemieleistungskurs.«

»Am Gymnasium? Ich dachte, du hättest gar kein Abitur?«

»Hab ich auch nicht. Ich bin ein Jahr vorm Abschluss abgegangen.«

21. Juli – 01:35 Uhr – Westlicher Stadtrand

Jetzt war es nicht mehr weit. Biene fuhr so schnell, dass das Navigationssystem kaum hinterherkam.

»Wieso hast du hingeschmissen?« Ich konnte es nicht glauben.

»Ja! Ich weiß, es war bescheuert. Aber damals hab ich so entschieden, und es war falsch. Macht keinen Sinn, sich darüber aufzuregen.«

Nur zu gern hätte ich Biene zu dem Thema ausgefragt, aber im Moment hatten wir wirklich andere Sorgen.

»Meinst du nicht, es wäre besser, wenn wir die Polizei einschalten?«, sprach ich meinen Gedanken laut aus.

»Normalerweise schon. Aber wir haben keine Beweise. Außerdem warst du gestern nicht legal auf dem Privatgelände.«

»Wir haben Beweise. Das Lager ist voll und ich hab gesehen, wie der Doktor mit einem Mafia-Typen telefoniert hat.«

»Ich glaube nicht, dass das reicht. Und ich wiederhole mich nur ungern, aber du warst illegal auf privatem Gelände.«

Ich schwieg einen Moment. »Okay. Wir holen das Material, Aktennotizen und Computerdateien. Alles, was wir finden können. Und dann gehen wir zur Polizei. Versprochen?«

»Anja? Wie willst du denen erklären, wie wir an die Akten gekommen sind?«

»Na, dann geben wir sie ihnen anonym.«

»Wie stellst du dir das denn vor? Willst du das Material einfach in den Polizeibriefkasten werfen?«

Ich überlegte einen Augenblick und antwortete Biene mit fester Stimme: »So was in der Art!«

»Also gut«, seufzte Biene. »Ich bin dabei.«

Der Smart jagte über die Schotterpistenauffahrt zur Klinik. Vor dem Eingang bremste Biene ab. Ich flog in den Gurt. Für einen Moment hielten wir inne.

Nachdem sich die Staubwolke gelegt hatte, konnten wir im Scheinwerferlicht sogar was sehen.

»Es wäre vielleicht von Vorteil, wenn wir den Wagen verstecken würden«, meinte ich.

»Und wo?«

»Links um das Gebäude herum gibt es einen schmalen Durchgang, der zu den Rückgebäuden führt. Meinst du, wir kommen da durch?«

»Woher soll ich das wissen?« Biene schaute mich mit hochgezogener Augenbraue an. »Du warst gestern und heute hier. Du solltest dich hier auskennen.«

Wortlos stieg ich aus dem Wagen und stellte mich direkt ins Scheinwerferlicht. »Ich kann nichts sehen, blende mal kurz ab!«

Sabine tat, wie geheißen.

Ich streckte die Arme aus und tat so, als wolle ich das Auto umarmen. In Wirklichkeit versuchte ich die Breite des Kleinwagens zu messen. Meine Flügelspanne von Mittelfingerspitze zu Mittelfingerspitze betrug ungefähr einen Meter sechzig. Meiner Schätzung zufolge maß das Auto nicht mehr. »Okay, schalte das Licht wieder höher!«

Ich lief mit ausgebreiteten Armen zum schmalen Durchgang und hielt sie dagegen. Müsste passen, bis auf ein paar Zentimeter, die wir die Hecke schrammen würden. Solange es nicht die Hauswand war …

Ich stieg wieder zu Sabine in den Wagen. »Passt!«

Meine Freundin warf mir einen skeptischen Blick zu, sagte aber nichts. Stattdessen ließ sie den Motor an und lenkte uns vorsichtig in die von mir gewiesene Richtung. Das Fenster auf der Fahrerseite glitt lautlos nach oben. Ich beschloss, mein Fenster auch sicherheitshalber zu schließen.

Im Schritttempo manövrierte Sabine den Wagen zwischen Hausmauer und Hecke hindurch.

Erst als wir heil im Hinterhof angekommen waren, wagten wir, wieder Luft zu holen.

14

Bitte — erschießt mich

21. Juli – 01:57 Uhr – Tierklinik von Dr. Brömmer

Das war der leichte Teil.

Jetzt standen wir mit vor der Brust verschränkten Armen vor dem Hintereingang. Das Licht der Autoscheinwerfer warf unsere Schatten gegen die Metalltür.

»Vielleicht sollten wir doch wieder mit dem Smart nach vorne fahren und durch die Eingangsscheibe krachen.«

»Gute Idee, Sabine. Aber korrigiere mich, wenn ich mich irre: Hast du den Wagen nicht auf deinen Namen gemietet?«

Ein unwilliges Knurren war alles, was ich als Antwort bekam.

Ich sah mich um, und mein Blick fiel auf ein schmales, vergittertes Fenster neben der Metalltür. »Wenn wir nicht durch die Tür kommen, dann vielleicht durch die Wand!«

»Mit dem Kopf zuerst?« Biene grinste. Der Tropfen Spott in ihrer Stimme war mir nicht entgangen.

»Nicht unbedingt. Unter Fenstern befinden sich keine Balken oder Stützen. Es sind die schwächsten Stellen in einem Haus. Und dieser Bungalow ist mit leichten Y-tong-Planblocksteinen gebaut.«

»Du meinst, wir könnten ein Loch hineinreißen?« Biene lief hinter den Wagen. »Hier ist ein Abschlepphaken. Und ein Seil hab ich im Kofferraum gesehen. Wir brauchen nur noch so etwas wie einen Enterhaken. Den verankern wir in der Wand und das andere Ende hängen wir an den Wagen. Wenn ich langsam genug fahre, könnten wir ein paar Steine rausbrechen und uns durch das Loch ins Innere quetschen.«

»Was auch gar nicht auffallen würde, so ein Loch«, murmelte ich unentschlossen. »Und wo bekommen wir einen Enterhaken her? Und vor allem, wie bekommen wir ein kleines Loch für den Enterhaken in die Wand?« Uns musste etwas anderes einfallen.

»Du hast recht«, stimmte Biene mir zu. Sie stand wieder neben mir und hatte ihre Arme vor der Brust verschränkt. »Der Einbruch würde auffallen. Vor allem, weil wir ja gar nichts stehlen werden.«

»Außer den Unterlagen.«

»Außer Kopien der Unterlagen!«, berichtigte mich Biene.

Ich nickte. »Es muss einen besseren Weg geben.«

Im Hinblick auf die schwindenden Einbruchsmöglichkeiten schaute ich mir die drei Schlösser der Hintertür noch einmal genauer an. Ich schmunzelte. »Netter Versuch!«

Wie sich herausstellte, handelte es sich um einfache Yale-Schlösser. Drei an der Zahl. Es würde ein paar Minuten dauern, aber ich konnte sie knacken. Mit einem Schlagschlüssel ginge es schneller, aber den hatte ich nicht. Ich öffnete meinen Rucksack, zog mein Lock-pick-Besteck hervor und machte mich an die Arbeit.

21. Juli – 02:13 Uhr – Auf der Schwelle zu Dr. Brömmers Tierklinik

»Hast du eine Taschenlampe?« Biene starrte in den düsteren Klinikflur.

»Nein. Ich dachte, wir machen das Licht an und –«

»Oh Mann, Anja, nicht dein Ernst.« Sabine lief kopfschüttelnd die Stufen zum Wagen hinab. »Zum Glück hast du mich dabei.«

Sie öffnete den Kofferraum und entnahm ihm zwei Lampen, die man sich um die Stirn binden konnte. Dann schaltete sie die Scheinwerfer des Smart aus. »Sicher ist sicher. Nachher kommen wir nicht weg, weil die Batterie leer ist.«

»Das wär's noch, wir fliegen auf, weil der Wagen nicht mehr anspringt«, stimmte ich Biene zu. »Aber wenn wir so was öfter machen wollen, dann sollten wir uns ordentliches Equipment besorgen. Enterhaken und so'n Zeug«. Ich grinste und schob Biene in den Flur.

Wir schnallten uns die Stirnlampen um, und zwei Lichtstrahlen durchschnitten nun den dunklen Gang.

»Wir müssen trotzdem aufpassen, dass uns niemand sieht«, ermahnte mich Sabine und wies auf die Milchglastür, die den hinteren Bereich der Praxis vom Eingangs- und Wartebereich trennte.

»Hier ist keine Menschenseele, und bis die anderen kommen, sind wir garantiert schon wieder auf und davon«, munterte ich Sabine auf.

»Dein Wort in Gottes Gehörgang. Und wo müssen wir jetzt hin?« Sie drehte ihren Kopf hin und her. Der Lichtstrahl raste über die Wände.

»Hey, geht das auch langsamer?« Mir wurde ganz flau im Magen.

Sabine stoppte. »'tschuldigung.«

»Das Büro ist die dritte Tür rechts.«

Wir liefen in die Richtung. Unsere Lichtstrahlen hüpften auf und ab. Sabine probierte die Klinke und die Tür – öffnete sich.

»Komisch«, meinte ich. Ich war mir hundertprozentig sicher, dass Gaby vorhin alle Türen abgeschlossen hatte. Ich wollte meine Skepsis gerade mit Biene teilen, als ein jämmerlicher Klagelaut zu hören war.

Erschreckt griff sich Biene ans Herz. »Was, zum Henker, ist das?«

»In dem Raum da drüben sitzt eine Katze im Käfig.« Ich wies zwei Türen hinter mich.

»Und warum jammert die so?«

»Sie hat uns wahrscheinlich gehört.«

»Meinst du, sie hat Hunger?« Biene schaute mitleidig den Gang hinunter. Die Katze jaulte noch erbärmlicher, so schien es jedenfalls. »Ich kann das nicht hören.« Tränen stiegen in Bienes Augen. »Die Hormone«, flüsterte sie entschuldigend. »Seit ich schwanger bin, habe ich ziemlich nah am Wasser gebaut. Können wir nicht mal nachsehen? Vielleicht hat sie sich verletzt?«

»Wir haben keine Zeit für solche Späße.« Ich schob die Tür zum Büro weiter auf und machte mit dem rechten Arm eine elegante Bewegung, um Sabine in den Raum einzuladen. Doch Biene starrte mich nur regungslos an. Die Katze jaulte immer noch.

»Na gut«, ergab ich mich seufzend. Das Einbruchswerkzeug noch in der Hand, lief ich den Flur hinunter und machte mich an der Tür – diese hier war abgeschlossen – zu schaffen, hinter der die Katze einen Mordsradau machte.

Ich öffnete die Tür und mein Lichtstrahl glitt über die linke Wand. Alle Käfige waren leer.

Mir gegenüber lag das schmale Fenster, durch das ich vor nicht allzu langer Zeit hineingeschaut hatte. Die Katze musste also rechts von uns sein. Ich schaute hinüber und das Licht strich sanft über die rechte Wand.

»Ich komme mir vor wie ein Jedi-Ritter. Wusch, wusch«, wedelte mein Licht über die Käfige hinweg. »Ich bin dein Vater – wusch, wusch«, brummte ich in einer Stimmlage, die eine berühmte Szene aus *Star Wars* imitieren sollte.

Sabine schlug mir leicht auf den Hinterkopf. »Lass den Quatsch!« Sie lief zu den Käfigen und öffnete den kleinen Haken, mit dem die Tür gesichert war. »Ich wäre dafür, dass es endlich mal eine feministische Variante des Films gibt.«

»Hä?«

»Wusch, wusch – ich bin deine Mutter – wusch, wusch«, imitierte sie jetzt mich. »Wäre doch lustig, oder?«

»Ha, ha. Ich hab ganz vergessen, wie man lacht.«

Die Katze kam direkt auf Biene zu und schnurrte so laut wie eine Kreiselpumpe. Das Grün ihrer Augen erinnerte mich an Malachit, ein wunderschönes Mineral aus dem Uralgebirge.

Behutsam griff Sabine in den Käfig und hob sie, trotz meines Protestes, heraus. »Oh, du bist aber eine Süße«, gurrte meine Freundin. Mit ihrer tiefen, warmen Stimme bezirzte sie bestimmt nicht nur Katzen. Die Kleine kuschelte ihren Kopf in ihre Hand. Mir dagegen warf sie einen Blick zu, den ich wohlwollend als Mischung aus Trotz und *Ätsch-Bätsch* bezeichnet hätte.

»So, das reicht jetzt«, drängelte ich. »Setz sie wieder rein.«

»Warum? Sie braucht Streicheleinheiten!«

»Setz sie wieder rein! Du weißt nicht, welche Krankheiten dieser Zeckenteppich hat.«

»Kein Wunder, dass Tiere dich nicht leiden können«, gurrte Biene und nahm die Katze auf ihrem Arm einfach mit. »Wo sind eigentlich die Medikamente?«

»Wieso?«

»Denk doch mal nach. Ein Beweisfoto wäre nicht schlecht.«

Ich zog einen Flunsch. Das hätte mir auch selbst einfallen können.

Ich lief hinüber zu der Tür des Raumes, den ich vorhin nicht geputzt hatte. Auch hier war die Tür nicht abgeschlossen. Verdammt, hatten die Mafialeute doch schon alles ausgeräumt?

Nein, die Kartons standen immer noch an Ort und Stelle, genau so, wie ich sie vor ein paar Stunden verlassen hatte.

Sabine stellte sich neben mich und schaute ebenfalls hinein. »Hast du dein Handy dabei?«

»Jupp.« Ich nahm es aus dem Rucksack, schaltete kurz das Deckenlicht an und knipste drauf los.

Biene streichelte noch immer die Katze, während ich das Handy in eine Tasche ihrer Latzhose steckte. Dort hatten wir es griffbereiter als in meinem Rucksack.

»Na dann, nichts wie ab ins Büro. Und bring endlich die Katze wieder in den Käfig.«

Leider hörte Sabine nicht auf mich. Sie nahm das Tier, das immer noch schnurrte, mit und setzte es auf den Schreibtisch des Arztes. Dann schaltete sie den Computer des Doktors an. Die Lüftung dröhnte durch den Raum. Ich suchte nach dem Laptop, auf dem der Chef vorhin rumgehämmert hatte. Ohne Erfolg.

Bevor ich mir die Aktenschränke vornahm, lief ich in den Empfangsraum.

»Nicht, Anja!«, wollte mich Biene zurückhalten. »Da vorne sitzt du auf dem Präsentierteller. Dein Licht ist meterweit zu sehen. Außerdem werden wir da bestimmt nichts finden.«

Ich hob beruhigend die Hand. »Wer soll uns hier schon sehen? Ich bin gleich wieder da.«

Ich schnappte mir behutsam das runde Aquarium mit dem Goldfisch und nahm ihn mit zu Sabine ins Büro. Der Kleine flitzte freudig im Kreis herum. »Na, du Süßer! Sollst auch mal ein wenig Abwechslung haben«, säuselte ich.

Sabine schaute hinter dem Monitor hervor. »Was ist das denn? Kein lebendes Futter für die Katze!«

»Ha, ha. Ich stell ihn hier auf den Aktenschrank, dann langweilt er sich nicht so.«

Sabine schüttelte amüsiert den Kopf. »Du bist wirklich zu gut für diese Welt. Zumindest zu Tieren, die kein Fell haben. Nicht wahr, meine Kleine«, säuselte Biene der Katze entgegen, die es sich auf einem Stapel Papiere bequem gemacht hatte.

»Ich weiß.« Zufrieden warf ich meinen Rucksack unter den Schreibtisch und schloss den ersten Aktenschrank auf.

»Mist. Das Ding ist passwortgeschützt«, schimpfte Biene laut und lenkte mich ab.

»Versuch es mal mit ›Passwort‹.«

»Wieso?«

»Männer sind einfach gestrickt«, meinte ich und begann die Hängeordner systematisch zu durchkämmen.

»Nee. Klappt nicht.«

»Dann ist es noch zu kompliziert. Versuch es mal mit ›1234‹.« Sekunden später ertönte eine leise Startfanfare und der Computer fuhr hoch.

»Ich glaub es ja nicht! Das hat wirklich geklappt«, staunte Biene.

Während ich einzelne Akten aus dem Hängeregister zog, auf dem Aktenschrank ablegte und durchblätterte, hörte ich, wie Sabine auf der Tastatur klimperte.

»Hast du schon was gefunden, Biene?«

»Nein. Hier sind nur Rechnungen abgelegt. Tausende Newsletter mit Fachinformationen, Röntgenaufnahmen, und den Browserverlauf willst du nicht sehen. Der Kerl ist so langweilig. Der hängt nur auf irgendwelchen Spieleseiten herum: Schach, Mühle, Bubbles. Du lieber Gott, der Kerl war noch nicht mal auf Pornoseiten.«

»Vielleicht hat er ja dafür sein Laptop benutzt.«

Sabine seufzte enttäuscht. »Hier ist wirklich nichts zu finden.«

Ich überlegte kurz und legte die Akte eines Hundes namens Billy zurück, dem der Doktor für eine ordentliche Summe einen Abszess am After entfernt hatte.

»Sieh dir die Rechnungen doch mal genauer an. Irgendwie muss er das Geld doch an der Steuer vorbeigemogelt haben. Überhöhte Rechnungen sind perfekt, um Geld zu waschen.«

»Warte mal«, unterbrach mich Biene, als hätte sie mir gar nicht zugehört. »Ich glaube, ich habe hier einen Ordner gefunden, der interessant aussieht.« Sabine zog den Bürostuhl näher an die Schreibtischplatte und tippte konzentriert weiter.

Ich wollte ihren Gedankengang nicht unterbrechen und wandte mich wieder meinen Aktenschränken zu. Mein Lichtstrahl glitt über Plastikschilder, die zur Orientierung auf den Akten im Hängeregister klemmten. Namen über Namen, hinter jedem eine sechsstellige Nummer. Aber nichts, was auf illegale Geschäfte hindeutete. Ich schob ein Fach zu, trat einen Schritt zurück und schaute mir den Aktenschrank an.

»Was ist?« Sabine hielt inne und sah mich an.

»Ich bin mir nicht sicher, ob das zu irgendwas führt. Hier sind nur die Akten der Patienten drin«, antwortete ich resigniert. »Wenn der Doktor die Unterlagen zu seinen Mafiageschäften wirklich in einer dieser Akten versteckt hat, dann suchen wir hier die Nadel im Heuhaufen.«

Sabine lehnte sich in ihrem Stuhl zurück und schaute an die Decke. Ein kreisrunder Lichtfleck bildete sich genau über ihr. »Du hast recht. Ich denke nicht, dass die Unterlagen dort zu finden sind. Er versteckt die Sachen nicht, wo seine Mitarbeiterinnen Zugang haben.« Biene setzte sich wieder gerade hin und schaltete ihre Stirnlampe aus. Der Monitor spendete ihr genug Licht. »Meinst du, er hat hier irgendwo einen Safe versteckt?«

Mein Blick glitt über die Bilder an den Wänden. »Das werden wir gleich sehen.«

Ich schob den Marc beiseite.

Nichts.

Dann kümmerte ich mich um den Druck von Chagall. Fehlanzeige.

»Hier ist nichts. Aber vielleicht gibt es noch andere Verstecke.«

»Bevor du dich um die kümmerst, geh ich schnell noch die Datei hier durch. Vielleicht finden wir hier etwas.«

Ich knallte meine Hacken militärisch zusammen, zum Zeichen, dass ich verstanden hatte. Dann öffnete ich nacheinander jede Schublade, um sicherzugehen, dass sich darin kein Safe befand.

»Das ist merkwürdig«, murmelte meine Komplizin und rief dann plötzlich laut auf: »Oh! Ich hab was.«

Vor Aufregung schnellte Biene auf ihrem Stuhl nach vorn und lenkte mich von den Akten ab.

Neugierig geworden stellte ich mich hinter sie. Vor mir flimmerten unterschiedliche Dokumente. Einige sahen aus wie Landkarten, sehr grob skizziert.

»Das sind Schiffsrouten! Hier, siehst du?« Biene wies mit ihrem Zeigefinger auf eine schwarze Linie. »Das ist die albanische Küste.« Von der ging eine rote Linie ab, der Biene mit ihrem Finger folgte. »Dann geht's um Sizilien Richtung Gibraltar und dann immer an der Küste entlang Richtung Nordsee. Von hier ist es nur noch ein Katzensprung nach Hamburg. Und ab da geht's per Binnenschifffahrt bis zu uns.«

»Niemals«, winkte ich ab. »Das ist völlig unlogisch. Das dauert doch Wochen, bis das Zeug hier ist. Über den Landweg ginge es viel schneller.«

Sabine sah mich an und lehnte sich zurück. »Schneller ja. Aber sicherer ist es nicht. Der Zoll ist in den vergangenen Jahren viel aufmerksamer geworden. Das Kontrollnetz ist engmaschiger. Auf See ist das noch nicht so. Die Häfen, vor allem die italienischen, sind fest in der Hand der Mafia. Und hier bei uns wird die Ladung auch nicht so streng untersucht, schon gar nicht, wenn auf den Papieren etwas von Tiermedikamenten steht. Die Methode ist sicherer, glaub mir. Und wenn du jedem Containerschiff eine große Fuhre Medikamente mitgibst, dann wird regelmäßig Stoff geliefert. Eigentlich eine ziemlich clevere Sache, wenn man es genau nimmt. Wer das ausgetüftelt hat, hat wirklich was in der Birne.« Biene tippte sich vielsagend gegen die Stirn. Dann nahm sie die Katze auf ihren Schoß und streichelte sie genüsslich. Ein Bild aus alten James-Bond-Filmen schoss mir durch den Kopf: Sie wissen schon, das, wo der Bösewicht zufrieden seine weiße Perserkatze streichelt.

Ich schwieg nachdenklich und starrte die Dateien an. »Hier steht eine detaillierte Beschreibung des Weges und hier die Mengen, die nach Deutschland geliefert werden. Und das? Ist das etwa eine Namensliste?« Mein Finger tippte auf den Monitor. »Buca Jemovic«, las ich laut vor. »Schon mal was von dem gehört?«

»Klar«, frotzelte Sabine. »Mit dem trinke ich jeden Mittwoch Kaffee, und er fragt mich dann, wo er am besten sein Mafiageld anlegen kann.«

»Mpf.«

Lächelnd fuhr sie fort: »Wenn du mich fragst, hat unser guter Doktor eigene Recherchen durchgeführt. Ich glaube nicht, dass die Mafia ihm diese Daten gegeben hat. So arbeiten die nicht. Da hat nur der Chef den Überblick, und alle anderen wissen nur das, was sie für ihr begrenztes Universum brauchen. So kann keiner den anderen verraten, wenn die Polizei doch mal jemanden aus der Gruppe hochnimmt.«

»Aber warum hat der Doktor das alles zusammengetragen?« Mir leuchtete das nicht ein.

»Du hast doch gesagt, er hätte den Leuten am Telefon gedroht, oder?«, überlegte Sabine laut.

»Ja!«

»Könnte es sein, dass er dieses Zeug hier als Druckmittel gegen die Mafia einsetzen wollte? Sozusagen als Lebensversicherung.«

Wir wollten gerade diesen Gedankengang vertiefen, als mein Blick auf die Uhr des Computerbildschirms fiel.

»Verdammte Scheiße!«

21. Juli – 04:26 Uhr – Dr. Brömmers Büro

»Ich hab gar nicht gemerkt, wie schnell die Zeit vergangen ist. Wir müssen hier weg«, mahnte ich Biene zur Eile.

»Können wir doch«, meinte Sabine. »Ich muss bloß einen USB-Stick hier einstecken und die Daten herunterladen. Dauert keine Sekunde.«

Ein paar schnelle Klicks später wanderten die Daten zusammen mit dem Stick in Bienes Hosentasche.

»Na dann. Lass uns die übrigen Akten durchsehen und dann hauen wir ab.«

»Wozu?«, wollte Biene wissen. »Wir haben doch alles, was wir brauchen.« Zur Bestätigung ihrer Worte klopfte sie auf die Tasche, in der sich der USB-Stick befand.

»Lass uns einfach auf Nummer sicher gehen, okay? Wir können nicht genug Beweise sammeln.«

Biene reckte zum Einverständnis ihre rechten Daumen in die Höhe und schaltete den Rechner aus. Die Stille war wohltuend und bedrohlich zugleich.

Ich begann noch einmal bei dem Buchstaben A und arbeitete mich schnell voran. Sabine zog die unterste Schublade am anderen Ende des Schranks heraus und fingerte die Hängeakten durch. Wir arbeiteten schnell. Noch vier Schubladen und wir hätten alles durchsucht – gefunden bisher aber nichts.

»Sag mal, hast du eine neue Uhr?«

Ich schaute auf mein Handgelenk. »Nein, wieso?«

Sabine ließ ihren Lichtstrahl einmal im Rund durch den Raum gleiten. »Hier ist auch keine Uhr zu sehen.«

Ich suchte ebenfalls, konnte aber auch nichts entdecken und wiederholte meine Frage.

»Aber hier tickt doch was«, meinte Sabine.

In diesem Augenblick zuckte ein Lichtschein durch den Eingangsbereich.

»Verdammt«, rief ich erschreckt. »Mist. Da kommt jemand.« Ich schielte über den Empfangstresen. »Das ist der Doktor. Er fährt einen Motorroller. Er ist noch ein Stück weg, aber wir sollten sofort verschwinden.«

»Das denke ich auch«, hauchte Sabine tonlos und starrte in die Schublade, die sie gerade geöffnet hatte.

Ich sah sie fragend an. Zur Antwort zeigte sie mit ihrem Finger in das Schubfach.

Das Ticken schwoll an.

In meinen Ohren rauschte es wie ein Orkan.

Rote Streifen blinkten, die sich zu Ziffern verbanden.

Und dann war da noch das Paket, das aussah wie zusammengeschnürte Rollen Kinderknete.

15

Rette mich, wer kann

21. Juli – 04:54 Uhr – Aktenschrank R bis St

»Tue doch was!«

»Was denn bitte schön? Ich bin ja schließlich nicht Wonderwoman. Außerdem wolltest du hier einbrechen, liebste Anja.«

»Ach. Und wer wollte unbedingt Frau Wagner helfen und nach Informationen suchen? Und sich mit der Mafia anlegen?«

Warum flüsterten wir eigentlich?

»Okay. Don't panic«, sprach ich uns Mut zu und schaute mir die Bombe genau an. Wie war das noch mal mit den Drähten: Rot, Blau oder Grün? Warum hatte ich keinen Seitenschneider zur Hand, eine Zange oder wenigstens einen Nagelknipser? Und warum zur Hölle gab es an dieser Bombe keine bunten Drähte? Die gab es doch immer. Wie sollte man denn sonst so ein Ding entschärfen? Ich kam nicht auf die Idee, dass die Bombe dafür gar nicht konstruiert war.

Die Uhr änderte ihre Ziffernfolge.

00:42 schlug uns entgegen. Das hieß, dass uns noch 42 Sekunden blieben, bevor es einen gigantischen Knall geben würde.

Wir schauten einander an.

»Schnapp dir die Katze und dann nichts wie raus hier«, befahl ich Biene.

Genau in dem Augenblick hörten wir die Tür des Haupteingangs. Das Licht im Empfangsbereich wurde angeschaltet. Kopflos zog ich den Rucksack unter dem Schreibtisch hervor und rannte Biene durch die hintere Bürotür nach, die sie auf ihrer Flucht mit der Katze netterweise offengelassen hatte. Siedend heiß fiel mir ein, dass ich etwas vergessen hatte: den Fisch! Ich konnte den armen Kerl doch nicht seinem Schicksal überlassen, das verdammt nach *Bourride* aussah. Dieses französische Fischgericht sollte zwar sehr schmackhaft sein, wie ich mal gehört hatte, aber das kleine Kerlchen war bestimmt noch nicht bereit, um zu sterben. Genau so wenig wie ich.

Schlitternd stoppte ich kurz vor dem Türrahmen. 00:34.

Im Laufen griff ich mit einer Hand den Rand des Glases. Verdammt, war das schwer. Ich drehte mich zum Glas und schob meine beiden Arme darunter, als ich eine männliche Stimme hörte: »Hallo! Hallo, ist da jemand?«

00:26.

Das Glas an meine Brust gedrückt, rannte ich durch den Flur zur Hintertür. Draußen wartete Sabine auf mich. Sie duckte sich hinter den Smart. In vollem Lauf sprang ich die zwei Eingangsstufen hinunter. Wasser klatschte gegen meinen Hals. Der Fisch schlug einen Purzelbaum und landete mit einer halben seitlichen Drehung wieder im Glas. Für die B-Note hätte er von jeder Jury der Welt eine glatte 10 bekommen. Ich rannte hinter den Wagen und zog Sabine samt der Katze instinktiv weiter weg vom Haus.

Gemeinsam stolperten wir hinter den Schuppen links neben dem Hauptgebäude. Nach Luft schnappend lehnten wir uns gegen die Schuppenwand. Ich schaute zurück zur Klinik und glaubte die Gestalt von Dr. Brömmer durch die offene Hintertür im Flur zu erkennen. »Was zur Hölle sucht der Doktor um diese Zeit hier?«

»Wollte er sich nicht mit den Mafiatypen treffen?«, meinte Sabine und setzte schwer atmend die Katze auf den Boden. Sie lehnte sich gegen Bienes Hüfte. Ich stellte den Fisch daneben.

»Verdammt, der hat keine Ahnung, dass die ihm eine Bombe ins Nest gelegt haben!«

Ohne nachzudenken, eine meiner einfachsten Übungen, rannte ich los. Der Lichtkegel meiner Stirnlampe hüpfte wie besoffen vor mir her. Ich schrie dem Doktor entgegen und wedelte mit den Armen in der Luft herum.

Ohne Vorwarnung stoppte etwas meinen Lauf und riss mich nach hinten. Eine massive Druckwelle hob meinen Körper in die Luft. Schwerelos flog ich mehrere Meter zurück und landete unsanft auf meinem Steißbein. Mein Atem setzte aus. Gleichzeitig brannte meine Lunge wie Feuer. Jedes Mal, wenn ich einen Atemzug tat, hustete ich mir die Seele aus dem Leib. Mein Gesicht brannte. Vor meinen Augen tanzten Sterne zu einer Melodie, die nur sie hörten, denn in meinen Ohren fiepten tausende Orgelpfeifen in Tönen, die eigentlich nur Hunde wahrnehmen konnten. Und von irgendwoher landeten brennende Trümmerteile neben mir, die wie kleine Kometen durch die Luft schossen.

Komischerweise wurde ich nicht ohnmächtig, nur lief alles wie in Zeitlupe ab. Wie durch ein Brennglas nahm ich Sabines Gesicht über mir wahr. Ihr Mund bewegte sich und ihre Augen waren panisch aufgerissen. Als ich nicht reagierte, packte sie mich an meinem Zopf und zog mich mit aller Kraft hinter den Schuppen. Diese Bewegung erinnerte mich an etwas. Stimmt. Ich wollte mir die Haare abschneiden lassen!

Es dauerte eine Weile, doch langsam drehte sich die Welt wieder in ihrer angestammten Umlaufbahn.

Sabine schrie mir unablässig ins Ohr und die Katze jaulte. Nur der Fisch schwieg. Einziges Zeichen für seine Erregung: Er schwamm seine Runden schneller als üblich.

In meinem Hirn dröhnte es dumpf und ich spürte den Kopfschmerz kommen.

»Schrei doch nicht so«, versuchte ich Sabine zu beruhigen. Und es schien zu wirken. Sie schrie etwas leiser. Allmählich verstand ich sogar, was sie sagte.

»Die haben ganze Arbeit geleistet. Hier steht kein Stein mehr auf dem anderen. Und der Doktor ist mit Sicherheit tot. Das würde ich ihm jedenfalls wünschen.«

»Wir müssen nach ihm sehen. Vielleicht können wir ...« Auf allen vieren kroch ich ungelenk hinter unserem Schutz hervor und schaute mich um. Es sah aus wie ... Nein, es gab keinen Vergleich für das, was ich vor mir sah. Überall brannten kleine Feuer. Rauch hing über, ja, über was eigentlich?

Vor wenigen Minuten noch hatte dort ein Bungalow mit vier Wänden und einem Flachdach gestanden. Jetzt war alles flach. Wenn sich der Rauch irgendwann verzog, dann könnte man die lange Anfahrt bis zur Bushaltestelle frei hinunterschauen. Niemals war Dr. Brömmer da lebend rausgekommen.

»Wir müssen hier weg«, hustete ich.

»Keine Chance. Das Auto ist hin.«

Ich schaute an ihrem Finger entlang. Der Smart war jetzt definitiv tiefer gelegt. Ein Teil des Daches hatte ihn geplättet.

»Was sollen wir machen?«

Sabine ließ sich neben mir auf die Erde sinken. »Abwarten. Jemand muss das hier gehört haben oder zumindest das Feuer sehen. Die Feuerwehr kommt bestimmt bald. Wir sollten einfach warten.«

»Und was erzählen wir denen?«

»Keine Ahnung! Lass uns einfach improvisieren.«

Ich zog den Rucksack vor meine Füße. »Zur Sicherheit sollten wir selbst anrufen. Oder besser noch, ich rufe Nikolai an.«

»Den Bettträger?«

»Ja, er hat mir seine Visitenkarte gegeben, nachdem wir uns um Richard gekümmert hatten. Sie muss hier irgendwo im Rucksack sein.«

Ich öffnete den Reißverschluss, griff hinein und zog ein Bündel 50-Euro-Scheine heraus.

»Nimmst du immer so viel Geld mit, wenn du aus dem Haus gehst?«, rief Sabine überrascht.

Das ist es, wofür ich sie liebte: Sie verlor nie ihren bissigen Humor.

»Ich hab in meinem ganzen Leben noch nie so viel Geld gesehen!« Vor Staunen blieb Biene der Mund offenstehen.

Bedächtig zogen wir die Kordel des Sacks weiter auf. Ich nahm ein Bündel nach dem anderen aus dem Rucksack. »Das ist nicht mein Rucksack!«

»Ach. Das wäre mir jetzt gar nicht aufgefallen.« Sabine zählte in Gedanken die Bündel zusammen.

»Ja, aber – wo ist denn dann mein Rucksack? Wo sind mein Ausweis, mein Portemonnaie, mein Terminkalender, meine Flasche Wasser, meine Monatskarte ...« Meine Stimme wurde immer schriller.

Urplötzlich schoss ein klarer Gedanke durch mein Hirn: »Wenn die Polizei beim Aufräumen mein Zeug findet, dann sind wir am Arsch. Die denken doch garantiert, dass wir was mit der Bombe zu tun haben.«

»Anja. In dem Rucksack hier sind über den Daumen gepeilt 100.000 Euro in kleinen gebrauchten Scheinen. An deiner Stelle würde ich mir eher Gedanken machen, wie du das hier erklären willst. Wo hast du den überhaupt her?«

Siedend heiß fiel mir nun der Rucksack ein, der auch unter dem Schreibtisch gelegen hatte und an dem ich mir vor ein paar Stunden den Fuß angehauen hatte. »Ich hab mich vergriffen!«

»Bitte was?«

»Ich wollte meinen Rucksack schnappen, als wir rausgerannt sind. Aber neben ihm lag noch ein zweiter. Ich muss die beiden wohl verwechselt haben.«

Wir schwiegen.

Dann meinte Sabine: »Ich glaube nicht, dass die deine Sachen noch finden werden. Der Rucksack lag direkt neben der Bombe. Der dürfte samt dem Inhalt pulverisiert worden sein.« Meine Freundin schaute mir ins

Gesicht. »Außerdem hat dein Ausweisfoto nicht mehr viel mit dir gemeinsam.«

Ich wollte fragend meine Stirn zusammenziehen, aber es tat zu sehr weh. Es fühlte sich an, als hätte ich einen richtig fetten Sonnenbrand. »Wie darf ich das denn verstehen?«

»Na ja, Süße.« Sie musterte mich mitleidig. »Ich sag es dir nur ungern, aber … dein Pony ist weg. Also, die Haare sind bis zum Ansatz versengt und deine Augenbrauen … Na ja – wie soll ich es sagen –, die sahen auch schon mal besser aus.«

Tränen stiegen mir in die Augen und meine Kehle schnürte sich zu.

»Hey!« Tröstend legte sie ihre Hand auf meinen Schenkel. »Keine Angst, das wächst alles wieder nach, und bis es so weit ist, kann ich dir einen super Kurzhaarschnitt machen. Wirst sehen, dann dreht sich jeder Mann nach dir um.«

Mein Lachen ging in einem Hustenanfall unter. Ich schaute zur Katze hinüber. Sie hatte sich zusammengerollt und schien zu schlafen. Der Fisch schwamm in der Mitte seines Aquariums und richtete seine Augen auf mich. Ich glaubte, so etwas wie Dankbarkeit darin zu entdecken. Aber wahrscheinlich hatte er nur Hunger. »Wir brauchen etwas Wasser für den Fisch«, bemerkte ich.

Sabine schaute zu dem Außenzwinger auf der anderen Seite des Hofes. »Da drüben ist ein Wasserhahn. Vielleicht ist noch ein wenig drin.«

Sie lief mit dem Glas hinüber und füllte noch ein paar Tropfen hinein. Es war nicht das sauberste Wasser, aber der Kleine würde auch das überleben.

Hier saßen wir nun – zwei Frauen, ein Fisch, eine Katze – und es passierte eine ganze Zeit lang gar nichts.

21. Juli – 05:13 Uhr – Vor einem Berg Asche

Nach dem großen Knall knisterten nur noch die vereinzelten Feuer. Ihr Schein konkurrierte mit dem Licht der aufgehenden Sonne. Die Grillen hatten ihr Konzert wieder aufgenommen. In meinen Ohren klingelte es nicht mehr so schlimm, und auch der Kopfschmerz wurde erträglicher.

Mein Zeitgefühl war durch die Explosion völlig durcheinander, genau wie der Rest von mir. Aber mir war klar, dass wir hier nicht ewig sitzen bleiben konnten.

»Wo ist deine Handtasche?«, fragte ich Sabine.

Sie wies mit ihrem Daumen hinter sich in Richtung Auto. Keine Chance, da noch ein Handy zu finden, geschweige denn ein funktionierendes. Dass wir mit keiner Faser unserer Gehirne daran dachten, dass Biene ja mein Handy in ihrer Hosentasche trug, zeigte, wie sehr wir durch den Wind waren.

»Wir müssen versuchen zur Straße zu kommen. Vielleicht finden wir ein Taxi«, schlug ich vor. »Geld haben wir ja genug«, setzte ich scherzend nach.

»Ich weiß nicht.« Sabine trat von einem Fuß auf den anderen. »Ich weiß nicht, was wir tun sollen. Ich hab so was auch noch nicht erlebt und ehrlich gesagt, will ich das auch nicht.« Und plötzlich liefen ihr die Tränen über die Wangen. »Wir hätten tot sein können. So tot wie der Tierarzt«, schluchzte sie hemmungslos. Ihr Körper bebte. Dann beugte sie sich nach vorn und legte eine Hand auf ihren Bauch. Ich sprang auf und nahm sie in die Arme. »Ist was mit dir? Mit dem Baby!«

Sabine schüttelte den Kopf. »Es geht mir gut. Dem Baby auch. Aber, Anja«, sie sah mir in die Augen, »was sollen wir nur tun?«

So ist das mit der Panik. Sie überfällt einen, wenn frau sie am wenigsten brauchen kann.

Ich richtete mich zu voller Größe auf und streckte die Schultern nach hinten. »Improvisieren«, beschloss ich. »Wir werden improvisieren. So, wie wir es bisher immer getan haben. Uns geht es gut, und das wird auch so bleiben. Ich verspreche es dir!« Ich sah Sabine forschend an, um zu sehen, ob meine heroischen Worte wirklich geholfen hatten. »Geht es wieder?«

Sie nickte.

»Gut, dann schnappen wir uns jetzt die Tiere und das Geld und machen uns auf den Weg nach Hause.«

»Du willst das Geld behalten?«

»Ja, sicher. Oder siehst du hier jemanden, der Anspruch auf die Kohle erheben könnte?«

Wir sammelten unsere verbliebenen Siebensachen ein und warfen einen letzten Blick auf den versengten Berg Schutt, der vor sich hin qualmte. Wir würden uns entlang der Feldränder durchschlagen müssen.

Plötzlich zuckten abwechselnd rötliche und blaue Blitze durch die Dunkelheit vor uns. Parallel dazu tönte durchdringendes Sirenengeheul zu uns herüber.

Da kam die Kavallerie!

16

Schreck lass nach

21. Juli – 05:59 Uhr – Ehemalige Tierklinik des Dr. Brömmer

Für einen kurzen Augenblick überlegten wir, ob es Sinn machen würde, in eines der Weizenfelder zu laufen und sich zu verstecken. Wir entschieden uns dagegen. Stattdessen setzten wir uns vor den Schuppen auf die Erde und warteten. In einem Höllentempo schossen zwei Löschwagen der Feuerwehr heran. Sie stoppten dort, wo vor Kurzem noch der Haupteingang gewesen war. Schulmäßig sprangen die Männer vom Wagen, rollten Löschschläuche aus und suchten den Hydranten, der sich einige Meter den Weg hoch befand. Als sie begannen, die verbliebenen Brandherde zu bewässern, kamen zwei weitere Autos zum Stehen. Ein Streifenwagen der Polizei und ein Zivilfahrzeug, aus dem ein Mann ausstieg, der mir seltsam bekannt vorkam.

Ich blinzelte, und trotz der Hitze rieselte mir eine Eiseskälte über die Haut. Mein Herz setzte ein paar Schläge aus und ich bekam Schnappatmung.

Der Mann in Jeans und schwarzer Lederjacke scannte die Umgebung. Sein Blick blieb an uns hängen, und er setzte sich in Bewegung. In weitem Bogen umlief er den

Tatort, um der Spurensicherung nicht die Arbeit zu erschweren.

Ich kannte die Statur.

Ich kannte den Gang.

Ich kannte das Gesicht, obwohl ich es noch nie mit einem solch konzentriert energischen Ausdruck gesehen hatte.

»Was sucht denn dein knackiger Nachbar hier?«, hauchte mir Sabine entgegen.

»Ich hab nicht die leiseste Ahnung, was Sadik hier will.« Völlig entgeistert schaute ich ihm entgegen. Sollte ich aufstehen? Ihm so gut es ging auf Augenhöhe begegnen, obwohl ich locker zwei Köpfe kleiner war als er? Ja!

Ich erhob mich, klopfte mir den Ruß von den Jeans und strich meine verbliebenen Haare zurück. Hilflose Bemühungen, mich ein wenig attraktiver aussehen zu lassen. Stattdessen verschmierte ich wahrscheinlich schwarze Striemen über Gesicht und Haare. Dann hatte uns Sadik auch schon erreicht. Er musterte die Szenerie: Sabine, Katze und Fisch, bevor sein Blick an mir hängen blieb.

»Braucht ihr einen Arzt?«, waren die ersten Worte, die er an uns richtete. Seine Stimme war betont ruhig, sachlich – irgendwie beamtig.

»Wäre vielleicht besser«, antwortete ich. Sabine sollte sich lieber richtig durchchecken lassen. Mal wieder.

Sadik sprach etwas in sein Handy, und zwei Sanitäter machten sich auf den Weg zu uns. Der Krankenwagen war kurz nach Sadik eingetroffen. Dann zog er ein kleines schwarzes Notizbuch und einen Stift aus der Innentasche seiner Lederjacke. In jeder anderen

Situation hätte ich eine blöde Bemerkung zu dem schwarzen Büchlein gemacht, aber hier schluckte ich sie lieber runter. Schließlich wusste ich ja nicht, was noch kommen würde.

Die zwei Sanitäter kamen und Sadik trat beiseite. Er ließ die beiden ihre Arbeit machen, wobei er mich im Auge behielt. Zuerst wurde getestet, ob Sabines und meine Reflexe noch funktionierten. Dann wurden wir abgehorcht, unsere Nasen und Augen untersucht und wir wurden notdürftig abgetastet.

»Bis auf versengte Nasenhaare, Augenbrauen und leichte Verbrennungen, die sich mit einer Creme gut behandeln lassen, kann ich nicht viel ausmachen. Die Rippen scheinen in Ordnung. Allerdings kann ich eine Gehirnerschütterung nicht ausschließen«, meinte mein Sanitäter zu Sadik.

Der brummte etwas von »*Ich schon*«, als meinte er, ich hätte kein Hirn. Womit er in diesem speziellen Fall vielleicht sogar recht hatte, aber das würde ich niemals zugeben.

»Und sie?« Sadik nickte zu Sabine hinüber.

»Alles in Ordnung soweit«, antwortete der zweite Sanitäter.

»Sie ist schwanger«, meinte Sadik daraufhin. »Uns allen zuliebe wäre es wohl besser, sie mit ins Krankenhaus zu nehmen.«

Die beiden Männer nickten und fragten Biene, ob sie laufen könne oder sie lieber eine Trage holen sollten. Meine Freundin bedeutete ihnen, dass sie laufen wolle.

»Aber die Tiere?«, hauchte Sabine, das hilflose kleine Frauchen spielend.

»Wir kümmern uns darum«, brummte Sadik genervt. Einen Ton zu barsch für mein Gefühl.

Sabine sah mich an und ich nickte ihr zu. Dann lief sie, links und rechts gestützt von den Sanitätern, zum Krankenwagen.

»Und jetzt zu dir«, wandte sich Sadik mit seinem gesamten Körper zu mir. Ganz bewusst verstellte er mir damit den Blick auf den Tatort. Denn das war er jetzt ja offiziell. Ich war mir mittlerweile sehr sicher, dass Sadik bei der Polizei arbeitete.

»Willst du dich nicht erst einmal ausweisen. Sonst denke ich nicht, dass ich dir irgendetwas sagen muss.« Zicken voraus! Das half immer bei Männern. Na gut, vielleicht auch nur bei achtzig Prozent.

Wortlos zückte Sadik seinen Dienstausweis, der ihn als Polizeioberkommissar des LKA kennzeichnete. Ich schluckte. Damit hatte ich nicht gerechnet.

»Dann bin ich jetzt mal neugierig und frage, was ihr beiden hier draußen gemacht habt. Und was hier passiert ist.«

Okay. Showtime, feuerte ich mich innerlich an. »Eigentlich ist es ganz witzig, wenn man es richtig bedenkt.«

In Sadiks Gesicht zuckte nicht ein Muskel.

»Also gut. Ich bin gestern Abend bei Rolfs Putzmannschaft eingesprungen. Er hat mich drum gebeten«, setzte ich hinzu. »Du erinnerst dich doch noch an Rolf? Er war auf der Party zur Wohnungseinweihung. Ein Meter neunzig groß, braune Haare, grüne Augen und er hat immer ...« Sadiks strenger Blick ließ mir meine Aufzählung im Hals stecken bleiben. »Zu viel? Okay«, redete ich weiter. »Ja, als ich wieder zu Hause war, hab ich gemerkt, dass ich meinen Rucksack in der Klinik vergessen hatte. Den brauche ich aber unbedingt, weil da mein ganzes Leben drin ist: Ausweis, Schlüssel, mein Lieblingslippenstift, Terminkalender, Monatskarte ...« Ohne mit der Wimper zu zucken, wies ich auf den Rucksack, der an der Wand des Schuppens lehnte. Sabine bot mir an, mich hier rauszufahren, um meine Sachen zu holen. Und das haben wir dann auch gemacht.« Ich zog eine Schnute und signalisierte, dass ich nicht mehr zu sagen hatte.

»Und?«

»Und was?«

Stumm wies Sadik mit seinem Daumen auf die Katastrophe hinter ihm.

So einfach würde ich aus der Nummer wohl nicht herauskommen.

Ich seufzte und schmückte meine Geschichte weiter aus. »Na gut. Wir sind ein wenig durch die Klinik gelaufen und haben geschnüffelt.« Ich tat schuldbewusst und schaute auf meine angekohlten Turnschuhe, von denen einer eine kleine Grube in den staubtrockenen Sand bohrte. »Wir haben ein bisschen mit der Katze geschmust. Sie saß so allein in ihrem Käfig und sah sehr traurig aus. Dann wollte ich noch mal nach dem Fisch schauen, weil ich mir nicht sicher war, ob Dr. Brömmer den Kleinen am Abend noch gefüttert hatte.«

»Der Tierarzt war da?«

»Äh. Als wir geputzt haben, ja. Er meinte, er hätte noch Papierkram zu erledigen«, stotterte ich leicht verunsichert. Sadik hakte nicht weiter nach, sondern schwieg wieder mit erhobener Augenbraue, als würde er auf weitere Erklärungen warten.

Na gut. »Deshalb sind Sabine und ich in den Empfangsbereich gelaufen«, erklärte ich weiter. »Da lag ja auch mein Rucksack, den ich vergessen hatte. Auf der Suche nach Futter bin ich dann irgendwann im Büro vom Doktor gelandet und hab in eine Schublade vom Aktenschrank geschaut und da ...« Bei dem Gedanken daran zuckte ich zusammen und schluckte schwer die aufsteigenden Tränen hinunter.

Sadiks Gesichtszüge wurden weicher und er berührte schon fast liebevoll meinen Ellbogen. »Geht's?«

»Ja. Ja, es geht schon.« Ich straffte mich für meinen Endspurt. »Also, in der Schublade lag eine Bombe. Ich hab gar nicht lange nachgedacht. Hab Sabine zugerufen, sie soll sich die Katze schnappen. Ich hab mir den Rucksack und den Fisch gegriffen und wir sind zu unserem Auto gerannt ...« Mir brach die Stimme und ich heulte hemmungslos. Scheinbar war ich doch noch nicht so abgebrüht, wie ich gehofft hatte. Sadik war versucht, mich in den Arm zu nehmen, zuckte dann aber zurück und verfiel wieder in den Beamtenmodus. Ich presste zwischen Schniefen, Schluchzen und Schluckauf weiter hervor: »Aber wir hatten keine Zeit. Sabine rannte hinter den Schuppen und ich hinterher, als ich einen Mann rufen hörte.«

Durch Sadik ging ein spürbarer Ruck. »Einen Mann?«

»Ja, ich bin mir nicht sicher, aber ich glaube, es war der Doktor. Ich weiß es nicht«, schluchzte ich weiter. »Ich wollte gerade zu ihm rennen und ihn warnen, als – als die Bombe explodierte.« Nach einem tiefen Seufzer schwieg ich. Mehr wollte ich nicht lügen. Das Problem am Erfinden von Geschichten ist, dass man sich merken muss, was man erzählt. Der geschickte Lügner bleibt haarscharf neben der Wahrheit.

Ich wartete lieber mal auf Fragen.

Doch die kamen nicht.

Im Gegenteil.

Sadik ließ mich vom Haken. Die Leute von der Spurensicherung retteten mich, als sie im nächsten Moment nach Sadik riefen. Es schien wichtig zu sein, und so verabschiedete er sich von mir mit den Worten, dass er ja wisse, wo ich wohne, und mich später weiter befragen wolle. Dann machte er sich auf zu seinen Kollegen.

21. Juli – 06:25 Uhr – Unter Flutlicht zwischen Polizei und Spurensicherung

Ich schüttelte mich kurz. Jetzt blieb nur noch ein Problem: Wie kam ich hier weg, mit Fisch, Katze und 100.000 Euro?

Ich schaute neben mich. Die Katze saß auf meinem rechten Fuß.

Das Gewusel am Tatort nahm zu. Immer mehr Menschen kamen und bauten Scheinwerfer auf, zogen Absperrbänder und redeten gestikulierend durcheinander.

Da stand ich nun und zögerte. Ich könnte den Sack auf meinen Rücken schnallen, den Fisch auf den Arm nehmen und versuchen, mit der anderen Hand die Katze zu tragen.

Ich könnte auch eine Lehre beim Zirkus ins Auge fassen. Was dachte ich eigentlich? Selbst wenn ich diese akrobatische Nummer schaffen würde, ich käme nicht weit. Nicht mal bis zur Bushaltestelle, die mehr als einen Kilometer entfernt lag.

Sadik ließ mich entgegen meiner Hoffnung nicht aus den Augen. Auch wenn er mit seinen Kollegen redete und scheinbar Aufträge verteilte, schaute er immer wieder in meine Richtung. Wahrscheinlich wunderte er sich, dass ich nicht mein Handy nahm und nach Hilfe telefonierte. Er konnte ja nicht wissen, dass in dem Rucksack, den ich aus dem Haus gerettet hatte, nicht meine Sachen, sondern ein Haufen Geld steckte. Vielleicht hätte ich mir zur Tarnung ein Geldbündel ans Ohr halten sollen.

Langsam wurde ich wirklich nervös. Ich konnte mich nicht von Sadik nach Hause fahren lassen. Das gäbe ihm nur die Chance, weitere Fragen zu stellen. Womöglich unangenehme Fragen, auf die ich noch keine Antwort hatte. Wie zum Beispiel, wie wir überhaupt in die Klinik reingekommen waren? Ohne Schlüssel. Oder: Warum der Smart am Hintereingang geparkt war?

Verzweifelt raufte ich mir die Haare und grinste dümmlich, als Sadik mal wieder in meine Richtung sah.

Und auf einmal ging mein Grinsen in ein erleichtertes Lächeln über. Hinter Sadik erschien Nikolai. Mein Retter bahnte sich seinen Weg zwischen den Polizisten hindurch und nickte grüßend in die Runde. Die Streifenpolizisten und einige von der Spurensicherung, leicht erkennbar in ihren weißen Ganzkörperoveralls, nickten zurück. Man kannte sich wohl, so schien es mir. Sadik dagegen setzte wieder seinen Bullenblick auf und saugte sich damit an Nikolai fest, der sich am Rand des Absperrbandes seinen Weg zu mir suchte.

»Mit dir wird es auch nicht langweilig«, grüßte er
mich. Dann besah er sich das Schlachtfeld und zog anerkennend seine Augenbraue hoch. »Gasexplosion?«

»Nee, Bombe.«

»Okaaayyy. Deine erste?«

»Yo.«

»Und du hast dich nicht übergeben?«

Lag da etwa Anerkennung in seiner Stimme?

»Die erste Bombe ist immer die schwerste. Irgendwann gewöhnt man sich dran.« Er schlug mir leicht auf
die Schulter. Dann besah er sich mein Gesicht genauer.
»Hast ganz schön was abbekommen. Warst wohl nah
dran.«

Ich zuckte so gleichgültig wie möglich die Schultern.
Ich war schließlich ein Profi. »Wie hast du es erfahren?«

»Ich höre den Polizeifunk ab. Reine Routine. Und die
Meldung von hier kam mir merkwürdig vor. Ganz besonders, als sich die Jungs im Funk über eine kleine rot-
haarige Frau unterhielten.«

»Klein?«, quietschte ich. »Das ist wirklich eine Beleidi-
gung.« Ich zog meine Schultern so gut es ging nach hinten und streckte meine Brust kampfeslustig nach vorn.
Dann wollte ich den Rucksack schultern. Als der Rie-
men die Haut berührte, zuckte ich leicht zurück, denn
auch hier hatte ich leichte Verbrennungen abbekommen.

Nikolai fasste mich seitlich um die Hüfte und stützte
mich. »Wir sollten dich nach Hause bringen. Eine Explosion überlebt zu haben, ist nicht ohne. Meist bricht
man erst zusammen, wenn der Schock abklingt. Und
das kann einige Stunden dauern. Gib mir den Rucksack

und trag einfach nur den Fisch. Wenn du merkst, dass das Zittern kommt, dann sag mir Bescheid. Okay?«

Ich nickte.

»Na dann los.« Nikolai warf sich den Rucksack über, stutzte kurz, sagte aber nichts. Er wollte so schnell wie möglich zum Wagen und trieb mich zur Eile. Nickend verabschiedete ich mich von Sadik, der mir wortlos einen Katzentransportkorb reichte, den er aus dem Schutt gezogen hatte und der noch ganz passabel aussah. Nikolai schob die Katze hinein. Ich dankte Sadik, wohl wissend, dass er in den kommenden Tagen noch einmal dienstlich an meiner Tür klingeln würde, und folgte Nikolai zu seinem Auto.

Langsam tröpfelte die Erschöpfung in meine Knochen.

Es war Zeit, nach Hause zu fahren.

17
Ruhe vor dem Sturm

21. Juli – 07:00 Uhr – Home Sweet Home

Die ganze Fahrt über drückte ich den Fisch, oder besser sein Zuhause, an meine Brust. Die kleine Katze hatte sich in ihrem Korb, der zwischen Nikolai und mir stand, zu einer roten Fellkugel zusammengerollt und schnarchte im Schlaf. Ich wünschte mir von ganzem Herzen, das auch zu können. Nicht das Schnarchen natürlich, sondern so zu schlafen, als wäre nichts geschehen.

Nikolais Voraussage bewahrheitete sich. Während der Fahrt begann ich unkontrolliert zu zittern. Meine Zähne schlugen aufeinander und langsam fürchtete ich um meine Füllungen. Mein Körper vibrierte, und mir war furchtbar kalt, obwohl Nikolai mich sicherheitshalber in eine warme Jacke eingepackt hatte. In meinen Ohren klingelte es wie verrückt, und meine Augen spielten mir ein ums andere Mal einen Streich.

Ich sah Dinge, die nicht da waren. Ampeln, die auf Rot standen, obwohl Nikolai seelenruhig über die Kreuzung fuhr. Kleine tanzende Glühwürmchen, die im Licht der Laternen ihre Batterien aufluden. Alles wäre viel leichter zu ertragen gewesen, wenn ich eine halbe

Flasche Whiskey intus gehabt hätte. Hatte ich aber nicht.

Das Schütteln wurde stärker. Bei dem Versuch, es zu unterdrücken, spannte ich meinen Körper so stark an, dass mir schwarz vor Augen wurde.

»Du musst wach bleiben, hörst du? Wir sind gleich da. Du schaffst das«, ermunterte mich Nikolai. Er griff ins Lenkrad und schwenkte den Wagen nach rechts auf den Bürgersteig vor meinem Block. Wir fuhren durch den Torbogen weiter geradeaus bis in den Hinterhof. Nikolai stellte den Transporter ab, half mir beim Aussteigen, schnappte sich die Katze und lief hinter mir in den Hausflur.

Wie ferngesteuert schlurfte ich eine Stufe nach der anderen bis in die dritte Etage. Nikolai lief direkt hinter mir, so nah, dass ich seinen Atem im Nacken spürte. Ich hätte mich einfach fallen lassen können, er hätte mich aufgefangen. Angekommen blieb ich vor meiner Wohnungstür stehen und starrte sie an: Niemals in meinen Leben hatte ich etwas Schöneres gesehen! Die dunkelbraune Maserung wiegte sich durch nussbaumfarbenes Holz, unterbrochen von kleinen Vierecken, die der Kassettentür ihren Namen gaben. Der Spion starrte mich an. Ich starrte zurück.

Nikolai nahm mir den Rucksack ab. Er öffnete ihn und wollte nach dem Schlüssel suchen, als mir siedend heiß einfiel, dass er den in diesem Rucksack nicht finden würde.

Nikolai sog die Luft scharf ein. »Okay, ich denke mal, das ist nicht dein Rucksack. Wie viel ist da drin, so Pi mal Daumen?«

Ich starrte ihn mit hochgezogener Augenbraue an und sagte nur: »Keine Ahnung. Ich hatte noch keine Zeit, es zu zählen.«

»Ich nehme mal an, dass sich kein Schlüssel unter den Scheinen befindet.«

Ich nickte.

Wortlos zog Nikolai ein Etui aus seiner Jackentasche, knackte unser Schloss, schob mich über die Schwelle und ließ hinter uns die Tür zufallen. Ich stellte den Fisch auf dem Tisch in der Küche ab und goss Nikolai und mir ein großes Glas Wasser ein. Ein wenig davon genehmigte ich dem Fisch.

»Was ist mit deinen Sachen passiert?«

»Die sind in Rauch aufgegangen, hoffe ich.«

»Das heißt, ihr wart ihm Haus und ...«

»... ich habe auf der Flucht diesen hier gegriffen statt meinen«, nuschelte ich. Ich war körperlich total am Ende, und mein Geist lief schon lange nicht mehr auf Hochtouren.

»Du solltest dich hinlegen.«

»Ja, aber Sabine?«

»Sie ist im Krankenhaus gut aufgehoben. Mein Bruder sagt, die Ärzte wollen sie über Nacht zur Beobachtung bei sich behalten. Du musst dir also keine Sorgen machen.«

Ich stockte einen Augenblick. »Dein Bruder?«

»Ja, du kennst ihn. Er hat deine Freundin schon mal ins Krankenhaus begleitet.«

»Oh. Der sich als ihr Freund und Vater des Babys ausgegeben hat?«

Nikolai nickte. »Als ich den Funk abhörte, habe ich ihn angerufen. Konnte mir ja denken, dass ihr im

Doppelpack dort aufgetaucht seid. Er fuhr mich zur Tierklinik – ich meine, was davon übrig war. Auf dem Weg hörten wir über den Funkscanner, dass eine schwangere Frau im Krankenwagen in die Klinik gebracht wurde. Nachdem er mich abgesetzt hatte, ist er gleich weitergefahren. Er hat sich sofort auf den Weg ins Krankenhaus gemacht und wird dortbleiben, bis Sabine morgen entlassen wird. Ich habe dann zwei Kumpels angerufen, die einen Wagen für uns am Tatort abgestellt haben, damit ich dich nach Hause bringen konnte.«

»Warum tust du das alles für uns?«

»Ich mag euch. Oder vielleicht sammle ich nur ein paar Pluspunkte für mein Karma.«

Lächelnd sah ich Nikolai in die Augen. »Dann bist du jetzt aber richtig weit im Plus.«

Er schwieg, und für eine winzige Sekunde färbte sich das Graugrün seiner Augen einen Tick dunkler.

Mein Magen schnürte sich zusammen und das lag nicht an der Tatsache, dass ich kurz vor einem Zusammenbruch stand. »Ich geh noch schnell duschen und dann ins Bett.«

Das Letzte, an das ich mich erinnerte, war mein Bild im Spiegel über dem Waschbecken.

21. Juli – 10:02 Uhr – Mein schmales Schlafzimmer

Alles um mich herum fühlte sich so weich an. Ich kuschelte mich tiefer hinein und spürte, wie ein zufriedenes Lächeln über mein Gesicht floss. Es war wie damals, als ich mich als kleines Mädchen in den

Pelzmantel meiner Großmutter vergraben hatte. Genauso fühlte es sich an.

Moment mal – Pelzmantel?

Ich hob meine Augenlider ein winziges Stück und linste durch meine Wimpern. Sie unterschieden sich nicht im Geringsten von dem, was ich direkt in meinem Blickfeld hatte. Sie waren nur nicht so dicht!

Wo war ich?

Was war das?

Und was wollte es von mir?

»Wie ich sehe, habt ihr euch schon angefreundet.« Nikolai stand in der Tür mit einer Tasse in der Hand, aus der leichter Nebel und der Duft frisch gebrühten Kaffees aufstieg.

Schwerfällig stützte ich mich auf. Die Katze maunzte verärgert und trollte sich auf die andere Seite meines Bettes.

»Wie kommt die Katze hier rein?«

Nikolai, scheinbar frisch geduscht und in eine saubere schwarze Uniform gekleidet, blieb im Türrahmen stehen und winkte mit dem Becher in meine Richtung. »Ich hab die Kleine rausgelassen. Käfige schlagen aufs Gemüt, und sie war ja wohl lange genug eingesperrt.«

»Gut und schön, aber wie kommt sie in mein Bett?« Und vor allem: Wie kam ich in mein Bett?

»Sie lag schon drin, als ich dich dazu gelegt habe.«

»Als du was?«, quietschte ich und hob verstohlen die leichte Bettdecke an. Ich war nackt!

Nikolai grinste von einem Ohr zum anderen. »Du bist im Bad in Ohnmacht gefallen. Ich hab dich in ein Handtuch eingewickelt und ins Bett getragen. Und da lag –

willst du ihr nicht mal einen Namen geben? – schon drin.«

Wie zur Bestätigung maunzte die Katze, streckte sich und rollte sich wieder zusammen.

»Ich mag keine Tiere mit Fell.« Ich beäugte die Katze argwöhnisch. »Besser gesagt, sie mögen mich nicht. Und ich werde sie mit Sicherheit nicht behalten, also braucht sie auch keinen Namen.«

»Für jede Regel gibt es eine Ausnahme«, meinte Nikolai und überging meinen kleinen emotionalen Ausbruch.

»Willst du den Kaffee noch oder soll ich ihn trinken?«

»Wenn du dich umdrehen würdest, dann könnte ich aufstehen und mich anziehen«, erwiderte ich leicht zickig.

Lauthals lachend drehte sich Nikolai um und machte sich auf den Weg in die Küche. »Mach nur, aber da ist nichts, was ich nicht schon gesehen hätte!« Schwang da ein wenig Bewunderung in seiner Stimme mit?

Nein. Niemals. Wahrscheinlich war ich nur noch nicht richtig bei Bewusstsein, oder ich hatte doch eine leichte Gehirnerschütterung abbekommen.

Aus einem Berg Wäsche, der auf dem Boden lag, zog ich eine Jogginghose und ein Shirt, das ich mir schnell überwarf. Dann stapfte ich in die Küche, setzte mich an den Tisch, nahm einen Schluck Kaffee und klopfte ans Aquarienglas. Erfreut, mich zu sehen, schwamm Fisch auf mich zu. Noch einer, der einen Namen brauchte.

»Der hat Hunger«, meinte Nikolai.

»So ein Mist«, schimpfte ich leise. »Ich habe weder Fisch- noch Katzenfutter im Haus.«

»Das stimmt so nicht ganz«, berichtigte mich Nikolai. »Für die Katze hätten wir schon eine kleine Vorspeise.« Leicht amüsiert schaute er auf meinen Goldfisch.

Theatralisch warf ich mich schützend vor das Aquarium. »Kommt gar nicht infrage.«

Nikolai setzte sich. Sein Gesicht veränderte sich. Er bekam einen Ausdruck, der mir nicht gefiel. So hatte mich mein Vater immer angesehen, wenn er meinte, dass ich mal wieder etwas ausgefressen hätte. »Kannst du mir erzählen, was da gestern passiert ist?«

Um Zeit zu gewinnen, tauchte ich meinen Blick tief in die Kaffeetasse.

»Okay, du musst nicht. Aber vielleicht kann ich dir helfen, deine Aussage bei der Polizei etwas glaubhafter zu machen, als das, was du ihnen bisher hingeworfen hast.«

»Woher ...?«

Nikolai lehnte sich lässig zurück und schwieg.

»Auch eine Antwort«, brummte ich und erzählte ihm alles. Angefangen bei dem Einbruch bei Richard und dem Toten auf der Treppe, die Quasi-Erpressung von Frau Wagner und ihrem Enkel Aaron bis zu dem, was Sabine und ich uns über den Tierarzt Dr. Brömmer zusammengereimt hatten.

»Wir haben Berge von Medikamenten in einer Abstellkammer gefunden. Sein Computer war voll mit Daten, die er scheinbar sammelte, um eine Absicherung gegenüber seinem Geschäftspartner zu haben. Wir haben alles fotografiert. Und dann haben wir die Bombe im Aktenschrank gesehen, uns die Tiere geschnappt und sind raus.«

Mit einem Mal fiel es mir wieder ein: Sabine hatte noch immer mein Handy! Und den USB-Stick! Was für ein Glück – auch dass mein Gehirn wieder funktionierte.

»Und dabei hast du den Rucksack vertauscht?«

»Der Rucksack!« Ich riss meine Augen auf.

»Keine Bange. Ich hab ihn im Wohnzimmerschrank versteckt. Aber du weißt schon, dass ihr die Scheine nicht behalten könnt?«

»Wieso nicht. Wer sollte sie schon haben wollen? Der Arzt ist tot.«

»Dr. Brömmer ist tot?«, wunderte sich Nikolai.

»Ach, das hast du nicht über den Polizeifunk gehört? Dabei hab ich es doch Sadik erzählt.«

»Da hat dein Nachbar dichtgehalten. Kluger Schachzug«. Er nickte anerkennend. »Wenn das rauskäme, würde ihm sein ganzer Fall um die Ohren fliegen.« Er konnte sich ein zufriedenes Grinsen wegen seiner Wortwahl nicht verkneifen.

Fragend legte ich meinen Kopf schräg, und Nikolai ließ sich nicht lange bitten.

»Seit Monaten verfolgt Sadik die Theorie, dass eine Mafiagruppe in großen Mengen Tiermedikamente einführt, um sie an Menschen zu verkaufen. Muss ein ziemlich einträglicher Markt sein. Quasi legale Drogen, wenn man so will. Die Gesetzeslage ist da ziemlich nebulös. Und wenn ich es richtig verstanden habe, glaubt Sadik, dass auf diesem Weg auch Geld gewaschen wird.« Nikolai erhob sich und goss mir und sich noch Kaffee nach. »Bisher hatte er aber keine Beweise, nur Indizien. Er wollte den guten Doktor ein wenig unter Druck setzen.

»Darum hat Dr. Brömmer Informationen über seine Partner gesammelt.«

»Das sehe ich auch so. Er bekam Angst. Und wie es aussieht, zu Recht. Leider liegt jetzt Sadiks Fall in Schutt und Asche, falls der Doktor seine einzige Quelle war. Gegen die Mafia sammelt man nur sehr schwer Beweise.«

Ich schwenkte meine Tasse und schaute auf die Bewegung meines Kaffees. »Und was ist, also, nur mal so angenommen ...«, druckste ich herum.

Neugierig beobachtet mich Nikolai. »Was?«

»Na ja, mal angenommen, Sadik bekäme die Beweise aus einer anderen Quelle. Dann könnte er doch immer noch gegen diese Mafiatypen vorgehen, oder?«

»Du denkst dabei an Material, das gestern nicht in Rauch aufgegangen ist?«

»Ja.«

»Und was, außer dem Geld, meinst du damit genau?«

Ich erzählte ihm, wie Sabine und ich Fotos gemacht und die Daten vom Rechner auf einen USB-Stick gezogen hatten. Zum Glück waren beide Geräte noch in Sabines Händen. Langsam begann ich den Wert einer Latzhose und deren diversen Taschen zu verstehen, auch wenn man damit aussah wie ein übergewichtiges Känguru.

»Ich hab kein Problem damit, Sadik die Sachen zu geben. Nur bei dem Geld – ich weiß nicht.«

Nikolai grinste schon wieder. »Kann ich verstehen. Dem Staat einfach 250.000 Euro schenken, obwohl man das Geld viel besser gebrauchen könnte, lässt einen nachdenklich werden.«

Ich schaute ihn verdattert an. In meinen Augen stand die Frage, woher er wusste, wie viel Geld genau in dem Rucksack war.

»Ich war neugierig. Ich hab's gezählt, als du geschlafen hast. Die Frage ist doch aber, wie du Sadik deinen plötzlichen Reichtum erklären willst, und vor allem, wie willst du ihm plausibel machen, wie ihr an das Beweismaterial gekommen seid?«

»Mhm«, brummte ich. »Wir brauchen einen Plan. Und ich muss wissen, ob du dichthältst. Außer Sabine und mir bist du der Einzige, der von dem Geld weiß.«

Wir schauten einander tief in die Augen, und da war es wieder, dieses wohlige Gefühl in meinem Bauch.

»Wieso?«, flüsterte Nikolai. »Würdest du mich sonst töten?«

Ich grinste frech. »Müsste ich wohl.«

»Du vergisst die, von denen die Viertelmillion stammt.«

Verdammt!

18
Licht am Ende des Tunnels

Im Moment konnten wir nicht viel gegen die Mafia unternehmen. Auch die Polizei musste noch warten.

Biene war immer noch im Krankenhaus unter Beobachtung, und ich fühlte mich langsam genauso, denn die Katze und der Fisch ließen mich nicht aus den Augen.

Zuerst einmal mussten wir Futter für die Tiere kaufen. Sie würden wohl noch eine Weile bei uns bleiben.

Mit offenem Mund starrten Nikolai und ich in einen Regalflur im Supermarkt. Ich hatte nicht geahnt, wie groß die Auswahl an Tierfutter war.

Hilflos sah ich in das Regal, in dem Dutzende unterschiedlicher Packungen das jeweils beste Katzenfutter der Welt anpriesen. Woher sollte ich wissen, wie alt die Katze und ob sie Hauskatze oder Freigänger war? Und vor allem galt es die Frage zu klären: Trocken- oder Nassfutter? Das wäre – laut Verkäuferin – eindeutig eine Glaubensfrage.

Einen Gang weiter stand Nikolai neben einer alten Dame, die gerade ihre Enkelin in die Geheimnisse des Tierfutters einweihte, und studierte eingehend die

Rückseite von Trockenfutterpackungen. Ihm schien das Ganze hier sichtlich Spaß zu machen.

»Was hältst du von dem hier?« Er hob eine Packung über das Regal, damit ich sie sehen konnte.

»Da sind gelbe Kanarienvögel drauf!«, meinte ich kopfschüttelnd.

»Na, wenn die da drauf sind, dann müssen doch wohl auch Kanarienvögel drin sein, und Katzen fressen Vögel, oder etwa nicht!?«

»Scherz lass nach. Das ist Vogelfutter«, meinte ich nur und sah der Oma nach, die ihre Enkelin in aller Eile aus dem Laden schob. Ich linste um das Regal und grinste. »Das hat dir Spaß gemacht!«

»Ja. Und ehrlich, ich kann nicht verstehen, dass die meisten Männer Shopping hassen.«

Wir lachten laut auf und entschieden uns für eine Packung Trockenfutter, in dem sich laut Aufdruck Rind und Leber befanden, und kauften noch eine Tüte Futter für Goldfische. An der Kasse griff sich Nikolai eine kleine Spielmaus und ich schnappte mir eine Wasserpflanze für den Fisch.

In der Zwischenzeit hatte sich Nikolais Bruder Juri gemeldet. Er würde Sabine nach Hause fahren und dort auf uns warten. Auf dem Weg hielten wir noch an der Frischetheke des Supermarktes und kauften alle Zutaten für ein leckeres Chili con Carne.

»Wir sollten Frau Wagner Bescheid geben, dass Dr. Brömmer tot ist«, überlegte ich laut, als mir die Schlagzeile der Boulevardpresse vor der Kasse ins Gesicht schlug: *Massaker am Stadtrand – Tierklinik fliegt samt Arzt in die Luft.*

»Außerdem muss ich mich um einen neuen Ausweis kümmern, meine Umweltkarte für Bus und Bahn als verloren melden und meinen Bibliotheksausweis ...«

Nikolai hielt mir sein Handy hin. »Am besten du machst eine Liste. Aber jetzt solltest du erst einmal Frau Wagner anrufen und ihr sagen, dass mit ihrem Enkel und euch alles in Ordnung ist.« Er hatte die Schlagzeile auch gesehen.

Während Nikolai zahlte, erreichte ich Frau Wagner und erklärte ihr die Situation. Zum Glück hatte sie noch keine Zeitung gelesen. Sie versprach mir felsenfest, sich still zu verhalten, bis ich mich wieder bei ihr meldete. Ich unterbrach die Verbindung und betete inständig, dass sie Wort halten würde. Dann luden wir die Sachen ins Auto und machten uns auf den Weg zu mir.

21. Juli – 12:47 Uhr – Hauptquartier Wühlischstraße

Sabine öffnete uns und wir trugen die Einkäufe in die Küche. Die rote Fellkugel hieß uns willkommen und ließ mich – oder besser die Einkaufstasche – nicht mehr aus den Augen.

»Du solltest ihn als Wachhund ausbilden lassen«, meinte Nikolai und lief ins Wohnzimmer, um seinen Bruder zu begrüßen.

Sabine und ich umarmten uns.

»Geht es dir gut?«

»Ja.« Biene nickte. »Die Ärzte geben Entwarnung. Das Kleine hier drin ist ganz schön zäh.«

»Wie seine Mutter.«

Wir liefen zu den Jungs ins Wohnzimmer, und mir fiel beim Anblick dessen, was mich dort erwartete, der Unterkiefer runter. Die meisten Möbel, und das waren schon wenige genug, waren an die Wände geschoben. In der Mitte des Raumes standen klappbare Schreibtische, drei an der Zahl. Auf und unter ihnen tummelten sich zahllose Kabel, die in Anschlüssen von Laptops, Computern und mindestens sechs Monitoren steckten. In der einen Ecke des rechten Tisches knisterte ein Funkgerät mit dem Polizeifunk vor sich hin. Nikolai stand hinter seinem Bruder und schaute über seine Schulter auf den Monitor. Juri tippte auf einer Tastatur herum und ließ sich von Sabine und mir nicht stören.

»Tut mir leid, dass wir uns hier so ausgebreitet haben. Aber ich musste unsere Zentrale hierher verlegen, solange wir auf euch aufpassen.«

»Aufpassen?«, echote ich. »Ich glaube, ich hör nicht richtig. Ich kann das schon ganz gut allein. Hat in den vergangenen Jahren auch geklappt.«

»Mag schon sein«, erwiderte Juri völlig ungerührt. »Aber die Zeiten haben sich geändert. Gestern wärt ihr fast in die Luft geflogen und ihr seid auf etwas gestoßen, das euch eigentlich nichts angeht.« Juri hob seinen Kopf. Er ähnelte seinem Bruder sehr, vor allem wenn er lächelte. Das war mir neulich Abend nicht aufgefallen. »Und apropos *nichts angehen*. Das trifft auch auf den Mann zu, der tot im Treppenhaus von Frau Wagner lag. Ihr wart an dem Tag auch dort und irgendetwas sagt mir, dass ihr etwas mit der Sache zu tun habt.« Listig kniff Juri sein rechtes Auge zusammen.

»Es war ein *Unfall*!« Ich rang die Hände.

»Super«, flüsterte Biene. »Wenn sie es nicht vorher gewusst haben, dann wissen sie es jetzt.«

Nikolai lachte schallend. »Ich sagte doch, wir müssen noch an der Geschichte arbeiten, bevor Sadik dich wieder in seine Vernehmungsfinger bekommt.«

»Soll das heißen, ihr habt mich reingelegt? Du wusstest, dass es ein Unfall war, weil ich es dir erzählt hatte!« Wütend schaute ich Nikolai an. »Aber deinem Bruder hast du was anderes erzählt.«

Die beiden schauten sich wissend an.

»Guckt nicht so komisch. Ich hab mit der Sache nichts zu tun!« Sabine hob abwehrend ihre Hände in die Luft. »Ich bin schwanger. Ich vergesse sowieso alles. Ganz schnell. Husch, ist es weg.« Sie wedelte mit den Händen vor ihrem Gesicht herum.

»Also, wenn das deine Ausrede ist, dann will ich das auch!«

»Soll das ein Angebot sein, Anja?«, rutschte es Nikolai unwillkürlich heraus. Juri grinste verlegen.

Mit einem interessierten Blick beäugte ich Nikolai und war erfreut zu sehen, dass ihm mulmig zumute wurde.

»Ähm, ich denke, das hat noch Zeit.« Nikolai räusperte sich leicht irritiert.

»Aber warum habt ihr euer ganzes Zeug hier abgeladen?«

»Wir können unser Hauptgeschäft nicht vernachlässigen. Wir müssen schließlich unseren Lebensunterhalt bestreiten.«

»Und worin genau besteht euer Geschäft?«

Juri legte seine Stirn in Falten und schien angestrengt zu überlegen, doch ich nahm an, er tat nur so. »Kannst du mir bitte Anjas Handy und den USB-Stick geben?«, sagte er an Sabine gewandt und lenkte damit geschickt von meiner Frage ab. »Dann kann ich die Unterlagen kopieren, bevor wir sie der Polizei übergeben. Nur zur Sicherheit. Außerdem sollten wir das Handy neu konfigurieren, damit keine Spur zu uns führt.«

Sabine lief in ihr Zimmer und holte die Sachen. Wir stellten uns hinter die Jungs und beobachten Juri dabei, wie er den Cursor über die Bildschirme flitzen ließ. Plötzlich schoss Nikolais Arm nach vorn. »Halt! Hol das Dokument mal näher heran.«

Juri tat, wie ihm geheißen.

»Buca Jemovic. Verdammter Mist.« Nikolai verschränkte seine Hände im Nacken und richtete sich auf. Sein Gesicht bekam einen harten Ausdruck. »Ihr habt keine Ahnung, wie tief wir in der Scheiße sitzen.«

Ich wollte ihn fragen, was genau er damit meinte, als es an der Wohnungstür klingelte. Wir sahen uns fragend an. Dann klingelte es erneut. Würde es Sinn machen, so zu tun, als wäre niemand zu Hause? Eine verlockende Idee, aber die Katze machte uns einen Strich durch die Rechnung. Sie rannte zur Tür und maunzte herzerweichend. Egal wer vor der Tür stand, er würde bei dem Gejammer mit Sicherheit den Tierschutz alarmieren.

»Macht auf und seht zu, dass keiner ins Wohnzimmer kommt«, befahl Nikolai.

»Dann fang ich schon mal mit dem Kochen an«, meinte Sabine, während ich durch den Spion linste. Erleichtert atmete ich aus und öffnete die Tür: »Frau Wagner! Ich hab ihnen doch gesagt, dass –«

»Ich weiß, ich weiß.« Frau Wagner schob sich an mir vorbei. »Aber ich hab es einfach nicht mehr ausgehalten. Ich musste einfach sehen, ob es ihnen auch gut geht.«

»Aber das passt jetzt ganz schlecht«, erwiderte ich und wollte ihr hinterherlaufen, als plötzlich Sadik hinter mir aus dem Boden wuchs.

»Aber, aber, Anja, seit wann bist du denn so ungastlich! Darf ich?« Eine rhetorische Frage, denn er schob sich einfach an mir vorbei und folgte Frau Wagner.

Das war's!

Das Ende!

Jetzt würde alles in sich zusammenbrechen, wie das berühmte Kartenhaus. Wo war das Loch, in dem ich verschwinden konnte?

»Suchst du was?« Sadik wartete auf mich.

»Ähm, nein.« Ich schaute vom Boden hoch, schloss die Tür und betete inständig, dass Frau Wagner jetzt keinen Fehler machte. Sie lief schnurstracks in die Küche, wo die Katze Sabine um die Beine strich und um Hackfleisch bettelte.

»Wie geht es dir, mein Schatz?« Frau Wagner lief auf Sabine zu, und mir stockte der Atem, als sie meine Freundin zur Begrüßung in den Arm nahm und fest ans sich drückte.

»Gut«, spielte Biene mit, als sie Sadik sah. »Mir geht es gut und dem Baby auch. Du hättest nicht vorbeikommen sollen, Tante Elfie.«

Sadik machte es sich auf einem Küchenstuhl bequem und schaute sich das Stück interessiert an.

»Und wer ist die Kleine hier?« Frau Wagner kniete sich hin und streichelte die Katze, die sich laut schnurrend von ihr auf den Arm nehmen ließ. »So eine Niedliche bist du, ja das bist du. Seid ihr sicher, dass es ein Mädchen ist? Rote Katzen sind sehr selten. Meistens haben Kater rotes Fell, weil sie das Chromosom für die rote Fellfarbe nur einmal in ihrer DNS brauchen. Weibliche Katzen hingegen haben nur dann rotes Fell, wenn das entsprechende Gen auf beiden X-Chromosomen sitzt, also Mutter und Vater rotes Fell hatten.« Ohne zu zögern, hob Frau Wagner die Katze über ihren Kopf und betrachtete eingehend ihr Hinterteil. »Ja, keine Spur von Hoden oder dass da mal welche gewesen wären. Ihr habt eine Glückskatze, Mädels!«, lachte Frau Wagner laut auf, während Sadik peinlich berührt schien.

Frau Wagner kaperte sich den zweiten Stuhl, und ich stellte mich an die Arbeitsfläche, um Sabine beim Zwiebelschneiden zu helfen.

Sadik schwieg.

Sabine schwieg.

Frau Wagner schwieg selig.

Ich schwieg angespannt.

»Du solltest das Hackfleisch gut durchbraten«, gurrte Frau Wagner. „Für Schwangere kann der Verzehr durchaus gefährlich werden.«

»Ich weiß, Tantchen. Ich passe auf, keine Angst.« Das Fleisch brutzelte zischend im Topf. Ich schmiss die Zwiebeln hinein, wusch mir die Hände und wandte mich an Sadik. »Willst du zum Essen bleiben?«

»Normalerweise gern, aber ich bin dienstlich hier.«

Das hatte ich mir schon gedacht, wollte aber lieber auf Nummer sicher gehen.

»Schade«, meinte Sabine. »Wir haben genug für alle da.«

Ich riss meine Augen auf und warf ihr einen *Jetzt-übertreib-es-bitte-nicht*-Blick zu.

»Tja.« Ich klatschte in die Hände. »Dann vielleicht ein anderes Mal. Also, wie kann ich dir helfen?«

»Ich habe noch ein paar Fragen zu dem, was gestern passiert ist.«

»Dann sollten wir besser in mein Zimmer gehen, oder?«

»Warum gehen wir nicht ins Wohnzimmer? Das wäre doch sicher bequemer?« Sadik bog nach rechts ab und legte seine Hand auf die Klinke. Wie von der Tarantel gestochen sprang ich ihm hinterher und riss an seinem Arm.

Sadik schreckte zurück und schob mich von sich weg. »Was ist denn in dich gefahren?«

»Ich, äh. Entschuldige«, räusperte ich mich und strich ihm den Ärmel des Jacketts wieder glatt. »Aber da können wir nicht rein.«

Fragend zog Sadik die Augenbrauen zusammen.

»Ich musste mir schnell etwas einfallen lassen. Etwas wirklich Großes. Einen Grund, warum niemand Lebendes diesen Raum betreten dürfte«, dachte ich und improvisierte mal wieder drauf los.

»Da darf niemand rein«, sagte ich mit fester Stimme, »weil ... wir haben da Gift versprühen müssen. Kakerlaken. Kakerlaken – überall. Es ist furchtbar. Und der Mann von der Schädlingsbekämpfung hat gemeint, wir dürfen da nicht mehr rein. So die nächsten vier Tage, weil das Nervengift ziemlich intensiv ist.«

»Komisch, ich rieche gar nichts.« Sadik schnupperte und hielt dann sein Ohr gegen die Tür.

Ich zog ihn weg. »Das ist geruchlos. Aber super gefährlich.«

In der Küche hörte ich Sabine kichern, oder klopfte sie mit dem Holzlöffel gegen den Topf?

»Lass uns in mein kleines Zimmer gehen. Da sind wir sicher.« Ich schob Sadik den Flur hinunter.

»Na gut, wie du meinst. Aber ist es nicht ziemlich eigenartig, dass die Kakerlaken nur im Wohnzimmer sind? Müsste man nicht die ganze Wohnung ausräuchern, um auf Nummer sicher zu gehen?«

»Nein, nein. Der Typ meinte, die Mittel sind heute so super, da reicht das Zimmer, das befallen ist. Er hat uns erzählt, das Zeug wirkt auf die Nester und dann sind alle tot.« Oh Gott, ich laberte mich gerade um Kopf und Kragen.

Ich drückte Sadik auf mein Bett und schloss die Tür hinter mir. Ich war mir sicher, Biene und Frau Wagner amüsierten sich köstlich. Sadik schaute mich erwartungsvoll an und grinste anzüglich. Was dachte er, was wir jetzt machen würden?

»Hey!«

»Nein, schon gut«, winkte Sadik ab. »Selbst wenn du in der Stimmung wärst. Ich bin im Dienst. Noch die nächsten drei Stunden.«

Ich blieb mit dem Rücken an die Tür gelehnt stehen. Sicher war sicher. »Also dann, was willst du noch wissen?«

»Die Wahrheit wäre eine nette Abwechslung.«

Die Wahrheit? Mit der konnte ich garantiert nicht dienen. So unwahrscheinlich es klingen mochte: Ich hatte plötzlich einen Plan. Und ganz am Ende würde Sadik seinen Fall lösen können. Aber ohne dass auch nur die geringste Spur zu uns führen würde. Sabine und ich waren einfach nur zur falschen Zeit am falschen Ort. So etwas passierte öfter, als man dachte – zumindest mir.

Sadik lief zum Fenster, schaute hinaus und begann seine Fragen zu stellen.

19

Reingelegt!

21. Juli – 14:04 Uhr – Hauptquartier Wühlischstraße

Rums!

Die Wohnungstür knallte unsanft ins Schloss. Sadik hatte Antworten auf seine Fragen bekommen, schien aber nicht zufrieden. Zugegeben, ich konnte ganz schön stur sein, aber es war nur zu seinem Besten. Oder meinem.

»Na endlich«, rief Sabine aus der Küche. »Ich hab schon überlegt, wie ich dich erlösen kann.«

»Nicht nötig. Alles geklärt«, winkte ich betont cool ab.

»Dann decken wir mal den Tisch. Ich bin am Verhungern.«

Biene und ich klapperten gerade mit dem Geschirr, als sich zwei Gestalten im Türrahmen zeigten.

Nikolai und Juri. Der Geruch nach Essen hatte sie aus ihrer Höhle – vormals unser Wohnzimmer, vormals mein Wohnzimmer – gelockt.

»Bei euch ist ja ganz schön was los«, meinte Juri und verteilte Servietten auf dem Tisch.

»Ein Durchgangsverkehr wie in der U-Bahn«, ergänzte Nikolai, der noch zwei Sessel aus dem Wohnzimmer holte, weil in der Küche nur drei Stühle standen. Ich brauchte wirklich dringend mehr Möbel, denn ich ahnte, dass ich die beiden Männer so bald nicht mehr loswerden würde.

Frau Wagner erhob sich schwerfällig und klopfte sich die Katzenhaare von ihrem giftgrünen Kleid, das mit lila Streublümchen verziert war.

Sabine stellte sie den Männern vor. »Das ist Frau Wagner«, sagte Sabine. »Unsere erste Klientin.«

BITTE WAS!?, schrie ich in meinem Hirn laut auf und ließ vor Schreck fast die Wassergläser fallen.

Doch Sabine redete ungerührt weiter. »Sie hat uns engagiert, damit wir ihrem Enkel Aaron helfen. Er sitzt in Untersuchungshaft, aber er ist unschuldig.«

Nikolai, Juri, Frau Wagner und Biene nahmen um den Tisch herum Platz, der mit fünf Tellern, dem dazugehörigen Besteck und den Gläsern voll war.

Ich griff mir reihum die Teller und füllte Chili hinein, schnitt das Baguette auf und bot unseren Gästen davon an. Und die ganze Zeit überlegte ich, wie ich Bienes Redefluss stoppen konnte. Frau Wagner war nicht unsere Klientin! Für welches Geschäft denn? Ich setzte mich zu ihnen an den Tisch. Ich hatte gar nicht bemerkt, wie viel Hunger ich hatte.

»Was für ein Geschäft betreibt ihr denn?«, wollte Nikolai wissen und schaute mich belustigt an.

»Wie? Was meinst du?«, stotterte ich und verbrannte mir die Zunge.

»Na, Biene hat doch gerade von Frau Wagner als eure Klientin gesprochen.«

»Na ja, nein. So war das nicht gemeint. Ich meine, sie hat uns gebeten, ihrem Enkel zu helfen. Und wir haben ein paar Informationen beschafft, die ihm vielleicht helfen könnten. Wir denken nämlich, dass er wirklich unschuldig ist. Wir werden dafür nicht bezahlt oder so, falls du das meinst.«

»Na ja«, mischte sich nun Biene wieder ein. »So ganz unschuldig ist er nicht, aber er ist nicht für alles verantwortlich, was die Staatsanwaltschaft ihm vorwirft. Er war nur der Kurier, der Fahrer. Ein kleines Rädchen in der Organisation, wenn man so will. Wir suchen einfach nur Beweise dafür.«

»Also ist es eine Art Beschaffungsunternehmen?« Juri grinste breit. »Beschaffung und Verschiffung?«

»Man könnte fast sagen Im- und Export«, spann Sabine den Faden lustig weiter.

Ich verschluckte mich fast. »Wir haben kein Unternehmen! Ich wüsste gar nicht, wie das gehen sollte? Wir helfen nur ab und an. Basta!« Ich wollte das Gespräch zu diesem Thema beenden.

»Eigentlich schade. Man könnte bestimmt etwas Geld mit so einem *Beschaffungsgeschäft* machen. Für geleistete Dienste«, meinte Sabine.

»Ich könnte Ihnen die Buchhaltung machen«, mischte sich nun auch noch Frau Wagner ein. »Ich kann Ihnen ja nicht viel bezahlen.« Sie schaute mich entschuldigend an. »Aber helfen kann man auf unterschiedliche Art und Weise. Früher hab ich als Buchhalterin bei einer kleinen Firma gearbeitet, die sich auf Schädlingsbekämpfung spezialisiert hatte. Wir brauchen nur ein wenig Startkapital.«

Nach dieser Bemerkung hing jeder von uns seinen eigenen Gedanken nach. Wobei in meinem Kopfkino ein prall gefüllter schwarzer Rucksack die Hauptrolle spielte.

Gefräßige Stille herrschte in meiner Küche, bis ein Räuspern von Juri diese unterbrach. »Ich weiß nicht, ob wir über *geschäftliche* Dinge reden können, aber es gibt da was, was nicht warten kann.«

»Also wenn ich das Problem bin, nur zu, reden Sie. In meinem Alter lässt das Kurzzeitgedächtnis die meiste Zeit sehr zu wünschen übrig«, ermutigte ihn Frau Wagner.

Ich lächelte die alte Dame an. Sie wurde mir immer sympathischer, aber durften wir sie deshalb in Gefahr bringen? »Ich denke, es ist besser für Sie, wenn wir das ohne Sie besprechen.«

Sie sah mich enttäuscht an.

»Dann können Sie gegenüber der Polizei glaubhaft versichern, dass Sie nichts wissen«, sprach Nikolai mit warmer, eindringlicher Stimme auf Frau Wagner ein, und die alte Dame schmolz sprichwörtlich dahin. Sie nickte. Dann stand sie auf und räumte ihr Geschirr in die Spüle.

»Ich mache mich wieder auf den Weg. Aber Sie müssen mir versprechen, dass Sie mich auf dem Laufenden halten.«

Wir versprachen es, und ein paar Minuten später fiel erneut die Wohnungstür ins Schloss, diesmal jedoch nicht annähernd so laut.

21. Juli – 14:44 Uhr – Digitales Zentralhirn Wühlischstraße – Vormals unser Wohnzimmer

Juri, Sabine, Nikolai und ich räumten die Küche auf und machten es uns dann im Wohnzimmer so bequem wie möglich. Juri saß wieder vor seinen

Computermonitoren und öffnete einige Fenster. »Ich hab mir die Daten angesehen, die ihr aus der Tierklinik mitgebracht habt. Das und das Geld im Rucksack geben mir das Gefühl, dass die Schwierigkeiten erst noch anfangen werden.«

»Was soll da noch kommen?«, meinte ich ahnungslos – und ehrlich, ich wäre es auch gern geblieben.

»Buca Jemovic ist kein Kind von Traurigkeit. Er und seine Partner haben eine Menge auf dem Kerbholz: Schmuggel, Drogenverkauf, Glücksspiel, Schutzgelderpressung und so'n Zeug. Geschäfte, mit denen Jemovic mit den Jahren ein großes Netzwerk aufbauen konnte. Manche behaupten, er bilde seit Neuestem auch Auftragsmörder aus. Aber das sind nur Gerüchte. Bisher haben seine Geschäfte genug abgeworfen, sodass er die anderen Spielwiesen seinen Konkurrenten überlassen hat. Aber in letzter Zeit mehren sich die Hinweise, dass sich die osteuropäische Mafia neu aufstellt. Quasi einen Generationenwechsel vollzieht. Alte Seilschaften werden gegen neue getauscht und auch die Geschäftsfelder ändern sich. Sie müssen neue Vertriebswege suchen, da die staatlichen Behörden ihnen immer näher kommen. Eine Tatsache, die zudem die Bestechungsgelder für Beamte massiv in die Höhe treibt. Jemovic ist zwar von der alten Garde ausgebildet worden, aber so flexibel, dass er sich allen neuen Gegebenheiten schnell anpasst. Da kann ihm seine Speditionsfirma gute Dienste leisten. Er ist sozusagen ein Chamäleon. Es gibt keine Bilder von ihm. Niemand, außer dem innersten Kreis seiner Leute, weiß, wie er aussieht.«

»Dann könnte er auch eine Frau sein?« Die Frage rutschte mir einfach so raus. Vielleicht, weil ich es satthatte, dass alle *Superhirne* hinter illegalen Clubs immer nur Männer sein sollten. Ich war für Gleichberechtigung auf allen Gebieten.

Nikolai und Juri sahen mich an, als würden sie mich zum ersten Mal wirklich richtig sehen.

»Traut ihr uns das etwas nicht zu?«

»Gott! Das klingt, als würdest du über ein Unternehmen reden, das Plastikbesteck produziert«, regte sich Sabine auf.

»Guter Vergleich«, antwortete Juri. »Im Grunde handelt es sich für das Finanzamt auch um nichts anderes.«

»Nur dass wir nicht das Finanzamt sind«, brummte ich. »Aber ich sehe nicht, was das mit Sabine und mir zu tun hat?«

»Auf den ersten Blick nichts.« Nikolai sah zu mir herüber. Ich hatte es mir im Ohrensessel bequem gemacht und meine Beine lässig über die Lehne drapiert. »Man könnte glauben, dass ihr einfach zur falschen Zeit am falschen Ort wart. Was die Polizei augenscheinlich auch tut. Es stellt sich jedoch die Frage: Warum ihr beiden Mädels ausgerechnet zu so einer nachtschlafenden Zeit in einer Tierklinik am Stadtrand wart? Und vor allem: Wie ihr plötzlich zu so viel Geld gekommen seid? Es spricht schließlich alles dafür, dass dieses Geld als Bezahlung für Dr. Brömmer gedacht war. Und glaubt mir, Jemovic wird erfahren, dass die Spurensicherung keine verbrannten Geldscheine in der Asche der Klinik gefunden hat.«

»Spielverderber«, murrte ich.

»Und diese Fragen wird sich derjenige, der mit der Bombe den Arzt ausgeschaltet hat und hoffte, keine Zeugen dabei zu haben, erst recht stellen«, beendete

Juri den Gedankengang seines Bruders, ohne auf meinen Kommentar einzugehen.

»Ja, aber … wir wissen doch nichts.« Ich stockte kurz und dachte an den USB-Stick und die Fotos. »Nicht offiziell jedenfalls.«

»Nichts wissen schützt aber nur, wenn auch der andere überzeugt davon ist, dass ihr nichts wisst«, meinte Juri. Und er hatte nicht unrecht.

»Was sollen wir machen? Plakate kleben, eine Anzeige schalten oder mit einem Lautsprecherwagen durch die Stadt fahren?«

Ich lachte laut auf. Sabines Sarkasmus wirkte irgendwie befreiend auf mich. Doch die Jungs sahen uns nur ernst an.

»Was?«, fragte ich achselzuckend. »Wir können nichts tun, oder hat einer von euch die Telefonnummer dieses Mafiatypen?«

»01349 555 432.«

»Hä?«

»Das ist seine Nummer«, meinte Juri ungerührt.

Ich setzte mich auf. »Wie jetzt?«

»Kann man im Internet finden, wenn man weiß, wo man suchen muss«, meinte Juri ungerührt.

»Okay. Bis hier hin und nicht weiter«, beendete Nikolai das, was dabei war, zu einem Streit anzuwachsen. Er stellte sich kerzengerade in den Raum und legte seinen Befehlston an. »Wir müssen einen Plan erstellen. Wenigstens für die nächsten Tage. Die Daten vom USB-Stick müssen so schnell wie möglich zur Polizei. Das Gleiche gilt für die Fotos.«

Juri schaltete sich ein. »Ich kann beides so manipulieren, dass niemand eine Verbindung zu uns herstellen kann.«

»Wie?« Sabine wurde neugierig. »Ich denke, jeder Computer hinterlässt Abdrücke, auch wenn man Sachen herunterlädt? Und die kann man mit bestimmten Programmen finden.«

Ich staunte nicht schlecht. »Seit wann kennst du dich denn mit so was aus?«

»Man schnappt so einiges auf, wenn man im Internet surft oder den Leuten beim Haareschneiden zuhört.«

»Es stimmt, was Sabine sagt. Aber wenn wir die Daten ausdrucken und dabei alle Rückschlüsse auf unseren Rechnern entfernen, dann kann niemand sagen, woher die Informationen stammen«, meinte Juri und lächelte anerkennend. »Das kann man mit einem bestimmten Programm machen, das ich geschrieben habe. Und die Fotos können wir auf dieselbe Weise an die Polizei übergeben. Wir löschen einfach die eingebetteten Metadaten und fertig. Ich hab einen Freund beim LKA. Dem kann ich das Zeug zukommen lassen.«

Das überzeugte mich noch immer nicht besonders.

Juri sah mir meine Skepsis an. »Mit der Hauspost! Er ist der Bote dort. Er weiß genau, wo er die Sachen hinlegen muss. Nichts wird auf uns hindeuten. Der Mann fliegt unter dem Radar«, schickte Juri erklärend hinterher.

Wir nickten zustimmend.

»Und für die Fingerabdrücke gibt es Latexhandschuhe«, ergänzte ich.

Alle nickten erneut.

»Wobei ich nicht glaube, dass sich die Ermittler darum scheren werden. Sie wollen Informationen, auch wenn sie diese dann noch überprüfen müssen. Der gute Doktor hat ihnen eine Spurensuchanleitung hinterlassen, der sie nur folgen müssen«, zeigte sich Nikolai überzeugt. »Anders ist es mit dem Geld. 250.000 Euro sind kein Pappenstiel.«

»Was für Geld?«, wollte Juri wissen, und ich war der Meinung, dass es nur fair war, ihn in die Sache einzuweihen. Schließlich steckte er schon viel zu tief mit drin. Also klärte Sabine ihn schnell über den Sachverhalt auf: dass der Rucksack mit dem Geld im Schrank im Wohnzimmer versteckt war, während mein Rucksack inklusive Inhalt bei der Explosion in der Tierklinik in Rauch aufgegangen war.

»Ach so. Und was machen wir damit?«

Gute Frage, oder? Ich wollte das Geld auf jeden Fall für uns!

»Ich meine, wir sollten es hier wegschaffen.« Nikolai blieb direkt vor mir stehen.

»Aber wohin denn? Ich werde es garantiert nicht anonym der Polizei übergeben. Ich kann doch nicht von jedem Schein meine Fingerabdrücke abwischen? Ich weiß ja noch nicht einmal, ob das geht?«, wandte ich ein.

Nikolai seufzte. »Also gut. Wir behalten den Rucksack erst einmal hier und sehen, was passiert.«

»Und wenn nichts passiert, dann behalten wir die Kohle.« Der Ausdruck in meiner Stimme zeigte an, dass ich keinen Widerspruch dulden würde.

»Bevor wir es dem Staat in den Rachen werfen, ist es bei uns besser aufgehoben, würde ich sagen. Wir sind schließlich äußerst bedürftig.« Wie um ihre Aussage zu bekräftigen, legte Sabine beschützend die Hand auf ihren Bauch.

Nikolai verdrehte die Augen. »Also gut, wir werden sehen. Juri, du kümmerst dich darum, dass die Sachen bei der Polizei ankommen, und ihr beiden, ihr werdet erst einmal die Füße stillhalten. Ist das klar?«

»Jawoll, Sir!«, salutierte Sabine.

20

Neue Wege gehen

Nachdem die Aufträge verteilt waren, verabschiedeten sich Nikolai und Juri.

Wie zwei kleine Erbsen kullerten Biene und ich unschlüssig durch die Wohnung. Brachten die Küche auf Hochglanz. Putzten das Wohnzimmer und widerstanden der Versuchung, Juris Equipment für Onlineshopping zu benutzen. Geld genug hatten wir ja jetzt. Irgendwann landeten wir mit einer Tasse Kaffee in meinem Bett. Zu unseren Füßen hatte sich die Katze schlafend zusammengerollt. Auf dem Fensterbrett stand das Aquarium, und Fisch zählte die Blätter an der Kastanie im Hof. Er war ein kluger Goldfisch.

Biene lehnte sich an die Kopfstütze und schloss ihre Augen. Alles erschien so friedlich. Aber, wie gesagt, es schien nur so.

»Geht es dir wirklich gut?«, fragte ich besorgt.

»Körperlich schon. Aber ich frage mich, wo das alles noch hinführen soll? Ich meine, womit haben wir unser Karma so dermaßen aus der Bahn werfen können?«

»Na ja.« Ich schob meine Haare zurück und erneuerte meinen Pferdeschwanz. Eine Geste, mit der ich Zeit zu gewinnen versuchte, wenn ich meine Gedanken wirklich mal ordnete, bevor ich sprach. »Wir haben einen Einbruch verübt. Wir haben einen Mann in den Tod gestürzt.«

Sabine unterbrach meine Aufzählung mit erhobenem Zeigefinger.

»Gut. *Ich* habe einen Mann in den Tod gestürzt«, redete ich weiter. »Aber wie heißt es so schön: mitgefangen, mitgehangen!«

Biene zog eine Schnute.

»Dann kam Frau Wagner und hat uns genau genommen erpresst, ihrem Enkel zu helfen.«

»Und das hat sich als dubioser herausgestellt, als wir dachten.«

Ich nickte. »Dann sind wir in eine Klinik eingebrochen, um Informationen zu beschaffen. Dabei wurde das Gebäude in Schutt und Asche gelegt und wieder starb ein Mann. Wenn wir der Logik folgen, dann werden wir wieder irgendwo einbrechen und ...«

»... es stirbt wieder ein Mann. Wenn es nicht so traurig wäre, könnte man drüber lachen.« Vorsichtig trank Sabine einen Schluck von ihrem heißen Kaffee.

»Psychologen würden darin ein Muster erkennen. Nur für was? Ich meine, wir sind nicht verrückter als jede andere Frau.«

»Nur leider, meine liebe Anja, bekommen wir viel weniger auf die Reihe als jede andere Frau. Du hast keinen geregelten Job, obwohl du einen Uniabschluss hast, und ich werde in den kommenden Monaten mein Einkommen verlieren und ein Baby bekommen. Wie man es auch dreht und wendet, wir sind ziemlich am Arsch.«

»Oder nahe dran.« Ich verstummte kurz. »Doch eins muss man uns lassen. Wir haben Frau Wagners

Auftrag angenommen und sind schon ziemlich weit gekommen.«

Sabine lachte leise auf. »Stimmt. Niemand hätte sie
ernst genommen, geschweige denn ihr geholfen. Und
wenn man es genau nimmt, haben wir auch Frau Ehrlich unsere Hilfe angedeihen lassen und wahrscheinlich ihr Leben gerettet. Sie wäre ihrem Ex bestimmt
nicht ewig entkommen, um sich im Keller vor seinen
Schlägen zu verstecken. Und scheinbar sieht sie das genauso, denn sonst hätte sie uns längst bei der Polizei
verpfiffen. Ich finde die Idee, daraus ein Geschäft zu
machen, gar nicht so schlecht. Wir helfen Menschen,
denen niemand sonst hilft und die aus dem System fallen.«

»Wie meinst du das?« Mir war nicht ganz klar, worauf
Sabine hinauswollte.

»Na ja. Es gibt Menschen, denen Unrecht geschieht,
die sich aber nicht wehren können, weil sie nicht wissen, wie. Oder sie haben kein Geld und nicht die Nerven, um ein Gerichtsverfahren durchzuhalten. Andere
wiederum werden von Leuten über den Tisch gezogen
und verlieren alles. Sie schämen sich so sehr, dass sie
Polizei und Behörden nicht bitten, ihnen zu helfen, obwohl es ihr gutes Recht wäre.«

»Oder die zuständigen Stellen glauben ihnen einfach
nicht.«

»Auch das. Weißt du, woran unser Land krankt?«

»Atommüll!?«, riet ich munter drauf los.

»Ha! Das auch. Aber in diesem Land muss immer der
Geschädigte beweisen, dass das, was ihm geschehen ist,
Unrecht war. Wenn jemand deinen Rechner mit einem
Trojaner verseucht und deine Bankdaten klaut, mit

denen er dann dein Konto leer räumt, musst du beweisen, dass du alles getan hast, um deinen Computer zu sichern. Wenn du aber nicht gerade ein Informatiker bist, dann wird das ziemlich schwer – geradezu unmöglich – und die Bank ist fein raus. Oder noch besser: Wusstest du, dass in Berlin nur die Charité eine vertrauliche Spurensicherung nach einer Vergewaltigung durchführt? Ein Krankenhaus von neunundachtzig, in dem ich mich untersuchen lassen kann, ohne gleich eine Anzeige bei der Polizei machen zu müssen! Und der Hammer ist, dass ich diese Untersuchung bis vor kurzem auch noch selbst bezahlen musste. Erst seit 2020 müssen die Kassen die Kosten übernehmen. Die Gesellschaft gibt immer dem Opfer die Schuld, egal um was es geht. Ich will nur sagen, in dieser Gesellschaft wirst du nicht nur einmal Opfer. Du wirst es immer und immer wieder.«

Ich nickte nachdenklich. »Aber soll es jetzt nicht ein Gesetz geben, dass die Krankenkassen die Kosten übernehmen müssen?«

»Das glaube ich erst, wenn es unterschrieben ist.« Bienes Stimme tropfte vor Sarkasmus.

Wir schwiegen und hingen einen Moment unseren Gedanken nach.

»Es gibt Recht und es gibt Gerechtigkeit«, sagte Biene nachdenklich. „Und so, wie es derzeit aussieht, hat das eine mit dem anderen nicht das Geringste zu tun. Ich schätze, es ist an Menschen wie uns, etwas für die Gerechtigkeit zu tun ... Oh Gott, das klingt ganz schön pathetisch.« Biene schlug müde ihre Hände vors Gesicht. »Aber es kommt aus tiefstem Herzen.«

Mir war zwar nicht ganz klar, wie ausgerechnet *wir* helfen sollten, aber wir könnten es auf jeden Fall versuchen. Biene und ich verfügten über vier gesunde Hände, einen ordentlichen Verstand, nämlich ihren, und mein Improvisationstalent konnte man getrost als äußerst ausgeprägt bezeichnen.

Außerdem mussten wir ja nicht immer jemanden dabei umbringen. Es ging vielleicht auch ohne. Und mal abgesehen davon, waren es ja sowieso Unfälle gewesen, keine Absicht. Beide Male!

»Als Killerkommando können wir uns jedoch nicht verdingen. Dazu schieße ich zu schlecht.« Mit Grauen erinnerte ich mich an die Aktion mit Richard. Auf welchem Teil der Erdkugel er wohl gerade unterwegs war?

»Ich möchte auch nicht unbedingt jemanden umbringen. Nicht, wenn es sich vermeiden lässt. Ich denke viel eher an so eine Art Schadensbekämpfung.«

Sabines Gedanke gefiel mir. »Mach Schädlingsbekämpfung draus, denn schließlich handelt es sich dabei ja um Menschen, die andere betrügen.«

»Anja, du bist genial! Ein Schädlingsbekämpfungsunternehmen der besonderen Art! Damit können wir sogar eine Steuernummer beantragen und es legalisieren.« Biene malte mit ihren Händen unsere Zukunft in die Luft. »Jetzt brauchen wir nur noch einen knackigen Namen, ein Büro und spezielles Equipment.«

»Killerbienen! Wir könnten uns die Killerbienen nennen.«

»Oh ja, das ist super.«

Wir waren plötzlich Feuer und Flamme für die Idee. Biene sprang auf und begann durch die Wohnung zu laufen. Ich folgte ihr.

»Das Büro richten wir erst einmal in unserem Wohnzimmer ein. Juri kann sein Zeug einfach hierlassen. Wir brauchen sowieso Computer für die Recherche. Juri hat Richards Laptop mitgenommen, und für den brauchen wir einen Ersatz. Ach ja, Juri meinte, er hätte auf Richards Computer was Interessantes gefunden, was wir gegebenenfalls gegen das Arschloch verwenden können. Sollte er jemals wieder auftauchen.« Biene verstummte, drehte sich einmal im Kreis, als ordne sie bereits Schreibtische und Aktenschränke in unserem zukünftigen Firmenbüro an. »Und Frau Wagner kümmert sich um die Akquise und die Buchhaltung.«

»Akquise? Was meinst du damit?« Ich blieb Biene dicht auf den Fersen.

»Na, wir brauchen Kunden, sonst funktioniert das doch nicht.«

»Ja, aber wir können nicht einfach eine Anzeige in die Zeitung setzen.«

Biene zögerte, blieb stehen und drehte sich zu mir um. »Du hast recht. Für den Anfang muss Mundpropaganda reichen. Ich meine, unsere Arbeit spricht ja für sich.« Sie nahm ihre Reise wieder auf und begann, im Wohnzimmer die Möbel zu verrücken.

»Vor allem, wenn die Presse darüber berichtet.« Ich dachte in erster Linie an die Artikel über die explodierte Tierarztpraxis. Damit hatten wir es locker auf Seite eins der Boulevardpresse geschafft. Bevor Sadik stocksauer abgezogen war, hatte er eine aktuelle Ausgabe im Flur liegen lassen.

»Hast du was zum Schreiben?«

»In der Schublade der Glasvitrine müsste ein Notizheft liegen. Und Bleistifte auch. Wieso?«

»Wir müssen einen Businessplan erstellen. Vielleicht können wir ja auch Fördergelder beim Arbeitsamt oder der Industrie- und Handelskammer beantragen. Damit hätten wir dann genug Startkapital.«

Ich schluckte. »Irgendwie halte ich das nicht für eine besonders gute Idee. Wir sollten den Ball flachen halten. Ich meine, was passiert, wenn uns jemand überprüft?«

»Mhm. Du kannst eine ganz schöne Spaßbremse sein. Aber wir brauchen etwas Geld, ganz ohne schaffen wir das nicht.«

»Wir haben den Rucksack«, gab ich zu Bedenken.

»Das Mafiageld?« Sabine stockte einen Augenblick, um sich mit der Idee anzufreunden. »Dann käme noch Geldwäsche auf die Liste unserer Verfehlungen. Wir sollten uns das genau überlegen. Für Wirtschaftsverbrechen kommt man hierzulande länger in den Knast als für Kindesmissbrauch oder Mord.«

»Willst du jetzt einen Rückzieher machen?«, scherzte ich.

»Keine Chance. Wir gründen unsere eigene Firma: *Killerbienen – Schädlingsbekämpfungsagentur*!« Voll Tatendrang drehte sich Sabine im Wohnzimmer im Kreis, als plötzlich die Haustür aufgeschlossen wurde.

In Sekundenschnelle verstummten wir und froren in unserer Bewegung ein. Wer konnte das sein? Niemand außer Sabine oder mir hatte einen Schlüssel für die Wohnung.

Sabine legte den Zeigefinger auf ihren Mund und bedeutete mir, still zu sein. Ich nickte und schlich hinter die Zimmertür. Sabine versteckte sich unter dem Schreibtisch, verborgen von dem Kabelsalat. Schritte kamen näher. Wer auch immer bei uns eingebrochen war, er hatte nicht die Absicht, leise zu sein. In der Mitte des Flurs verstummten die Geräusche plötzlich. Anscheinend war die Person stehen geblieben. Ich versuchte durch den schmalen Spalt zwischen Türblatt und Rahmen zu linsen, konnte aber nichts erkennen. Wenn die Tür doch nur ein wenig geschlossener wäre. Vielleicht könnte ich ...?

Nein, dumme Idee! Der Eindringling würde bemerken, wenn sich die Tür bewegte.

Angestrengt lauschte ich in den Flur. Das Einzige, was ich hörte, war leises Rascheln, so als würde die Person etwas aus einer Tasche holen.

Eine Pistole! Natürlich war der Kerl bewaffnet. Wahrscheinlich war es einer von den Mafiatypen, die uns ausfindig gemacht hatten und nun ihr Geld holen wollten.

Meine Augen verengten sich zu Schlitzen und suchten nach etwas, das ich als Waffe benutzen konnte. Ich griff mir einen der Gehstöcke, den mit dem Alligatorkopf aus Elfenbein, und ging zum Gegenangriff über. Den Stock über den Kopf schwingend rannte ich wie eine Furie schreiend in den Flur. Vielleicht sollte ich meinen Konsum an Kung-Fu-Filmen einschränken, denn ich musste eine ziemlich alberne Figur abgeben. Doch warum nicht den Gegner mit einem Lachanfall aus dem Konzept bringen?

Mein Gegner krümmte sich jedoch gerade, aber nicht vor Lachen, denn er duckte sich vor dem Gehstock, den ich ihm eigentlich über den Kopf ziehen wollte. Als er wieder hochkam, riss er mir den Stock aus den Händen. Ich verlor das Gleichgewicht und krachte gegen die rechte Wand. Halt suchend griff ich nach dem Sideboard und stützte mich darauf ab. Dann hörte ich ein merkwürdig gurgelndes Geräusch hinter mir.

»Oh, Scheiße. Geht's euch gut?« An den Türrahmen gelehnt hielt sich Sabine atemlos den Bauch. Sie lachte aus vollem Hals und konnte gar nicht mehr aufhören. Tränen traten ihr in die Augen und sie japste nach Luft. »Wir sollten eine Kamera in die Wohnung hängen und eure Slapsticknummern über YouTube verticken.«

Ich wollte gerade empört protestieren, als ich Nikolai erkannte, der ebenfalls lachte. Meine rechte Augenbraue schnellte in die Höhe – das untrügliche Zeichen dafür, dass ich stinksauer wurde.

»Wie kommst du dazu, einfach unsere Tür aufzubrechen? Ich hab gedacht, du wärst einer von diesen Mafiatypen. Ich hätte dich töten können, verdammt!«

Ein erneuter Lachanfall schüttelte Sabine. »Aber … aber«, japste sie, »nicht mit dem Gehstock deines Großvaters.«

Nikolai unterdrückte sein Lachen und bekam endlich wieder so viel Luft, dass er mir antworten konnte. »Okay, okay.« Abwehrend hielt er mir eine Hand entgegen, mit der anderen hielt er sich die Seite. »Ich hab gedacht, ihr wärt nicht zu Hause. Da du dein ganzes Zeug beim Brand verloren hast, meinte Juri, er würde sich darum kümmern. Er hat dir einen neuen Pass und die Umweltkarte anfertigen lassen. Und dann haben wir noch einen Satz neuer Schlüssel machen lassen, von dem wir uns auch gleich einen abgenommen haben. Wir müssen ja schließlich an unseren Computer herankommen.«

Klang einleuchtend. Ich entspannte mich ein wenig.

Sabine, die sich mittlerweile erholt zu haben schien, schob mich beiseite und schaute sich das Handy genauer an. »Hey, das ist ein iPhone. Das neueste, das derzeit auf dem Markt ist. Mit allem Schnick-Schnack. Krieg ich auch eins?«

Nikolai lachte und zuckte zum Einverständnis die Schultern. »Ich sag's Juri. Reicht morgen?«

»Morgen reicht locker.« Biene klatschte vergnügt in die Hände.

»Schön, dass ihr euch einig seid. Fällt hier keinem auf, dass die Jungs über unsere Köpfe hinweg entschieden haben, ohne uns auch nur ansatzweise nach unserer Meinung gefragt zu haben?«

»Ach, jetzt hab dich nicht so. Nach allem, was sie für uns getan haben, gehören sie schon fast zur Familie, und in einer Familie macht man sich nun mal Geschenke.«

Eigentlich wollte ich nicht nachgeben. Aber beide quatschten synchron auf mich ein, und ehrlich gesagt war es ein schönes Gefühl, beschützt und umsorgt zu werden.

»Na dann. Vielleicht kann uns Nikolai ja noch beim Umräumen helfen ...«

»Ähm.« Nikolai starrte auf das nachtblaue Zifferblatt seiner *Momentum*. Er schien es plötzlich sehr eilig zu haben. »Juri erwartet mich. Wir haben einen Auftrag. Ich muss los.«

»Was für einen Auftrag?« Wir waren ja schließlich Familie, da durfte ich doch bestimmt neugierig sein.

»Sollst du wieder ein Bett liefern?«, riet Sabine.

»So was Ähnliches«, antwortete Nikolai schon in der
Tür stehend. »Bleibt sauber, ihr beiden, und macht mir
keinen Blödsinn.«

21
Mit Volldampf voraus

21. Juli – 17:08 Uhr – Wühlischstraße – Zentrale der Killerbienen

Sabine und ich gründeten eine Firma, die Menschen zu etwas mehr Gerechtigkeit verhelfen wollte, auch wenn wir nicht immer legal arbeiten würden. Ich muss zugeben, es gab bestimmt bessere Methoden, sein Leben zu ruinieren. Aber die waren nicht annähernd so aufregend und machten nicht halb so viel Spaß.

In den kommenden Stunden befolgten wir Nikolais Rat und hielten den Ball flach. Sabine surfte im Internet und suchte alle möglichen Informationen zur Gründung einer Agentur für Schädlingsbekämpfung zusammen. Natürlich fanden wir nur Angaben zur Ausbildung von Kammerjägern, aber die Berufsbeschreibung traf durchaus auch auf uns zu. Wie hieß es da so schön:

Ein Kammerjäger braucht Jagdinstinkt, denn einige Schädlinge sind nicht leicht zu fangen oder zu beseitigen. Er muss mit äußerster Sorgfalt arbeiten und für die gründliche Entfernung des Schädlingsbefalls sorgen.

Zum Glück würden wir keinen Meisterbrief fälschen müssen. Mit den Nachweisen für diverse Ausbildungen zum Thema chemische Einsatzstoffe und Ähnlichem sah es schon ganz anders aus. Doch das war Zukunftsmusik und auch nur notwendig, wenn wir wirklich mal überprüft werden sollten. Und davon ging ich erst mal nicht aus. Die Anmeldung eines Gewerbes war spielend einfach. Blieb nur ein Problem: Sollten wir unsere richtigen Namen und Adresse angeben?

»Ich weiß nicht«, brummte Sabine hinter ihrem Monitor. »Vielleicht sollten wir uns doch nicht offiziell anmelden.«

»Wieso?« Konnte ich eigentlich noch naiver sein? Zu meiner Entschuldigung sei erwähnt, dass ich gerade die Boulevardzeitung auf der Suche nach einem Artikel durchblätterte, der nicht den Eindruck machte, als sei er komplett erfunden. Ich war also abgelenkt.

»Wir müssen entweder unsere richtigen Namen angeben oder welche erfinden. Und darin sollten wir dann wirklich ziemlich gut sein. Falsche Identitäten aufzubauen und zu halten ist nichts für Anfänger.«

»Nichts zwingt uns dazu, das Geschäft öffentlich zu machen. Wir können alles über Mundpropaganda laufen lassen. Ich denke, das sollte funktionieren. Und wenn wir die Viertelmillion gut anlegen, können wir unsere Agentur lange über Wasser halten.«

»Mit deiner Kunst zum Improvisieren sollten wir eine Menge sparen können. Und wenn Juri uns sein Equipment überlässt, können wir direkt loslegen.«

»Das würde aber bedeuten, dass die Jungs mit von der Partie wären. Ich denke nicht, dass Juri uns für lau helfen würde.«

»Warum nicht? Das haben sie doch bisher auch getan. Oder hat Nikolai in irgendeiner Weise erwähnt, dass er für die Verschiffung von Richard eine Gegenleistung erwartet? Wobei du sicher gegen eine bestimmte Leistung nichts einzuwenden hättest?« Sabine grinste anzüglich.

Ich schwieg und beschloss, nicht noch einmal auf so einen Einwurf einzugehen. Nein, diesmal würde ich mich absolut professionell verhalten und Sabines Sticheleien lediglich mit einer missmutig erhobenen Augenbraue bedenken. Ladylike schwenkte ich meine Beine auf den Boden, erhob mich aus dem Sessel – und knickte ein.

»Au, verdammt! Mein Bein ist eingeschlafen.« Hilflos trat ich immer wieder auf und versuchte das Stechen tausender Nadeln in meinem linken Bein zu ignorieren. »Also gut. Wir belassen erst einmal alles, wie es ist.« Erschöpft ließ ich mich auf die Armstütze des Sessels fallen. Beide Beine fühlten sich wieder gleich an.

»Okay. So machen wir es.« Sabine schaltete gerade den Computer aus, als das Telefon klingelte.

»Ich geh schon. Blume!«, meldete ich mich. Ein Zeichen dafür, dass ich meinen vernünftigen Tag hatte. Es kam auch schon vor, dass ich mich als »Städtisches Bestattungsamt« oder »Blumenladen Krokus« oder »Gärtnerei Butterblume« meldete. Am anderen Ende der Leitung erkannte ich Birgit, die Chefin von Sabine. Wir smalltalkten ein wenig über das Wetter und die maßlos übertriebene Berichterstattung zur abgebrannten Tierklinik, bevor mir Sabine den Hörer aus der Hand nahm, denn eigentlich war das Gespräch für sie.

»Hey, Birgit.« Während Sabine im Flur telefonierte, schaute ich in meinem Zimmer nach unseren kleinen Haustieren. Fisch zog einsam seine Kreise, und ich fragte mich, ob es nicht sinnvoll wäre, ihm einen kleinen Freund oder eine Freundin an die Seite zu stellen.

»Na, mein Kleiner. Du hast bestimmt Hunger.« Ich zerkrümelte über dem Aquarium ein wenig Futter zwischen Daumen und Zeigefinger. Fisch kam sofort zur Oberfläche und ließ es sich schmecken. Die Katze, die immer noch direkt in der Mitte meines Bettes schlief, ließ sich nicht stören. Sie zuckte lediglich mit einem Ohr, um zu signalisieren, dass sie alles mitbekam, was sich um sie herum abspielte. Vorsichtig legte ich mich neben die Stubentigerin und strich ihr über den Kopf. Ein missverständliches Quieken tönte mir entgegen. Aber sie stand nicht auf und lief weg, also dachte ich, es könnte ihr vielleicht doch gefallen, ein wenig von mir gestreichelt zu werden.

Viel wichtiger aber war, dass es mir gefiel. Ich überlegte kurz, ob so ein pelziges Haustier nicht doch von Vorteil war, als mich das Schnurren einlullte. Ich schloss meine Augen und genoss die Wärme des Tieres. Meine Hand blieb auf seinem Bauch liegen und ich spürte, wie er sich gleichmäßig hob und senkte. Alle Anspannung fiel von mir ab und ich glitt langsam in einen traumlosen Schlaf.

21. Juli – 20:01 Uhr – Wühlischstraße – In meinem Bett

Keine Ahnung, wie lange ich geschlafen hatte, denn ich wusste nicht genau, wann ich eingeschlafen war. Ich fühlte mich einigermaßen erholt, doch aufstehen wollte ich noch nicht. Die Wärme des Bettes auskostend kuschelte ich mich noch einmal unter die Decke. Moment mal: Wer hatte mich zugedeckt? Die Neugier siegte und ich erhob mich schwerfällig. Die langsam untergehende Sonne färbte den Himmel orange. Der Hinterhof lag in milchigem Schatten, der sich durch die Fenster in meine Wohnung ausbreitete. Verzeihung, unsere Wohnung. Die Küche war aufgeräumt und die Stühle standen stumm um die Kabeltrommel herum. In der Mitte der Tischplatte ragte eine Thermoskanne in die Höhe. Ein surreales Stillleben. Irgendwie gespenstisch.

Aus dem Toilettenraum vernahm ich ein leises Kratzen. *Brave Katze.* Kurze Zeit später schob sich unser Vierbeiner durch den Türspalt und maunzte mir einen Gruß zu. Ich tippte mir mit zwei Fingern an die Stirn und grüßte zurück.

Als ich mich umdrehte, sah ich einen Zettel am Spiegel über dem Sideboard im Flur kleben.

Bin im Salon. Sonderschicht für eine Hochzeitsgesellschaft. Rolf hat angerufen, du sollst dich dringend bei ihm melden. Bis später!

Unschlüssig stand ich herum und überlegte, was ich jetzt mit mir anfangen sollte.

Da mir keine Idee kam, konnte ich genauso gut Rolf anrufen. Er dürfte noch im Büro sein. Er war selten zu Hause, denn seine Arbeitszeiten als Putzdienstleister entsprachen nicht dem Standard normaler Büroangestellter.

»Hey, Rolf, ich bin's!«

»Anja, geht's dir gut? Ich hab gehört, was passiert ist. Wieder ein Kunde weniger.« Rolfs Humor war wirklich einzigartig, aber genau nach meinem Geschmack.

»Ja, danke, es geht mir gut. Hab den Schrecken hinter mir gelassen. Wie geht es Rita und Gaby?«

»Gut soweit. Sie haben sich aber ein paar Tage freigenommen.«

»Oh, okay. Kann verstehen, dass sie erst mal Urlaub wollen.«

»Ich weiß nicht, wann die beiden wieder zurückkommen, und da wollte ich dich fragen, ob du vielleicht eventuell ab und zu einspringen könntest?«

Ich sagte ihm zu, denn auch wenn wir die Agentur gründen wollten, war es nicht verkehrt, alte Kontakte weiter zu pflegen. Außerdem war Rolf ein Freund, der mir immer half, so gut er konnte.

»Ruf an, wenn du mich brauchst. Ich lass dich nicht hängen", versicherte ich ihm.

Wir verabschiedeten uns und Rolf versprach, mir in den nächsten Tagen ein Bier auszugeben. Dabei fiel mir ein, dass ich mich noch um eine neue EC-Karte kümmern musste.

Ich nahm einen Post-it-Block von der Ablage, kritzelte den Gedanken darauf und klebte den Zettel an den Spiegel. Die Geschäftszeiten meiner Bank waren nicht die gleichen wie Rolfs Geschäftszeiten. Es wäre wohl besser, wenn ich mir eine vollständige Liste machte, von den Dingen, die ich neu brauchte.

Gedacht, getan.

Zur Stärkung holte ich mir noch eine Flasche Rotwein aus der schmalen Speisekammer in der Küche. Ich goss mir ein Glas ein, nippte kurz daran und nahm den Post-it-Block erneut zur Hand.

Pro- und Kontra-Listen waren nicht mein Ding. Ich konnte mich einfach nicht mit dem Gedanken anfreunden, dass die Länge einer Spalte entscheiden sollte, was ich tun wollte. Alles, was wichtig war, schrieb ich auf und tat es – irgendwann.

Da mein Leben bisher nicht besonders aufregend war, war mein Verbrauch an Post-its begrenzt.

Das änderte sich jetzt. Abwechselnd trank ich einen Schluck Wein und beschrieb einen Zettel. Als ich fertig war, konnte ich mich im Spiegel kaum noch erkennen. Alles war mit gelben Zetteln verkleidet. Gut, viele der Aufgaben würde ich erst in ferner Zukunft erfüllen müssen, beispielsweise Windeln wechseln oder mir für Notfälle ein eigenes Auto besorgen. Denn das solche eintreten würden, war so gut wie sicher, wenn das bei den Killerbienen so weiterging wie bisher. Der erste Auftrag hatte ja schon bombig eingeschlagen. Innerlich verdrehte ich die Augen ob des Wortspiels. Ha, ha!

Unschlüssig hielt ich die Flasche in der Hand. »Ach, was soll's.«

Ich goss mir ein weiteres Glas ein und las mir noch einmal die Zettel durch. In meinem Hirn duselte der Alkohol vor sich hin. Kurioserweise schärfte er aber auch meine Sinne, was in meiner derzeitigen Lage nicht so besonders prickelnd war. Gewöhnlich fragte ich mich nicht, was wie und warum geschehen war. Denn es war ja schon geschehen und niemand konnte es rückgängig machen. Es sei denn, er hätte eine Maschine für Zeitreisen erfunden. Aber auch dann war nicht sicher, ob nicht das Raum-Zeit-Kontinuum so verändert werden konnte, dass die Vergangenheit ...

Ich sollte nicht so viel Alkohol trinken!

Normalerweise war die Zukunft interessanter, denn die konnte ich ja noch beeinflussen. Das bildete ich mir zumindest ein. Doch in unserer speziellen Situation beeinflusste die Vergangenheit noch immer unsere Gegenwart. Wobei, 250.000 Euro waren eine Beeinflussung, die mir durchaus gefiel. Ob ich das Geld noch mal zählen sollte? Ich seufzte tief. Meine Vorstellung von Dekadenz war ziemlich simpel: einmal in Champagner baden und dazu ein Glas Leitungswasser trinken.

Vom Hausflur drangen Geräusche an meine Ohren. Auf Zehenspitzen, das Glas Wein noch in der Hand, schlich ich zum Spion und linste hindurch. Sadik kramte nach seinem Haustürschlüssel. Seine Stirn hielt sich an der Wand fest. Wahrscheinlich hatte er sich ein Bier zu viel genehmigt. Verständlich, bei dem Job.

Sadik drehte seinen Kopf und starrte direkt in meinen Spion. Ungeschickt zuckte ich zurück, das Glas fiel mir aus der Hand und der Wein ergoss sich über den Holzboden.

»Verdammte Scheiße!«, rief ich erschreckt. Dann rannte ich in die Küche und suchte alle Handtücher zusammen, die ich in der Eile raffen konnte. Wenn der Rotwein erst einmal in die Holzfugen eingezogen war, konnte ich den Boden austauschen. Das ging nie wieder raus!

Auf Knien tupfte ich vorsichtig den Wein auf. Bloß nicht rubbeln, sonst drückte sich die Flüssigkeit ins Holz hinein.

Puh, das hatte geklappt!

Die verfärbten Handtücher im Schoß saß ich auf dem Boden, den Rücken an die Haustür gelehnt und war mit einem Mal völlig nüchtern, als es leise klopfte.

»Geht's dir gut?« Sadiks Finger pochte erneut ans Holz. Er klang kein bisschen betrunken.

»Ja!« Ich rappelte mich auf und öffnete die Tür.

»Hast du jemanden erstochen?«

Erschrocken schaute ich auf die knallroten Handtücher. »Nein!«, piepste ich, bevor langsam in mein Hirn sickerte, dass Sadik mich aufzog. »Das ist Rotwein.«

»Tja, du hättest nicht heimlich hinter der Tür lauschen dürfen. Schon wieder.«

»Ich hab nicht ...«, versuchte ich mich halbherzig zu entschuldigen und schloss die Tür hinter Sadik. Mein Blick fiel auf die Handtücher, die wirklich ein wenig so aussahen, als hätte ich versucht, Blut damit aufzuwischen. »Ich muss die schnell waschen.«

»Ich hab mal gehört, dass man Salz auf die Flecken geben soll. Wenn es wirklich Blut ist.«

»Kann schon sein, aber ich versuch es erst mal so«, rief ich ihm aus dem Bad zu, wo die Waschmaschine stand.

Ich zog mein T Shirt, das auch etwas abbekommen hatte, aus und warf es ebenfalls dazu. Pulver, sechzig Grad eingestellt, den Startknopf gedrückt und los ging's. Ich lief schnell zu Sadik zurück. Ich wollte ihn nicht zu lange aus den Augen lassen, sonst kam er noch auf die Idee, sich im Wohnzimmer umzuschauen. Seit meiner Zeugenbefragung am Vormittag stand unsere Beziehung auf dünnem Eis, direkt neben der Kuh.

»Kann ich dir einen Kaffee machen oder einen Tee?«
Ich verlor vielleicht manchmal meinen Verstand, aber
nicht meine Manieren. Meine Großmutter wäre stolz
auf mich gewesen. Allerdings hätte wohl auch sie nicht
verstanden, warum Sadik bei meinem Angebot so breit
grinste, dass seine Mundwinkel sich um seinen Kopf
wickelten.

»Was? Was ist?«

»Also, wenn ich dich nicht kennen würde und nicht
als Privatmann hier wäre, dann könnte man das auch
als Beamtenbestechung einstufen.«

»Einen Tee?« Drehte er jetzt völlig durch?

»Nein. Das ...« Grinsend wies er mit seinem Finger auf
meinen Oberkörper. Ich sah an mir herunter und bekam kleine wohlgeformte Brüste, eingepackt in einen
fadenscheinigen, mit kleinen Butterblumen übersäten
BH zu sehen.

»Oh, verdammt!« Ich klatschte mir meine Hände vor
den Oberkörper und rannte in mein Zimmer. Schnell
zog ich ein schwarzes T Shirt aus dem Reisekoffer. »Das
kann doch nicht wahr sein«, schimpfte ich. »Wie kann
ich nur so blöd sein? Verdammt, verdammt, verdammt.
Was denkt der jetzt wohl von mir?«

»Nichts Schlimmes. Keine Bange.« Sadik stand im
Flur, sah aber nicht in mein Zimmer.

Erhobenen Hauptes trat ich in den Flur und strich das
Shirt glatt. »Willst du jetzt Tee?«

Er nickte und setzte sich wieder auf seinen Stuhl in
der Küche. Ich stand mit dem Rücken zu ihm und füllte
Wasser in den elektrischen Kocher. Dann nahm ich betont langsam zwei Tassen aus dem Hängeschrank und
langte nach den Teebeuteln auf dem Ablagebrett. Ich

spürte, wie Sadik jede meiner Bewegungen mit seinen Augen verfolgte. Die Stille war kaum noch zu ertragen, aber was sollte ich sagen? Meine Lügen für Sadik hatte ich schon heute Morgen verbraucht. Und nur, um eine peinliche Stille zu beenden, würde ich Sabine, Nikolai, Juri und mich nicht ans Messer liefern. Keine Chance.

Ich goss das heiße Wasser auf und stellte die Tassen auf den Tisch. Dann setzte ich mich und starrte zurück.

22

Wer zuerst blinzelt

Ich kam mir vor wie in einem Western. Nur dass wir keine Colts in unseren Taschen hatten. Zumindest ich nicht. Und da Sadik gemeint hatte, er wäre in privater Funktion hier, beschloss ich, ihm zu vertrauen. Nur, wer sollte den Anfang machen? Genau genommen hatte sich Sadik selbst eingeladen.

Langsam wurde die Sache ungemütlich. Und ich wurde müde. Wenn doch endlich Sabine wieder nach Hause käme, dann hätten wir der Scharade hier ein Ende setzen können.

»Wie spät ist es?«

Sadik stellte seine Tasse ab und schaute auf seine Armbanduhr, eine Automatik, die er sich von seinem ersten Gehalt gekauft hatte. Leider hatte er damals, als er mir stolz die Geschichte erzählt hatte, vergessen zu erwähnen, was das für ein Job war.

»Kurz nach neun.«

Ich nickte dankend. Der Salon schloss für den Kundenverkehr um 20:00 Uhr. Manchmal kam es vor, dass Kundinnen noch etwas länger brauchten, und bei einer großen Abendveranstaltung war die Wahrscheinlichkeit besonders hoch. Ich rechnete also lieber nicht vor 22:00 Uhr mit ihr. Nur, würde ich das Schweigen noch so lange aushalten?

Ich beugte mich vor und griff nach meiner Teetasse. »Wie kommen eure Ermittlungen wegen der Tierklinik voran?« Schreck lass nach! Das war mir nur so rausgerutscht. Doch Neugier war der Katze Tod.

Und wie aufs Kommando stolzierte die Katze herein und setzte sich auf Sadiks Füße. Er nahm sie auf seinen Schoß und kraulte sie. »Eigentlich darf ich nicht über laufende Ermittlungen reden, aber du weißt ja so gut wie alles, was wir wissen.«

»Nur das, was in der Zeitung stand«, entschuldigte ich mich achselzuckend. Dafür, dass ich ihn angelogen hatte, und dafür, dass ich ahnte, dass er es wusste.

»Nun«, sprach Sadik zur Katze, die ihn mit seinen grünen Augen gebannt ansah, »es stand nicht alles in der Zeitung. Zum Beispiel, dass ihr beiden Mädels dort wart und zwei Tiere gerettet habt. Eigentlich sollte eine solch heroische Tat angemessen gewürdigt werden. Aber in Anbetracht der Umstände ...«

»Welcher Umstände?« Ich wurde hellhörig, obwohl es mir sehr recht war, dass wir in der Zeitung keine Erwähnung fanden.

»Dass ihr dort eigentlich nichts zu suchen hattet. Und dem Umstand, dass der liebe Doktor nicht so lieb war, wie er alle Welt glauben machen wollte.«

»Ich verstehe nicht ganz?« Obwohl ich sehr gut verstand. Nachdem ich noch einen Schluck getrunken hatte, stellte ich die Tasse wieder auf den Tisch.

Mittlerweile hatte ich so viel Flüssigkeit intus, dass sich mein Magen mit den Gezeiten heben und senken würde.

»Das ist auch besser so. Ihr seid durch Zufall in eine Sache hineingerutscht, aus der ich euch besser heraushalten will. Auch wenn wir durch euch wussten, dass wir nach einer Bombe suchen mussten.«

»Ohne Sabine und mich wärt ihr also von einer Gasexplosion ausgegangen?«

Er zuckte leicht mit den Schultern. »Kann sein. Kann aber auch nicht sein. Es spielt keine Rolle, denn wir wissen ja, dass es kein Gasleck war.«

»Wie lange könnt ihr diese Tarnung noch aufrechterhalten? Ich meine, wann wird der Bombenleger wissen, dass ihr von der Bombe wisst?«

Sadik schaute mich eindringlich an. »Ich bin sicher, dass er das schon weiß.«

Erschüttert griff ich erneut zu meiner Tasse Tee, aber eher um davon abzulenken, dass ich gerade eine gehörige Portion Angst hinunterschlucken musste.

»Seit ein paar Monaten bin auf der Fährte des Arztes. Wir ermittelten gegen ihn wegen diverser Delikte, zu denen ich dir gegenüber nichts sagen darf. Wir denken aber, dass er Kontakt zu sehr zwielichtigen Männern hatte, gegen die wir seit ein paar Monaten ermitteln.«

»Die Mafia«, hauchte ich in den Tee.

»Was sagtest du?«, wollte Sadik wissen. Er hatte mich nicht verstanden, denn die Katze war gerade von seinem Schoß gesprungen und hatte ihn abgelenkt.

»Nichts, nichts. Wolltest du schon immer Polizist werden?« Irgendwann hätte ich ihm diese Frage sowieso gestellt. Dieser Zeitpunkt war so gut wie jeder andere.

Sadik sah auf, und ich hatte den Eindruck, als musste er sich erst eine Antwort überlegen.

»Eigentlich nicht. Nach dem Abitur bestand mein Vater darauf, dass ich Jura studiere. Das tat ich dann auch.« Sein Blick verlor sich und fixierte einen Punkt, der knapp über meiner linken Schulter lag. »Aber das war nichts, was mich interessierte. Mir lag nichts daran, Verbrecher zu verteidigen.«

»Du hättest doch aber auch Staatsanwalt werden können?«, wandte ich ein. Seine Einstellung wirkte anziehend auf mich.

»Ja. Aber das war es auch nicht. Es übte keinen Reiz auf mich aus, einfach nur Gesetzestexten zu folgen. Ich bin nicht der Typ für Kompromisse. Heutzutage besteht die Arbeit in der Anwaltschaft zu neunzig Prozent aus Politik. Dafür bin ich einfach zu geradeheraus. Mein Traum war simpel. Ich wollte Gerechtigkeit.«

»Deine ganzen Frauengeschichten wären für das benötigte Saubermann-Image eines Staatsanwalts auch nicht besonders zuträglich.«

Sadik lachte. »Ja, genau. Das müsste ich mir dann auch verkneifen. Aber hey, die Suche nach der Richtigen kann sehr langwierig sein.«

»Du würdest die Richtige noch nicht einmal finden, wenn sie dir vor die Füße fiele«, meinte ich lachend. Sadik war ein netter Kerl und mit Sicherheit ein guter Polizist, aber im Privatleben leider nun mal ein Arschloch.

»Ich hab das Studium beendet. Kurz danach starb mein Vater. Und damit auch der Grund, warum ich diesen Weg gegangen war.«

»Warum hast du dich nicht eher gegen deinen Vater aufgelehnt? So hast du doch nur Zeit verloren?«

Sadik lehnte sich zurück. »Die Fragen hat mir mein Psychologe auch gestellt. Ich denke, dass ich einfach keine Lust auf die Konfrontation hatte. Ich gehe lieber den einfachen Weg, zumindest in meinem Privatleben. Aber das weißt du ja. Und, macht mich das zu einem Arschloch, weil ich keine Seelenschau betreibe? Mag sein. Doch es vereinfacht mein Leben ungemein.«

Wow, mit dem Einblick in seine Seele hatte ich nicht gerechnet.

»Du bist bei einem Psychologen gewesen?« War es wirklich ausgerechnet das, was mich interessierte? Sah so aus.

»Gehört zwar nicht zum Standardverfahren für den gehobenen Dienst beim LKA, aber ich dachte, ich könnte den Chef damit beeindrucken und seine Beurteilung über mich positiv beeinflussen. Und es hat geholfen. Es geht nun mal nichts über die geistige Gesundheit.«

»Oh gut, jetzt dreht sich meine Welt wieder in die richtige Richtung.«

Sadik lachte und trank einen Schluck Tee. Die Stimmung zwischen uns lockerte sich. »Die Therapie macht meine Arbeit besser. Und für mich gibt es nichts Wichtigeres. Wenn es uns auch nur selten gelingt, Verbrechen zu verhindern, so können wir wenigstens versuchen, sie auf ein Minimum zu reduzieren. Und wenn es nur durch Abschreckung geht, indem wir Fälle aufdecken und die Verantwortlichen von der Straße holen, dann bitte.«

»Wenn es nur so einfach wäre«, seufzte ich.

»Ja, da stimme ich dir zu. Macht es schwerer, wenn man nicht alle Informationen hat.« Sein Blick fixierte mich, und mein Unwohlsein kehrte zurück. Doch ich würde nicht weich werden. Ganz bestimmt nicht.

»Dein Job macht dir Spaß, oder?«

»Die meiste Zeit schon. Ja. Aber es gibt auch Ausnahmen. Zum Beispiel wenn ich auf Menschen treffe, die es eigentlich gut meinen und aus falsch verstandener Loyalität Straftaten begehen. Sozusagen den Kopf für jemand anderen hinhalten, der es vielleicht nicht verdient hat. Oder die von Verbrechern über den Tisch gezogen werden und ihnen keine Gerechtigkeit widerfährt, weil sich die Staatsanwaltschaft zu irgendwelchen Deals hinreißen lässt, um die Prozesskosten niedrig zu halten.«

»Mhm.« Was sollte ich schon dazu sagen. Im Prinzip hatten Biene und ich nichts anderes vor, als genau diesen Umstand in eine Geschäftsidee umzusetzen. Ich spürte, wie Sadik immer wieder versuchte, mich aus der Reserve zu locken. Aber ich war nicht auf den Kopf gefallen. Ich hatte schließlich Abitur.

»Warum hast du nie etwas von deinem Beruf erzählt?«

»Warum sollte ich? Das ist nichts, was ich in mein privates Leben trage. Ich halte nicht viel davon, mir Arbeit mit nach Hause zu nehmen, so wie es mein Vater tat. Außerdem ist das meiste, mit dem ich zu tun habe, nicht für andere Augen und Ohren bestimmt. Mein Job hat nicht viel Schönes zu bieten und er ist ganz bestimmt nichts, womit man angeben oder eine Frau ins Bett kriegen kann.«

Diese ernsthafte Seite hatte Sadik bisher geschickt verheimlicht. Sie machte ihn menschlich, und ich war froh darüber, von ihr zu erfahren.

»Anderes Thema.« Sadiks Stimme nahm einen schwungvollen Ton an. »Hast du was von Frau Nebel gehört?«, erkundigte er sich nach unserer Nachbarin.

»Nein.« Ich runzelte die Stirn. Der Themenwechsel war wirklich abrupt. »Ich wollte sie in den kommenden Tagen mal im Krankenhaus besuchen.«

»Mach das. Ich vermisse sie.«

»Ja.« Ich lachte kurz auf. »Weil dir zurzeit niemand die Hemden bügelt.«

»Ich hatte ja immer gehofft, dass ich dich eines Tages dazu überreden könnte.«

»Das kannst du vergessen«, winkte ich ab. »Wir haben in der nächsten Zeit genug zu tun, vor allem, wenn das Baby auf der Welt ist. Außerdem werde ich nur die Hemden des Mannes bügeln, der mir einen Ring an den passenden Finger der rechten Hand steckt.« Ich reckte besagten Finger in die Höhe, um seine Nacktheit zu demonstrieren.

Sadik schwieg, scheinbar leicht erschrocken.

»Hey. Das sollte keine Einladung sein«, beeilte ich mich zu versichern und zeigte ihm abwehrend meine Handflächen. Nur hätte mein Nachbar nicht ganz so schnell erleichtert aufatmen müssen.

»Ich denke, ich mach dann mal einen Abgang, bevor hier noch Worte fallen, die wir am kommenden Morgen bereuen könnten.«

»Keine Angst. So gut, dass ich meinen Verstand verlieren würde, ist der Sex mit dir nun auch wieder nicht.« Hatte ich das gerade wirklich laut gesagt? Normalerweise war ich nur in meinen Gedanken so fies.

Ich sah, wie sich Sadiks Augenbraue leicht hob, aber er sagte kein Wort zu meiner ziemlich heftigen

Bemerkung. Das war etwas, was ich an ihm bewunderte. Er lebte nach dem Motto: Wer austeilt, muss auch einstecken können. Und Sadik teilte manchmal ganz schön aus. Aber egal. Für den Moment hatte jeder von uns gesagt, was er und sie loswerden wollte und ich brachte Sadik zur Tür. Zum Abschied gab ich ihm einen Kuss auf die Wange. Er schien verwundert, aber er akzeptierte meine Entschuldigung, lächelte und öffnete seine Wohnungstür, während ich die meine schloss.

21. Juli – 22:32 Uhr – In meinem Lieblingsohrensessel – Allein

Nachdem ich ein entspannendes Bad genommen hatte, fütterte ich die Katze und Fisch, leerte die Flasche Wein in mein Glas und aß im Stehen den Rest des kalten Chilis. Ich muss gestehen, kalte Pizza schmeckte mir besser.

Meine Gedanken schweiften wieder zu Sadik, und ich wunderte mich über mich selbst. In den vergangenen Tagen hatte ich mehr über mich nachgedacht als in all den Jahren zuvor. Seit dem Tod meiner Eltern lebte ich einfach nur. Jeden Tag, jeden Schritt weder hinterfragend noch vorwegdenkend. Jeder Hobbypsychologe hätte darin eine nicht sehr gute Strategie der Verdrängung erkannt. Mochte sein, aber er musste ja auch nicht damit leben. Die meisten Seelenklempner hatten nicht das durchgemacht, was sie bei ihren Patienten kurieren sollten.

Seit damals hatte ich nicht einen einzigen Plan gemacht. Es war eindeutig Neuland, das ich im Begriff war zu betreten. Aber ich wollte es wagen. Mit alten und neuen Freunden an meiner Seite. Es war kein legaler Weg. Aber wer maß heutzutage schon, was legal war und was nicht. Ich hatte einen Weg für mein Leben gefunden. Egal, welches Ziel auf mich wartete. Wir würden Menschen helfen. Gab es etwas, das mehr Spaß machte?

Ich war stark. Ich konnte es locker mit jedem aufnehmen. So ein paar Mafiosi machten mir doch keine Angst! Auch wenn sie hervorragend vernetzt und organisiert waren.

Sabines Vermutung, dass die Tiermedikamente über den Seeweg nach Deutschland transportiert wurden, stimmte. Juri fand bei seinen Recherchen heraus, dass die Sache sogar noch schlimmer war, als wir bisher vermutet hatten. Die Medikamente wurden mit Fördergeldern der EU für Albanien eingekauft. Dort wanderten sie direkt in die Warenlager von Buca Jemovic. Ein Teil kam sogar an ihrem eigentlichen Bestimmungsort an, aber eben nicht alles. Der Großteil wurde nach Sizilien geschafft und dann über den Hafen von Palermo durch die Straße von Gibraltar, vorbei an der portugiesischen und französischen Küste nach Deutschland verschifft. Alle Stationen, die die Fracht durchlief, waren fest in der Hand des jeweiligen Mafiaclans. Und obwohl die Ware durch viele Hände lief, an denen das ein oder andere kleben blieb, war der Profit groß. Mittlerweile sogar größer als der Profit der alten Route über Land, durch die Balkanstaaten oder Italien. Der Weg war zwar kürzer, aber gefährlicher, weil die Behörden die meisten Schlupflöcher gestopft hatten.

Von Hamburg aus wurden die Medikamente dann weiter ins Landesinnere transportiert und über das

ganze Land verteilt, von den Wagen der Speditionsfirma Buca Jemovics. Ganz einfach. Und sollte doch mal
etwas schieflaufen, dann wurde die Firma einfach
dichtgemacht. Sekunden später liefen die Geschäfte
über andere Unternehmen weiter, die als Mantelfirmen bereits Gewehr bei Fuß standen und nur auf den
Moment ihres Einsatzes warteten. Diese Gesellschaften
waren sozusagen Briefkastenfirmen, die über kein Kapital verfügten und keinen Geschäftsbetrieb mehr hatten. Mit neuem Kapital konnten sie schnell ihren Be-
trieb wiederaufnehmen. Das hatte den großen Vorteil,
dass man seine Geschäfte ohne Unterbrechung weiter-
führen konnte, anstatt die Gründung einer neuen
GmbH abwarten zu müssen, was sich über Monate hin-
ziehen konnte. Und das war alles legal. Wie Juri heraus-
fand, besaß Jemovic allein zwölf solcher Mantelfirmen
auf Halde.

Eines musste man diesen Verbrechern lassen, sie
konnten sehr gut improvisieren. Aus Schwächen
machten sie Stärken.

Aber das konnten wir auch.

Nebenan hörte ich die Katze schnarchen. Ich schlenderte mit meinem Wein ins Wohnzimmer. Da ich keinen Fernseher besaß, setzte ich mich vor Juris Computer und schaltete ihn ein. Juri hatte dort eine Software
eingespielt, mit der ich das aktuelle Fernsehprogramm
via Internet sehen konnte, da ich noch keinen Kabelan-
schluss besaß. Insgesamt zweiundsechzig Sender, und
bis auf einen hätte man ruhig alle in die Tonne kloppen
können.

Auf ZDFneo liefen einige alte Folgen der Serie Death
in Paradise. Leichte Krimikost auf einer Insel in der

Karibik mit einem Schlagabtausch zwischen der französischen und britischen Lebensart. Alles ein wenig im Stil von Agatha Christie gehalten. Ich mochte es, wenn sich der Blutfluss im Fernsehen in Grenzen hielt. Auch wenn ich gegen gute Actionfilme nichts einwenden konnte, sofern sie eine gehörige Portion Humor zu bieten hatten. Ich schob den Monitor herum und machte es mir in dem alten Ohrensessel, der mich schon als kleines Mädchen umarmt hatte, gemütlich. Das Glas stellte ich auf der speckigen Lehne ab. Über den Hof leuchtete das Licht meiner Nachbarn ins Zimmer, und trotz allem, was geschehen war, fühlte ich mich ruhig und gelassen. Meine Zukunft sah bei Weitem rosiger aus als meine Vergangenheit. Daran glaubte ich in diesem Moment ganz fest. Hätte ich jedoch auch nur im Geringsten geahnt, welcher Bus mich streifen würde, hätte ich doch noch einen Rückzieher gemacht.

23

High Noon!

22. Juli – 00:36 Uhr – Unser Wohnzimmer

Ein heftiger Schmerz jagte mich aus dem Ohrensessel.

Noch bevor ich recht wusste, wo ich war, versuchte ich aufzustehen und wieder Leben in meine Beine zu bekommen. Tausende von Nadeln stachen auf sie ein und ich fluchte laut über mich im Besonderen und die Welt im Allgemeinen. In meinen Beinen rannten tausende Ameisen um ihr Leben.

Hilflos ließ ich mich auf den Boden plumpsen. Vor Schmerz und Frust traten mir die Tränen in die Augen. Das brachte mich allerdings auch nicht viel weiter.

Einige Minuten Selbstmitleid später entschloss ich mich, es mal mit Fahrradfahren zu versuchen. Wie ein Käfer, der auf dem Rücken lag, stemmte ich meine Beine in die Luft und fuhr los. Es half!

Das Leben kehrte in meine Beine zurück, aber dafür hielt ein kleiner Muskelkater in meinen Bauchmuskeln Einzug. Ich musste wirklich dringend etwas für meine körperliche Verfassung tun. Von meiner geistigen wollte ich gar nicht sprechen.

Wieder auferstanden, machte ich Licht und schaute nach den Tieren. Katze und Fisch schliefen friedlich. Alles schien in Ordnung zu sein.

Es schien!

Ich schaute auf die Uhr in der Küche: genau 00:45 Uhr.

Wieder in den Flur schlurfend stockte ich unvermittelt. Etwas stimmte nicht. Etwas war nicht so, wie es sein sollte: Sabines Schuhe fehlten!

Biene stellte ihre Schuhe immer in den schmalen Flur unter das Sideboard. Vorsichtig öffnete ich die Tür zu ihrem Zimmer. Die Jalousie war nicht heruntergelassen. Das Bett war unbenutzt. Ihre Klamotten lagen noch immer verstreut darauf herum.

Mit einem Schlag war ich hellwach. Adrenalin schoss durch meine Blutbahnen. Doch anstatt kopflos wie ein Huhn durch die Gegend zu rennen, folgte ich einer inneren Navigation, von der ich keine Ahnung hatte, dass ich sie besaß. Klar im Kopf und völlig ruhig nahm ich mein altes Handy und schaute erst einmal nach, ob sich Sabine gemeldet hatte.

Hatte sie nicht.

Gut.

Zweiter Punkt. Ohne mir Gedanken zu machen, was die Uhr geschlagen hatte, wählte ich die Nummer von Birgit, die über dem Salon wohnte. Ich ließ es so lange klingeln, bis Sabines Chefin abhob. Ich entschuldigte mich kurz für die frühe Störung und fragte, ob sie wisse, wo Sabine sei.

»Ich hab keine Ahnung. Ist sie denn nicht zu Hause?«

»Nein, deshalb rufe ich ja an«, meinte ich, wohl etwas wütender, als ich wollte.

»Entschuldige, aber ich bin noch nicht richtig wach.«

»Kein Problem. Wann hat Sabine den Salon verlassen?«

»Das muss so gegen Viertel nach zehn gewesen sein. Wir hatten ziemlich viel zu tun für die Hochzeitsfeier. Hat aber auch einen schönen Batzen Geld gebracht.«

»Das freut mich.« Ich hörte Birgit gähnen. »Aber hat Sabine gesagt, dass sie irgendwohin wollte?«

Wieder ein Gähnen, herzhafter diesmal. Dann Schweigen. »Birgit? Bist du noch da?«

»Ja. Ähm. Mir fällt da gerade was ein.«

»Was?«, drängelte ich.

»Ja, das war komisch.«

»WAS?«, rief ich jetzt wirklich aufgebracht.

»Der Brautvater war ganz begeistert von Bienes Arbeit. Hab ich so noch nicht erlebt. Sonst haben die Eltern der Braut eher was zu meckern. Sabine hat mit ihm gescherzt, du kennst sie ja. Sie kann verdammt gut mit den Kunden. Deshalb ist sie ja auch so beliebt.«

»Jaja, ich weiß. Was war denn nun?«

»Oh, ja. Also, er hat Sabine eingeladen, mit auf die Hochzeit zu kommen. Er hat ihr sogar Geld geboten. Sie wollte ablehnen, aber er hat nicht lockergelassen. Als ich den Salon abgeschlossen hab, hat er immer noch auf sie gewartet, obwohl die Hochzeitsgesellschaft schon weg war. Er hat ihr etwas ins Ohr geflüstert. Und dann ist Sabine, ohne ein Wort zu sagen, bei ihm eingestiegen.«

Mir wurde schlecht. Es passte nicht zu Biene, zu einem Fremden in den Wagen zu steigen. Da musste irgendetwas vorgefallen sein. Vielleicht war Richards Arm doch länger als Nikolai und ich vermutet hatten. Die Gedanken in meinem Hirn überschlugen sich, aber äußerlich blieb ich völlig cool und gelassen.

»Wie hieß der Mann?«, presste ich hervor.

»Warte. Ich schau schnell nach. Es war so ein slawischer Name. Die kann ich mir nie merken.«

Ich hörte Birgits schlurfende Schritte und betete insgeheim, dass ich den Namen nicht kennen würde. Doch ich kannte ihn, das wusste ich tief in meinem Inneren. Und ich kannte den Mann besser, als mir lieb war, obwohl ich ihm noch nie in meinem Leben begegnet war.

»Jemovic. Die Familie heißt Jemovic. Kannst du damit was anfangen?«

Mechanisch bedankte ich mich bei Sabines Chefin und versprach ihr, mich umgehend zu melden, sobald ich etwas von unserer Freundin hören würde. Dann legte ich auf. Mein erster Impuls war, bei Sadik Sturm zu klingeln und ihm alles zu beichten. Er würde uns helfen können.

Doch halt!

Würde er das wirklich?

Vor allem: Würde er uns so schnell helfen können, dass wir Bienes Leben retten konnten? Ich war nicht wirklich überzeugt davon. Eines war jedoch klar: Ich brauchte Hilfe. Selbst wenn ich jedes Krankenhaus der Stadt und der näheren Umgebung abtelefonieren wollte, würde ich den gesamten Vormittag brauchen, und das war eindeutig zu lang.

Ich drückte die Kurzwahl meines Handys. Sekunden später meldete sich Juris Stimme.

»Sabine ist verschwunden«, kam ich sofort zum Punkt.

»Moment. Ich schalte dich auf Freisprecher. Was weißt du?«

Schnell fasste ich alle Details zusammen. Das dauerte keine Minute.

»Nikolai und ich sind schon auf dem Weg. Ich kümmere mich um die Anfragen bei den Krankenhäusern und in der Gerichtsmedizin. Wenn sie dort irgendwo ist, werden wir es erfahren. Aber keine Angst. Ich glaube nicht, dass wir von der Seite etwas hören werden. Wir sind in zehn Minuten bei dir.«

Ich klappte mein Handy zu und genau im gleichen Augenblick hörte ich eine kurze Melodie von meinem neuen iPhone. Überrascht nahm ich es zur Hand. Da war eine SMS eingegangen. Zögerlich öffnete ich die App und traute meinen Augen nicht.

Sie haben Post! Bitte kontrollieren Sie Ihren E Mail-Eingang.

Die Nummer des Absenders war mir völlig unbekannt, und ich hütete mich davor, sie anzurufen. Ein mulmiges Gefühl breitete sich in meinem Brustkorb aus. Wie ferngesteuert öffnete ich die Mail-App meines Handys. Der Inhalt der Nachricht drang nur schwer in meinen Verstand vor. Erst in dem Moment, als sich die Wohnungstür öffnete, nahm mein Gehirn den Inhalt der Mail zur Gänze auf.

Guten Morgen Frau Blume,
Sie kennen mich nicht, aber Sie haben schon einen kleinen Eindruck von meiner Arbeit erhalten. Wie Ihnen mittlerweile klar sein dürfte (denn ich gehe davon aus, dass Sie so clever wie hübsch sind), genießt Ihre Freundin unsere Gastfreundschaft. Es geht ihr den Umständen entsprechend gut. Wenn Sie sie in diesem unbeschädigten Zustand wiedersehen wollen, so bitte ich Sie, mir mein Geld zukommen zu

lassen. In dem Wissen, dass Sie meinem Vorschlag zustimmen werden, wird Ihnen in den kommenden Stunden einer meiner Männer die genauen Details übergeben und Sie gegebenenfalls zu uns bringen. Es versteht sich von selbst, dass Sie keine Polizei in unsere rein geschäftliche Transaktion einbeziehen werden. Das würde sowohl Ihnen als auch Ihrer Freundin mehr als schlecht bekommen.
Vielen Dank für Ihr Entgegenkommen.
Herzliche Grüße
Buca Jemovic

»Okay.« Juri kam ins Zimmer gerannt, warf seine Sporttasche in die Ecke und lief direkt zu den Monitoren. »Sabine ist weder in einem Krankenhaus noch in der Gerichtsmedizin eingeliefert worden. Das zumindest wissen wir. Weder im Polizeifunk noch über die Leitung der Sanitäter wurde etwas über eine unbekannte Frau, auf die Sabines Beschreibung zutrifft, berichtet.« Seine Finger flogen über die Tastatur. »Ich kontaktiere noch ein paar andere Quellen.«

»Das macht es aber auch nicht besser. Wir stehen immer noch am Anfang der Suche«, erwiderte Nikolai. »Wie geht es dir?«

Als er mich fragte, wurde sein Blick weich, doch ich nahm es nicht wahr. Ich sah ihn nicht an. Ich sah eher durch ihn hindurch.

»Ihr könnt aufhören, zu suchen. Ich weiß, bei wem sie ist.« Meine Stimme brach. Ich zeigte auf das Display meines iPhones.

Nikolai und Juri traten zu mir und lasen die Mail.

»Das ändert alles!«, knurrte Nikolai, und ich spürte, wie sich sein ganzer Körper anspannte.

Ich rührte nicht einen Muskel. In meinem Hirn wirbelten Gedanken wie Flipperkugeln durcheinander.

Keine kannte ihren Weg.

Keine traf die andere oder verließ ihre Bahn.

Keine gelangte an ein Ziel.

»Anja? Anja! Hörst du mir überhaupt zu?« Juri schüttelte mich an der Schulter.

»Ja! Nein! Nein, ich hab dich nicht gehört.« Die Flipperkugeln verlangsamten ihren Flug. »Woher hat Jemovic meine Mailadresse?« Langsam grub ich mich wieder an die Oberfläche.

»Das ist nicht wichtig.« Nikolai hielt seinen Autoschlüssel in der Hand. »Wir müssen los!«

»Für mich ist das schon wichtig.« Ich zitterte vor Wut.

Juri schaute mir in die Augen, und seine Ruhe färbte ein wenig auf mich ab. »Jemovic ist ein Profi und schon seit Jahren im Geschäft. Ich bin nicht der Einzige, der einige Zaubertricks auf Lager hat. Wenn man weiß, wen und wo man suchen muss, dann kommt man an alle Informationen. Jeder Computer, der mit dem Internet verbunden ist, besitzt eine sogenannte IP-Adresse. Diese Internet-Protokoll-Adresse ist wie ein Fingerabdruck, nach dem man suchen kann. Wahrscheinlich hat Jemovics Helfer alle IP-Adressen gecheckt, die in Berlin innerhalb der letzten vierundzwanzig Stunden neu erstellt wurden. Dann hat er ein Suchprogramm laufen lassen, das die Standortadresse des Rechners mit deiner Adresse abgleicht. Mit der lokalen Adresse und der IP-Adresse war es nicht mehr schwer, deine E Mail-Adresse rauszufinden. So hätte ich es jedenfalls gemacht. Aber mach dir darüber jetzt keine Sorgen. Es geht um Sabine. Ihr müsst euch auf den Weg machen. Wir dürfen keine Zeit mehr verlieren.«

Ich nickte stumm.

»Ich bleibe hier und warte auf die Anweisungen von Jemovic. Ich schicke sie euch aufs Handy, sobald ich sie habe.«

»Wo sollen wir denn hin?«, fragte ich tonlos.

»Das versuche ich noch rauszufinden. Jemovic weiß, was er tut. Ich kann die IP-Adresse nicht so schnell zurückverfolgen. Er hat sie gespiegelt und über Server in der halben Welt verteilt. Aber ich arbeite dran.« Juri saß schon wieder an seinem Rechner und hämmerte auf die Tastatur ein. Ein zweiter Monitor erwachte und zeigte Bilder von Bienes Salon, die, wie es aussah, von einer Sicherheitskamera stammten. »Das sind Kameras der Stadtüberwachung. Ich hab mich bei denen eingeklinkt. Vielleicht finden wir den Wagen, in den Sabine eingestiegen ist.«

Menschen liefen die Straße hinauf und hinunter. Frauen verschwanden im Salon und andere kamen generalüberholt heraus.

»Das sind Aufzeichnungen, nicht wahr?« Ich schaute ihm über Schulter.

Juri nickte.

»Kannst du vorspulen?«

Er sah mich fragend an.

»Sabine muss so gegen 22:00 Uhr fertig gewesen sein.«

Juri drückte eine Taste, und die Bilder flogen nur so dahin.

»Da!«, rief ich aus. »Das ist sie!«

Juri verlangsamte die Bildfolge, und wir sahen, wie Biene sich zum Rückfenster eines schwarzen SUV beugte. Sie unterhielt sich mit jemandem, als der Beifahrer plötzlich ausstieg. Ich erkannte den Mann. Es war einer der Typen, die ich vor der Tierklinik gesehen hatte. Dann plötzlich öffnete Sabine die Tür und stieg in den Wagen.

»Verdammt, Biene«, rief ich, als könnte ich sie noch davon abhalten.

Juri tippte, und mit einem Mal drehte sich das Bild um. Dann zoomte er an den unteren Teil des Wagens. »Tataaa, hier haben wir das Nummernschild!«

Ich verstand nicht. »Was soll uns das nutzen? Wir wissen bereits, dass Jemovic sie entführt hat«, regte ich mich auf. »Wir verlieren Zeit, verdammt!«

Nikolai kam zu mir und legte seine Hand auf meinen Rücken. Die Wärme wirkte beruhigend, genau wie seine Stimme. »Ja, das stimmt. Aber so kann Juris Programm die Aufnahmen der anderen Kameras prüfen. Wenn das Nummernschild irgendwo in der Stadt auftaucht, dann wissen wir, in welche Richtung sich der Wagen bewegt.«

Sekunden später reichte Juri mir einen Post-it. »Beeilt euch!«

Ich schlug Nikolai leicht gegen die Brust und klebte den Post-it mit der Adresse, die Juri rausgefunden hatte, an sein T Shirt. Dann lief ich in mein Zimmer, schlüpfte in eine schwarze Jeans und zog ein langarmiges Shirt und Socken an. Alles in Schwarz. Meine roten Haare versteckte ich unter einem Basecap, das Nikolai mir geschenkt hatte – schwarz, ohne Aufschrift. Dann zog ich meine Turnschuhe an und lief wieder in den Flur hinaus.

»Ich bin so weit. Worauf warten wir noch?« Ich nickte Nikolai zu, und Sekunden später schlug die Wohnungstür hinter uns ins Schloss.

22. Juli – Keine Ahnung, wie spät – Auf dem Weg durch die nächtliche Stadt – Mal wieder

Als wir in den Hof traten, verflüchtigten sich die ersten Nachtschatten. Nikolai warf den Rucksack, in dem ich das Geld vermutete, auf die Mittelkonsole zwischen dem Fahrer- und Beifahrersitz und startete den Transporter. »Die Adresse liegt in einem Gewerbegebiet am anderen Ende der Stadt. Die meisten Ampelanlagen sind aus. Ich denke, in einer halben Stunde sollten wir da sein.«

Ich nickte, und Schweigen breitete sich im Wagen aus.

Wir fuhren durch die Lichtkegel der Laternen. Häuserfronten flogen an uns vorbei. Das einzige Geräusch, das ich wahrnahm, war das Brummen unseres Motors und ab und an das leise Quietschen der Reifen, wenn Nikolai scharf um eine Kurve fuhr oder verbotenerweise in falscher Richtung in eine Einbahnstraße fuhr, um unseren Weg abzukürzen. Mir war jedwedes Gefühl für die Zeit abhandengekommen. Es schien, als sei sie stehengeblieben. Juri hatte sich noch nicht gemeldet, was bedeutete, dass es noch keine neuen Instruktionen von Jemovic, dem Mafiaboss, gab.

War das ein gutes Zeichen? Bedeutete das, dass Sabine noch am Leben war? Ich hoffte es.

Aber ich hatte ja noch keine Erfahrung mit Entführungen gemacht. Von jetzt an würde ich mich wohl mit solchen Situationen anfreunden müssen. Also gut. Ich war bereit.

»Wie weit noch?«

»Wir sind so gut wie da.«

»Wie – weit – noch?«, presste ich jedes einzelne Wort meiner Frage zwischen meinen Zähnen hervor. Ich wollte eine Antwort und kein Wischiwaschi, das man Kindern vorsagte, die nicht bis hundert zählen konnten.

»Zwei Kilometer. Ungefähr.«

Ich nickte zufrieden, obwohl sich Nikolai noch immer ein Hintertürchen offenließ.

Die Wohnhäuser der Stadt lagen schon seit geraumer Zeit hinter uns. Jetzt führte unser Weg vorbei an Kleingartenanlagen und einer alten Chemiefabrik, die heute noch pharmazeutische Produkte herstellte und vertrieb. Die Straße führte unter einer Eisenbahnbrücke hindurch, und schon fühlte man sich wie im Niemandsland. Verlassene Felder, übersät von wilder Hirse und ausgeschlachteten Autowracks, umgaben einzeln stehende Häuser, die sich in unterschiedlichen Stadien der Auflösung befanden.

»Hier muss es irgendwo sein. Viel näher konnte Juri die Standortkoordinaten nicht bestimmen.« Nikolai drosselte die Geschwindigkeit und schaltete die Scheinwerfer aus. »Halt die Augen offen. Wenn dir etwas merkwürdig vorkommt oder du etwas siehst, was nicht hierher passt, dann ...«

»... geb ich dir Bescheid.«

Bedächtig glitten wir die Straßenführung entlang und beteten, dass wir uns nicht die Reifen an einer zerbrochenen Bierflasche aufrissen. Der einzigartige Sonnenaufgang versprach einen heißen Tag. Das gelborangene Farbspiel erhellte die Fensterlöcher in den Ruinen, die sonst blind in die Landschaft schauten. Wie ein kleiner Lichtblitz.

Moment. Ein Lichtblitz!

»Halt an!«, befahl ich Nikolai und legte meine linke Hand auf seinen Arm. Sofort bremste er. Wir flogen in die Gurte.

»Was ist?«

»Das Haus da hinten!« Ich wies aus dem rechten Fenster. »Ich hab eine Spiegelung gesehen.« Das klang sehr vage, das wusste ich. Aber mein Instinkt sagte mir, dass ich richtiglag.

Nikolai griff hinter seinen Sitz und zog ein Fernglas hervor. Oder besser gesagt eine kleine Ausgabe eines Fernrohrs. »Hier.« Er gab mir das Teil.

Ich hielt es vor mein Auge. Das Erste, was ich sah, war ein Fadenkreuz vor einem verschwommenen Hintergrund.

»Du musst die Schärfe einstellen. Einfach drehen.«

Ich drehte an einem kleinen Rad und die Umrisse der Ruine wurden klarer. Es dauerte noch ein paar Sekunden, bis ich einschätzen konnte, welche Ecke des Hauses ich vor mir hatte. Nun konnte ich systematisch nach der Spiegelung suchen. »Da. Hinter der Säule.«

Nikolai nahm mir das Fernrohr ab und schaute nun selbst hindurch. »Könnte eine zerbrochene Glasscheibe sein.« Nikolai reichte mir das Fernglas zurück und ich schaute noch einmal zu dem Haus hinüber.

»Nein. Sieh dir das Gebäude mal genau an. Dort sind alle Scheiben rausgebrochen. Es ist völlig entkernt.« Ich sah mir die Umgebung des Hauses genauer an. »Da liegt kein Müll. Um das ganze Haus herum ist nicht ein Zipfelchen Papier oder Abfall zu sehen.«

Nikolai beugte sich zu mir herüber. Ich spürte seine Körperwärme. »Sieht so aus, als würde jemand das Gebäude sanieren wollen.«

»Könnte Juri das herausfinden?«, wollte ich wissen.

»Fragen wir ihn einfach.« Nikolai nahm sein Handy und stellte es auf Lautsprecher.

Juri nahm direkt ab. »Hey. Habt ihr schon was gefunden?«

Nikolai hielt sich nicht mit einer Antwort auf, was Juri ihm nicht übelnahm. »Du musst etwas für uns überprüfen. Hat jemand das Gelände mit unseren Koordinaten gekauft? Oder hat die Stadt ein Instandhaltungsprojekt in dieser Gegend am Laufen?«

Selbst über das Telefon hörten wir Juris Tastenanschlag.

»Ich hab was!«

Wir waren ganz Ohr.

»Vor ein paar Monaten hat ein Konsortium aus drei Unternehmen das Gelände gekauft. Sie wollen eine Hotelanlage mit Wellnessangebot und dem ganzen Schnickschnack darauf bauen. Die Bauarbeiten sollen in den kommenden Wochen beginnen.«

Immer noch hörten wir das Klappern von Juris Tastatur. »Komisch.«

»Was ist komisch?«, wollte ich wissen.

»Wie es aussieht, gehören die drei Unternehmen einer Firma. Das Ganze ist noch nicht mal gut verschleiert«, wunderte sich Juri. Es klang, als würde er zu sich selbst sprechen. Und der Monolog war noch nicht zu Ende. »Du meine Güte, als hätte ein Dreijähriger die Spuren verwischt. Aber irgendetwas stimmt hier nicht. Der Kaufpreis liegt im unteren einstelligen Millionenbereich.«

»Das kann nicht sein«, erwiderte Nikolai. »Das Gelände ist riesig. Und selbst wenn man die Sanierungskosten abzieht, dann ist das hier alles sehr viel mehr wert.«

»Vor allem, wenn man durch den Kauf und die Baumaßnahmen Geld waschen will«, schallte uns Juris Stimme entgegen.

»Jemovic«, sagte ich mit fester Stimme. »Er will sich aus dem Staub machen und verkauft alles, was er in Berlin besitzt. Er kratzt alles Bargeld zusammen, das er kriegen kann, falls seine Konten von der Staatsanwaltschaft eingefroren werden.«

Nikolai schaute mich fragend an.

Ich sah an ihm vorbei und flüsterte: »Das Gleiche haben meine Eltern gemacht. Aber sie sind nicht weit gekommen. Auf einem Rastplatz kurz vor der Schweizer Grenze ging ihr Wagen mit ihnen darin in Flammen auf. Glaub mir«, jetzt sah ich Nikolai direkt an, »ich bin mir hundertprozentig sicher, dass ich recht habe.«

»Bingo. Anja hat den richtigen Riecher. Ratet mal, wer das gesamte Grundstück verkauft hat?«, schallte Juri in unsere Ohren.

»Buca Jemovic!«, antworteten Nikolai und ich wie aus einem Mund.

24
Auf in den Kampf

22. Juli – 04:00 Uhr – Verlassenes Grundstück am westlichen Stadtrand

»Das nenn ich mal wirklich clever.« Nikolai kappte die Verbindung. Juri hatte uns noch einige Informationen zu dem Deal gegeben, doch wirklich weiter brachten uns diese in unserer konkreten Situation nicht.

»Dieser Kerl kommt aus der Sache mit einer weißen Weste heraus.« Nikolai überprüfte das Gebäude erneut mit dem Fernrohr. Ein weiteres Mal suchte er nach einer Bewegung zwischen den tragenden Säulen, die man sehen konnte, nachdem die Innenwände entfernt worden waren. In der Mitte des Skeletts erkannte man mit bloßem Auge einen Schacht, der vermutlich das Treppenhaus umgab.

»Warum aber der ganze Aufwand, um an unsere Viertelmillion zu kommen? Er hätte doch einfach in unsere Wohnung einbrechen und sich das Geld holen können«, meinte ich und schaute Nikolai fragend an.

»Es geht ihm nicht nur ums Geld. Es geht ihm ums Prinzip. Er kann sich von niemandem auf der Nase herumtanzen lassen. Schon gar nicht von zwei kleinen Anfängerinnen. So was spricht sich in der Szene schnell herum.«

»Aber wenn er so ein Genie ist, warum lässt er sich dann von einem Tierarzt übers Ohr hauen?«

»Hat er doch gar nicht.« Nikolai lehnte sich wieder zurück. »Sieh mal, Anja. Der Plan mit der Bombe war perfekt. Die Polizei würde eine Leiche finden. Die Leiche ihres Informanten. Alle Beweise wären wie Konfetti verstreut, gespickt mit den Resten von Geldscheinen, deren Wert man auf eine sechsstellige Summe schätzen würde. Aber nichts, rein gar nichts ließe sich beweiskräftig mit der Familie Jemovic in Verbindung bringen. Von der Mafia ganz zu schweigen. Aber dann tauchen Sabine und du auf, und der schöne Plan ist futsch.«

»Aber er weiß doch gar nicht, ob wir was wissen.«

»Genau das ist der Punkt. Er kann dieses Risiko nicht eingehen.«

Ich verstand. Er musste Sabine und mich loswerden. Ob er von Nikolai und Juri wusste?

»Aber riskiert er nicht damit, dass die Polizei erst recht auf ihn aufmerksam wird?«

Nikolai schüttelte den Kopf. »Nein. Er dürfte bereits ein gutes Netz innerhalb der Behörden gespannt haben und lückenlos in alle Ermittlungsarbeiten in seine Richtung eingeweiht sein. Viel wichtiger ist aber, dass er dadurch gezielt Informationen streuen kann. Informationen, die nicht auf ihn hinweisen.«

Ich schaute wieder zu dem Gerippe hinüber, das früher mal ein sechsstöckiges Mehrfamilienhaus gewesen war. »Irgendwas ist da. Ich bin mir sicher.«

»Nennt man das weibliche Intuition?«

Ich zuckte die Schultern. »Keine Ahnung, wie man das nennt. Sollten wir nicht ein Versteck für den

Wagen finden? Hier stehen wir mitten auf dem Präsentierteller.«

»Nicht nötig. Die wissen bereits, dass wir hier sind.«

Fragend zog ich die Augenbrauen zusammen.

»Das Glitzern, das dir vorhin aufgefallen ist. Ich glaube, das war ein Fernglas, in dem sich die Sonne gespiegelt hat.« Nikolai lachte rau auf. »Was stümperhaft wäre. Normalerweise sollte sich Jemovic ein entspiegeltes Fernglas leisten können.«

»Gutes Personal ist schwer zu finden«, kommentierte ich und öffnete meine Wagentür. »Dann mal los. Irgendjemand ist dort und er weiß, wo Sabine ist, auch wenn es sich dabei nur um einen Handlanger von Jemovic handelt.«

»Oh, keine Angst.« Nikolai stieg ebenfalls aus und lief zum Heck des Transporters. »Jemovic wird dort sein. Wie du schon gesagt hast, gutes Personal ist schwer zu finden. Was bedeutet, dass man die Drecksarbeit manchmal selbst erledigen muss, damit nicht noch mal so ein Riesenfehler gemacht wird.« Nikolai öffnete einen sargähnlichen schwarzen Koffer, der im Wagen fest installiert war. »Außerdem zeigt man seinen Leuten, dass man es ernst meint, wenn man einen Zeugen selbst ausschaltet. Das schafft Respekt.«

»Wohl eher Angst«, erwiderte ich und schaute mir das Waffenarsenal an, das sich vor meinen Augen auftat. Mit all den Messern, Handfeuerwaffen, den Granaten und den zwei Gewehren hätte man locker ein SWAT-Team ausrüsten können. Nikolai zog eine schmale Weste über und reichte mir eine baugleiche. Sie sah aus wie eine überdimensionale Strickjacke.

»Eine Schutzweste?«

»Sicher ist sicher. Eine Panzerweste. Der neueste Schrei. Die Dinger sind so dünn, dass man sie gut unter den Klamotten tragen kann. Sie halten so ziemlich alles ab. Bis auf Kugeln mit großen Kalibern und Panzerfäuste.« Er sah mich an. »Du willst doch lebend aus der Sache rauskommen, oder?«

»Das wäre mir lieb.« Ich streifte mir die Weste über. »Bist du eigentlich immer für den Dritten Weltkrieg ausgerüstet?«

»Man sollte immer auf alles vorbereitet sein. Ich nehme mal an, dass es in deiner Handtasche auch nicht anders aussieht?«

Ich dachte an mein Schweizer Taschenmesser, das Pfefferspray, das gute Zippo ... und all den anderen Kram, der in der Tierklinik in Rauch aufgegangen war, und grinste. »Touché.«

Nikolai steckte zwei Messer und das Fernrohr an seinen Gürtel. Dann nahm er eine der Handfeuerwaffen und sah nach, ob das Magazin gefüllt war. Dann ließ er den Schlitten der Waffen vor und zurückfahren. Auf meinen fragenden Blick erklärte er: »Eine Patrone sollte immer im Lauf sein, sonst verdirbt es dir das Überraschungsmoment.«

»Bekomme ich auch eine?« Ehrfurchtsvoll nahm ich eine Sig Sauer in die Hand. Sie war schwerer, als ich angenommen hatte, und das Metall fühlte sich kalt an. Eine angenehme Kälte, die sich meiner Hand bemächtigte, gemeinsam mit dem Gefühl der Unbesiegbarkeit.

Vorsichtig nahm mir Nikolai meine neue Freundin wieder ab. »Ich denke, das lassen wir lieber. Du solltest erst einmal lernen, wie man mit diesem Schätzchen hier umgeht, bevor wir dich damit auf die Menschheit loslassen.«

»Du brauchst mir nur zeigen, wie man sie entsichert. Den Rest bekomme ich schon hin.«

»Ja genau, du lehrst Laternenpfählen das Fürchten.« Der freche Unterton in Nikolais Stimme war mir nicht entgangen. Und daraus schloss ich, dass er mir keine Schusswaffe geben würde. Stattdessen steckte er eine zweite Waffe in ein Holster, das er am Bein trug.

Ich weiß, es war albern, aber ich schmollte.

Wortlos schritten wir nebeneinander auf das Gebäude zu, von dem wir annahmen, dass Jemovic dort in der fünften Etage stand und uns nicht aus den Augen ließ. Der Tag wurde heller. Und die ganze Szene hier hatte irgendwie wirklich was von Wildwest-Manier. Nur anders als im Film würden die Toten hier nicht wieder auferstehen.

Wir stiefelten über ausgedörrtes Gras und wirbelten hier und da staubige Erde auf. Ich spürte, dass Nikolai etwas loswerden wollte. »Na sag schon. Willst du mich nicht dabeihaben? Soll ich mich im Hintergrund halten? Willst du die Verhandlungen führen?«

»Nein.« Nikolai hielt mich am Arm zurück. Wir blieben stehen. Dann sah er mich an. »Du bist nicht geschult in solchen Sachen. Ich möchte einfach nicht, dass dir etwas passiert. Aber ich brauche deine Hilfe. Allein kann ich Sabine nicht finden, geschweige denn befreien. Wenn ich dir eine Schusswaffe gebe, dann kann ich das nur machen, wenn ich mir sicher bin, dass du sie auch benutzt. Denn dein Gegenüber wird es tun, und er wird wissen, wie er es richtig macht. Gegen so jemanden hast du nur eine Chance, wenn du schneller bist als er. Es nutzt dir nichts, wenn du ihm deine zitternde Waffe unter die Nase hältst und ihm zeigst, was in deinem Kopf vorgeht: Soll ich? Soll ich nicht? Es ist nicht so einfach, einen Menschen mit einer Waffe zu bedrohen. Du musst überzeugend wirken. Überzeugt davon, dass du wirklich abdrückst.«

Ich nickte halbherzig, denn ich war mir keineswegs sicher, dass ich vorsätzlich einen Menschen töten konnte, nicht mal so einen Drecksack wie Jemovic. Nikolai spürte meine Zweifel. Wir liefen weiter auf die Ruine zu.

»Wie sieht der Plan aus?«

»Plan? Ich habe keinen Plan. Wir wissen ja nicht, was uns erwartet. Improvisieren ist angesagt. Das bedeutet, wir müssen genau beobachten und uns auf unseren Instinkt verlassen.«

Na dann Prost, Mahlzeit, dachte ich. Ich sollte mich auf meinen Instinkt verlassen? Da konnte ich nur von Glück sagen, dass Nikolai an meiner Seite war.

»Teilen wir uns auf?«

»Macht keinen Sinn«, lehnte Nikolai meinen Vorschlag ab. »Sie wissen, dass wir kommen. Es gibt keinen Überraschungseffekt. Wir gehen gemeinsam rein, schauen uns um und ...«

»... sehen, was passiert.«

Mit diesen Worten waren wir am Treppenhaus angekommen. Ich schaute mich suchend um.

»Gibt's hier keinen Aufzug?«

Nikolai lächelte. »Selbst wenn es einen gäbe, ich glaube nicht, dass die Ruine ans Stromnetz angeschlossen ist.«

Ich zuckte zusammen, als ein dumpfes Kratzen zwischen den Betonwänden hindurchhallte. Wie auf Kommando drehten sich unsere Köpfe nach links. Im Dämmerlicht schwebte ein metallener Transportkorb von der Größe eines Lifts für zwei Personen herunter und blieb auf unserer Ebene stehen. Wenn das nicht gruselig war, was dann? Hatte Jemovic das ganze Gebäude verwanzt?

Genau das hatte er. Die Überwachungskamera an der Wand vor uns war so gut versteckt, dass ich sie jetzt erst bemerkte. Ich winkte mit dem Mittelfinger meiner rechten Hand hinein.

»Da hast du deinen Aufzug.« Galant wies Nikolai auf den Transportkorb, in dem Baumaterial und Menschen in die unterschiedlichen Etagen gefahren wurden. Von der Decke hing ein schwarzer Klotz von der Größe eines Backsteins, in dessen Mitte zwei Schalter und ein roter Knopf zu sehen waren.

»Ich weiß nicht. Ich hab eine Abneigung gegen rote Buttons«, meinte ich und schritt lieber die Betontreppe hinauf. »Man weiß nie, was man damit in die Luft sprengt.«

Nikolai folgte mir, und ich spürte, dass er anfing, sich zu amüsieren. Ich stakste immer höher und hoffte, dass meine Lunge nicht gleich anfing zu pfeifen. Wenn das hier alles vorbei war, würde ich mich in einem Sportstudio anmelden und wieder joggen gehen. Ich schwor es, ich würde alles tun, um in Höchstform zu kommen.

»Ah, wie ich sehe, haben Sie Ihren eigenen Mann, der Ihnen behilflich war, zu uns zu finden. Dabei dachte ich, meine Instruktionen wären gut zu verstehen gewesen, selbst für eine Frau«, meinte Jemovic anzüglich, als wir die letzte Stufe zur fünften Etage erklommen hatten.

Selbst wenn mir in dem Moment eine schnippische Erwiderung eingefallen wäre, hätte ich sie nicht mit dem nötigen Sarkasmus rausgebracht. Ich musste mich aufs Atmen konzentrieren.

Nikolai dagegen schien der Aufstieg nichts ausgemacht zu haben. Seine Augen scannten bereits die Umgebung.

Am anderen Ende des Raumes stand Buca Jemovic. Ich konnte die benachbarten Gebäude sehen, da die Außenwand hinter ihm bereits abgetragen war. Einen Wimpernschlag lang war ich versucht, einfach auf ihn zuzustürmen und ihn in den Abgrund zu stoßen. Glücklicherweise siegte mein Verstand über meinen Impuls.

Langsam schritt ich auf ihn zu und ließ den Clanvater einer osteuropäischen Mafia nicht aus den Augen. Buca Jemovic war vielleicht einen halben Kopf größer als ich. Er trug Absatzschuhe, was mich irgendwie an The Artist Formerly Known as Prince erinnerte. Zumindest was die Körpergröße anbetraf. Ansonsten besaß er nicht die geringste Ähnlichkeit mit dem Sänger, und ich bezweifelte stark, dass er auch nur annähernd ein solches Musikgenie war.

Jemovic war beinahe so breit wie groß. Völlig untrainiert – er hatte bestimmt den Lift genommen – beulte er das Sakko seines handgefertigten nachtblauen Anzugs aus. Sein Kopf war rund wie eine Bowlingkugel. Passend dazu trug er eine Glatze, die sein Mondgesicht größer wirken ließ. Sein kurzer Hals verschwand direkt im Button-down-Kragen eines blasslila Hemdes.

Selbst bei der Hitze hatte er alle Knöpfe geschlossen, und die grüne Krawatte war fest mit einem doppelten Windsor gebunden. Seine Arme schienen zwei Zentimeter kürzer als normal zu sein und standen leicht seitlich vom Bauch ab. In seinen kurzen Fingern hielt er eine schwarze Box, dessen Funktion nicht bestimmbar war.

Ich fragte mich unwillkürlich, wie so ein Mann Boss einer internationalen Gruppe des organisierten Verbrechens werden konnte? Dann sah ich seine Augen – und mir war klar, warum. Noch nie in meinem Leben hatte ich etwas derart Kaltes und Totes gesehen. Und ich wollte so etwas nie wieder sehen.

Für den Moment musste ich mich jedoch zusammenreißen. Es ging um meine Freundin, nicht um meine Gefühle oder Ängste.

»Wo ist Sabine?«

»Mhm. Kein Small Talk, Frau Blume? Ich muss schon sagen, Sie müssen ein wenig an Ihren Manieren arbeiten.«

»Da gibt es nichts, woran man arbeiten könnte«, erwiderte ich trotzig. Wäre doch gelacht. Ich würde Jemovic schon aus der Reserve locken.

Nikolai schloss seinen Scan ab und flüsterte mir zu: »Biene ist nicht auf dieser Etage. Aber Jemovic hält Kontakt zu jemandem über sein Mäuschen im Ohr.«

Ich trat einen Schritt auf meinen Gegner zu, stellte mich bewusst etwas breitbeiniger hin und winkelte meine Arme leicht an, indem ich lässig meine Daumen in den Hosenbund hakte. »Wir können hier noch eine Ewigkeit stehen und den Sonnenaufgang genießen. Hab ich kein Problem mit. Doch das ändert nichts an der Tatsache, dass Sie meine Freundin entführt haben. Es ändert nichts an der Tatsache, dass Sie sie bedroht haben. Und es ändert nichts an der Tatsache, dass Sie einen Menschen getötet haben.« Nach kurzem Schweigen setzte ich nach. »Einen, von dem wir wissen. Ganz zu schweigen von dem, was wir über Sie und Ihre Geschäfte ...« – so cool wie möglich malte ich mit meiner linken Hand Gänsefüßchen in die Luft – »... rausbekommen haben. Wir«, ich nickte seitlich zu Nikolai hinüber, »haben alles über Ihre Familie zusammengetragen. Es liegt nun an Ihnen, ob unser Kontakt die Informationen an die Polizei oder Ihre Konkurrenten übergibt. Sollten Sie Sabine, meinem Freund oder mir auch nur das kleinste Haar krümmen, werden alle Informationen freigegeben. Also! Ich frage Sie zum letzten Mal: Wo ist meine Freundin?«

»Nun«, räusperte sich mein Gegenüber völlig ungerührt von meiner Rede. »Wo ist mein Geld?«

Missbilligend zog ich meine Augenbrauen hoch, so wie meine Großmutter es immer getan hatte, wenn sie kurz davor war, mir die Leviten zu lesen. »Haben Sie nicht gelernt, dass man eine Frage nicht mit einer Gegenfrage beantwortet?«

Jetzt geriet Jemovic, der einen Schritt näher an den Abgrund zurückgewichen war, doch ein wenig aus der Fassung. Sein Gesicht rötete sich leicht. Was ein gutes Zeichen dafür war, dass sein Blutdruck hochkochte. Scheinbar hatte er nicht damit gerechnet, dass ich nicht so einfach klein beigeben würde.

Doch ich konnte mich auch irren. Denn mit einem Mal hob er die kleine schwarze Fernbedienung kurz an und drückte einen Knopf. Surrend senkte sich vom

Dach ein Seil herunter. Das Seil war an einem Flaschenzug befestigt, der außerhalb des Gebäudes angebracht war – und am Ende des Seils hing ein menschliches Paket.

25
Knock-out

22. Juli – Wen interessierte jetzt die Zeit???

»NEIN!«, hörte ich eine Stimme schreien.

Es war meine.

Nikolai hielt mich am Arm und riss mich zurück, als ich versuchte, zu Sabine zu sprinten. Ihre Hände waren vor ihrem Bauch mit schwarzen Kabelbindern gefesselt. Ihr Mund mit Klebeband versiegelt, und in ihren Augen sah ich Panik.

»Nicht!«, befahl Nikolai. Das Blau in seinen Augen gefror.

»Ihr Partner – oder sollte ich besser sagen, ihr Freund – hat recht. Wir wollen doch jetzt nicht den Kopf verlieren.« Schleimig grinsend zeigte Jemovics wurstiger Zeigefinger auf meine Freundin. »Nennen wir es eine Neubewertung der Situation«.

Mir wurde schlecht. Ich legte meine Arme um mich. Mein Oberkörper klappte nach vorn und ich sank auf die Knie.

»Oh, bitte. Bitte übergeben Sie sich nicht, meine Teure. Das hat Ihre Freundin schon die ganze Zeit getan«, zwitscherte dieser Wahnsinnige zu uns herüber. »Dabei ist die ganze Aufregung überhaupt nicht nötig. Ich bin ein sehr umgänglicher Mensch. Man muss mir nur einfach zuhören und tun, was ich sage.« Er schüttelte enttäuscht seinen Kopf. Wie ein gutmütiger Onkel, der nicht verstand, warum sich die Familie gegen ihn stellte. »Sehen Sie. Ich will das alles hier gar nicht. Ich wollte Ihre Freundin nicht entführen, aber Sie ließen mir keine Wahl. Wie hätte ich Sie sonst davon überzeugen sollen, dass Sie mir mein Geld wiedergeben? Es tut mir furchtbar leid, dass Sie überhaupt in diese Lage gekommen sind, aber Sie hatten in der Tierklinik nicht das Geringste zu suchen.«

Ich zwang mich, Jemovic anzusehen. Dieser Wahnsinnige stand da in seinem Anzug und tat so selbstsicher. Mein Magen wand sich. Was mich aber so richtig wütend machte, war die Tatsache, dass Jemovic den Dreck glaubte, den er absonderte.

»Und die Bombe, die den Tierarzt umgebracht hat, haben Sie zufällig im Aktenschrank vergessen?«, presste ich höhnisch hervor.

»Oh das! Nun ja. Ich gebe zu, dass es etwas ungeschickt war, die Bombe dort zu platzieren. Was soll ich sagen?« Schadenfroh hob er die Schultern. »Gutes Personal ist schwer zu bekommen. Eigentlich wollte ich den armen Doktor nicht in die Enge treiben. Aber er hat mich dazu gezwungen. Er bedrohte mich, und das konnte ich nicht zulassen. Das verstehen Sie doch sicher. Ich muss schließlich meine Geschäfte schützen. Das Leben vieler Menschen ist von mir abhängig.«

Ich atmete tief ein. Die Übelkeit legte sich. Der Kerl meinte das ernst. Er glaubte jedes seiner Worte. Für ihn waren wir die Schuldigen an der Misere, und ich ahnte, dass er uns nicht ungestraft davonkommen lassen würde.

Wir mussten Zeit gewinnen.

Was für eine dämliche Floskel!

Wir hatten keine Zeit zu verlieren!

Meine beste Freundin hing an einem Seil fünf Stockwerke über der Erde. Einen Sturz aus dieser Höhe würde sie auf keinen Fall überleben. Und das Baby auch nicht. Ihrer beider Leben hingen am sprichwörtlich seidenen Faden, den ein komplett Irrer im Begriff war, zu zerschneiden. Ich dagegen saß hier und hatte nichts weiter als meinen Sarkasmus. Kein Messer, keine Pistole, keine Kampfsportart, mit der ich haufenweise böse Männer unschädlich machen könnte.

Kurz bevor die Welle der Verzweiflung über mir zusammenschlug, löste sich Nikolai von seinem Fleck und lief zu mir. Er strahlte eine derart große Zuversicht aus, dass ich selbst wieder Hoffnung schöpfte. Und mit einem Mal war mir klar, dass wir uns wehren mussten. Wir würden so oder so sterben, also konnten wir auch versuchen zu überleben. Wir waren unsere einzige Chance!

Mir war immer noch schwarz vor Augen und kleine Fadenwürmer tanzten in meinem Blickfeld. Waren das die berüchtigten Sterne, die man sah, bevor man ohnmächtig wurde? Entschlossen schüttelte ich sie weg. Ich durfte jetzt keine Schwäche zeigen. Nikolai half mir auf und lehnte sich gegen mich. Ich spürte, wie er an dem Bund meiner Jogginghose zog. Vorsichtig schob er mir eine Waffe in den Rücken und drapierte die Schutzweste darüber.

»Sie ist entsichert. Wenn ich dir ein Zeichen gebe, schießt du!«, wisperte er mir ins Ohr.

»Sie sollten aufhören, zu schmusen. Sie vergeuden meine Zeit.« Jemovic wurde ungeduldig. »Also. Wo ist mein Geld?«

»Denken Sie, wir würden es einfach so mitbringen? Ohne Sicherheit, dass Sie unsere Freundin freilassen?« Nikolai übernahm das Reden. »Warum sagen Sie nicht die Wahrheit? Sie haben überhaupt nicht vor, uns gehen zu lassen. Hätten Sie sonst Sabine wie ein Stück Fleisch an einem Haken aufgehängt – freischwebend vor der Fassade? Damit sie garantiert zu Tode stürzt, wenn sie den Knopf drücken?«

Jemovic schien vom drohenden Ton in Nikolais Stimme irritiert.

»Wenn wir Ihnen das Geld geben, werden Sie jeden von uns töten. Lebend sind wir eine Gefahr für Sie. Sie sind zu clever, als dass Sie glauben, dass unsere Versicherung Ihnen etwas anhaben könnte. Sie werden Ihre geschmierten Gefolgsleute in den Behörden auffordern, die Beweise einfach verschwinden zu lassen. So wie Sie es jedes Mal tun, wenn Ihnen die Polizei zu nahe kommt.«

Jemovic fasste sich schnell wieder, und die beiden Männer schienen abzuschätzen, welches Ass der andere noch im Ärmel hatte. Nikolai wollte Jemovic aus der Reserve locken. Aber ich fragte mich, warum um alles in der Welt mein Partner ihm diesen Vortrag hielt?

»Wollen Sie wirklich versuchen zu verhandeln?« Jemovics Augen verengten sich. »Wenn ich mich so umsehe, sind Sie nicht in der Position dafür.«

Wie aufs Stichwort traten vier bis an die Zähne bewaffnete Männer hinter den Säulen hervor. Die Läufe ihrer Pistolen zielten auf Nikolai. Dachten die etwa, von mir würde keine Gefahr ausgehen?

Auch gut!

Fünfundsiebzig Prozent aller Kämpfe wurden gewonnen, weil der Gegner sein Gegenüber unterschätzte. Die Statistik hatte ich irgendwo mal aufgeschnappt, und ich hielt die Zeit für gekommen, die Theorie in der Praxis zu testen.

Während die Männer auf Nikolai zuliefen und den Kreis um ihn immer enger zogen, schritt ich auf Jemovic zu. Ich nahm an, dass Nikolai genau wusste, wie er mit den Kerlen umzugehen hatte. Es sah so aus, als würde er nicht zum ersten Mal in einer solchen Situation stecken. Seine buddhistische Gelassenheit wirkte beinahe ansteckend.

»Gut. Sie sind in Eile.« Ich ließ Sabine nicht aus den Augen und redete einfach weiter. »Wir auch. Lassen Sie Sabine frei und ich werde zu unserem Auto gehen und Ihnen das Geld holen.« Die Hände in die Hüften gestemmt blieb ich genau auf der Achse zwischen Jemovic und seinen Männern stehen. Ich wollte absichtlich seinen Blick auf mich lenken, damit Nikolai das tun konnte, was er tun musste. Was auch immer das wäre.

»Und Ihren Helden dahinten wollen Sie als Sicherheit hierlassen?«, ätzte der Dicke mich an.

Ich schaute über meine Schulter. Die Männer waren bis auf ein paar Zentimeter an meinen Partner herangetreten. Die Waffen immer noch im Anschlag. Ich konnte sehen, wie Nikolai seine Muskeln anspannte, bereit, wie ein Panther zuzuschlagen. Seine Augen fixierten mich. Dann senkte er leicht den Blick.

»So hatte ich mir das gedacht, ja. Er ist eine ganz hervorragende Sicherheit für das Geld. Obwohl er sehr viel mehr wert ist als 250.000 Euro.« Während ich sprach, machte ich einen weiteren Schritt auf Jemovic zu, der die Fernbedienung für den Flaschenzug immer noch festhielt. Mit meiner rechten Hand glitt ich langsam in meinen Rücken und umschlang den Griff der Pistole. Mit einer Bewegung riss ich sie nach vorn und ballerte blindlings drauflos.

Parallel dazu startete in meinem Rücken ein Höllenlärm. Zwischen den Miniexplosionen, als sich die Kugeln aus dem Lauf meiner Waffe lösten, vernahm ich Schreie, dumpfes Grunzen, metallisches Kratzen und am Ende lautes Knacken gepaart mit Schmerzensschreien, als Knochen brachen.

Ein überrumpelter Jemovic riss instinktiv seine Arme schützend vor sein Gesicht. Er zog den Kopf zwischen seine Schultern, stolperte nach hinten und ließ den schwarzen Kasten fallen.

Wie in Zeitlupe sah ich ihn zu Boden schweben. Direkt auf den Auslöser zu.

Mein gesamtes Magazin war leergeschossen. Keine Ahnung, ob die Kugeln etwas, und wenn ja, was, getroffen hatten. In der Hast verlor ich mein Basecap und meine roten Haare stoben in alle Richtungen davon. Wie ein Feuerball rannte ich weiter vorwärts und warf die Waffe schreiend nach Jemovic. Der Mafiosi sah mich ungläubig an, als im gleichen Moment sein Fluchtreflex einsetzte. Aber zu spät: Der Flug der Pistole beschrieb einen Halbkreis, und der Griff der Waffe traf meinen Gegner genau zwischen die Augen.

Jemovic verlor das Gleichgewicht, ruderte mit seinen kurzen Armen durch die Luft und übergab seinen Körper mit einem überraschten Schrei der Erdanziehungskraft.

Erschreckt hielt ich für einen Sekundenbruchteil inne. Und genau in diesem Moment schlug die Fernbedienung an der Kante des Bodens auf. Ich vernahm ein knackendes Geräusch, als sich das Seil, an dem Sabine hing, aus seiner Verankerung löste.

Blind vor Angst rannte ich los und erreichte die Fernbedienung, bevor sie ebenfalls nach unten fiel. Nur mich selbst konnte ich nicht rechtzeitig stoppen. Ich schlitterte samt Fernbedienung über die Kante und fiel ins Bodenlose.

Wie von Sinnen schlug ich die Stopptaste, um wenigstens Sabine das Leben zu retten, als ich plötzlich spürte, wie mich etwas am Gurt der Schutzweste packte. Abrupt wurde mein Körper nach oben gerissen, und die Fernbedienung fiel mir aus der Hand. Krachend schlug sie neben Jemovics Körper auf der Erde auf.

Ich spürte, dass ich nicht länger fiel, sondern in der Luft hing. Bevor ich einen klaren Gedanken fassen konnte, hörte ich neben mir ein leises Wimmern.

Sabine!

Sie hatte mich tatsächlich mit ihren gefesselten Händen in dem Moment gefangen, als die Seilwinde stoppte und ich an ihr vorbeigeflogen war.

Ich widerstand dem Drang, meinen Kopf zu ihr nach oben zu drehen. Jede meiner Bewegungen würde sie noch mehr Kraft kosten. Oh mein Gott! Wie lange würde sie mich noch halten können?

Zum Glück musste ich die Antwort auf diese Frage nicht abwarten, denn wir bewegten uns langsam nach oben.

Ich schwebte an dem Innenleben einer Betonplatte vorbei, bis ein Paar schwere, schwarze Stiefel in mein Blickfeld gerieten.

»Vorsichtig, ganz vorsichtig«, ermahnte mich eine Stimme, die verdächtig nach Juri klang. »Nimm meine Hände«, forderte er mich auf. Ich griff nach ihnen und spürte, wie Sabine meinen Gurt losließ. Juri hob mich auf die Betonplatte, als wäre ich so leicht wie eine Feder. Bäuchlings blieb ich auf dem Boden liegen und drehte meinen Kopf zu Sabine. Nikolai zog sie behutsam auf die Betonplatte und befreite sie von ihren Fesseln. Kraftlos sackte sie an seine Schulter. Er sank auf den Boden und legte Sabine in seinen Schoß. Dann zog er ihr vorsichtig das Klebeband vom Mund. Ich blieb auf dem kalten Boden liegen und versuchte, das Zittern jeder Faser meines Körpers in den Griff zu bekommen. Mein Magen hob sich, doch ich schluckte alles hinunter. Die Polizei würde genug Spuren finden. Ich musste sie nicht direkt mit der Nase auf mich stoßen.

»Geht's wieder?«, fragte Nikolai.

Sabine nickte und rieb sich die Handgelenke. »Ja. Geht schon. Sind die Typen tot?« Sie nickte in Richtung Treppenhaus. Dort lagen die vier Männer, die Nikolai mit Kung-Fu, Aikido, Karate oder Boxen unschädlich gemacht hatte.

»Nein. Die sind nicht tot. Sie werden nur noch für eine gewisse Zeit schlafen.« Dann schaute er zu mir herüber und grinste. »Aber deine Freundin hat ganze Arbeit geleistet. Es würde mich sehr wundern, wenn Jemovic sich noch einmal erhebt.«

»Hat sie ihn erschossen?« Irritiert sah mich Sabine an.

Ich lächelte matt. »Kann ich mir nicht vorstellen. Wenn ich ihn getroffen habe, dann werde ich demnächst Lotto spielen.«

»Das solltest du tun. Du hast ihn nämlich getroffen«, stimmte Juri in unser Lachen ein. Er war zu den Männern hinübergegangen und verschnürte sie zu handlichen Paketen.

»Das kann nicht sein«, gab ich verwundert zurück. »Ich hab zwar das ganze Magazin leergeballert, aber außer rieselndem Putz habe ich nichts gesehen. Kein spritzendes Blut oder Ähnliches.«

»Oh, Anja. Du hast die Pistole nach ihm geworfen! Damit hast du ihn aus dem Gleichgewicht gebracht und er ist zu Tode gestürzt.« Juri erzählte die Geschichte, als wäre er dabei gewesen.

»Woher weißt du das alles?«

Juri und Nikolai wechselten einen vielsagenden Blick.

»Oh«, rief ich. »Deshalb hast du Jemovic erzählt, was er selbst schon wusste. Du hast in Wirklichkeit mit Juri gesprochen.«

Juri wies mit dem Daumen auf Nikolai. »Brüder sind telepathisch miteinander verbunden.«

»Nee, is klar.« Ich lachte und hustete kurz auf, als ich den Staub vom Boden inhalierte.

Nikolai fingerte einen kleinen Knopf aus seinem Ohr. »Drahtlose Kommunikation. Du hörst alles, was dein Partner sagt.«

»Und du hast ihm brühwarm erzählt, was ich hier gemacht habe.«

»Nachdem ich mit den Kerlen da drüben fertig war, ja. Aber da war er schon hier und konnte sich selbst ein Bild von der Lage machen.«

Juri trat zu uns und half mir auf die Beine. »Ich bin sofort losgefahren, nachdem ich von Jemovic die Anweisungen bekommen hatte. Dank meiner genialen Recherchekünste wart ihr ja schon hier. Wir sollten allerdings langsam verschwinden und von unterwegs die Polizei benachrichtigen. Irgendwo auf dem Weg wird sich schon eine Telefonzelle finden.«

Juri hatte recht. Die Sonne überstrahlte mittlerweile den Tatort, und es war an der Zeit, die Fliege zu machen. Aus der Ferne waberten die Geräusche einer erwachenden Großstadt zu uns herüber. Für die Mehrzahl ihrer Bewohner begann ein stinknormaler Tag mit Kaffee zum Frühstück, dem Stau ins Büro, neun Stunden Tretmühle und vielleicht einem erholsamen Abend im Kreise der Familie vor dem Fernseher, mit Freunden im Restaurant oder allein in einer Bar.

Ich lief zu Sabine und nahm sie dankbar in den Arm. »Ich weiß nicht, was ich sagen soll«, flüsterte ich. »Du hast mir das Leben gerettet.«

»Ich hab nur getan, was du auch getan hast«, murmelte Sabine. »Und du gibst mir und dem Baby eine Zukunft. Ich denke, das gleicht sich karmamäßig aus. Kommt, lasst uns gehen. Ich will nach Hause und ein Bad nehmen. Alles andere können wir später klären.«

»Und wer hilft mir hoch?«, bettelte Nikolai und schaute mich auffordernd an.

»Na komm, mein Großer.« Ich reichte ihm meine Hand und zog ihn auf die Füße. Nur leider war er ein bisschen schwerer als Biene. Ich verlor das Gleichgewicht und fiel gegen seine Brust.

Er lächelte anzüglich. »Hättest du dafür noch Kraft?«

Ich verengte meine Augen zu Schlitzen und schaute zwei Köpfe höher. »Nein. Vielen Dank für das Angebot. Aber im Moment habe ich keinen Bedarf an einer romantischen Affäre.« Ich drehte mich um und stolzierte so graziös wie möglich davon.

»Ach, Rotköpfchen! Wer hat denn was von Romantik oder Affäre gesagt?« Nikolai lachte mir hinterher.

Männer!

26
Alles auf Anfang

19. August – Früher Abend – Wühlischstraße – Zweiter Hinterhof

Wir hatten gewonnen! Falls es jemals darum gegangen war.

Eine Woche nach dem mysteriösen Todesfall des Mafiosi Buca Jemovic fand die Polizei eine Spur, die ihn mit der Explosion in der Tierklinik am Stadtrand in Verbindung brachte. Juri besorgte über diverse undurchsichtige Kanäle noch mehr Informationen für die Ermittler. Sie untermauerten das belastende Material zu dem Drogendeal zwischen Jemovic und Dr. Brömmer, das Sabine und ich vom Computer des Tierarztes gestohlen hatten. Geschickt verwischten wir unsere Spuren, indem wir unfairerweise der hausinternen Post des LKA die Schuld für die verspätete Zustellung in die Schuhe schoben. Für die Polizei sah es so aus, als hätte der gute Doktor kurz vor seinem Tod das Material an die zuständigen Behörden gesandt.

Ich hätte nie gedacht, dass es so einfach war, Poststempel zu fälschen!

Sadik hatte mich ein letztes Mal zu dem Vorfall in der Tierklinik befragt, und ich blieb bei meiner Darstellung der Ereignisse, die Biene während ihrer Befragung bestätigte.

Obwohl Sadik uns kein Wort glaubte, bohrte er nicht weiter. Ihm und seinen Kollegen war es gelungen, dem organisierten Verbrechen einen Zahn auszubrechen, auch wenn ihnen nicht ganz klar war, wie. Doch seine Enttäuschung darüber, dass ich ihn belog, verbarg er nicht. Aber was sollte ich tun? Sagte ich ihm die Wahrheit, würde er mich verhaften müssen. Es bliebe ihm gar nichts anderes übrig. Also tat ich ihm genau genommen nur einen Gefallen. Unwissenheit konnte ein Segen sein! Wer wüsste das besser als ich.

»Dieser Sommer ist unglaublich«, seufzte Sabine und nippte an ihrem hellen Traubensaft.

Meine Freundin und ich saßen im Hinterhof und genossen den lauen Sommerabend. Wir hatten Liegestühle und einen kleinen Bistrotisch unter die Kastanie gestellt, um es uns gemütlich zu machen.

»Das kannst du laut sagen«, erwiderte ich und nahm auch einen Schluck. Aus Solidarität trank ich ebenfalls Traubensaft, obwohl er mir in der vergorenen Variante lieber gewesen wäre. Aber in meinem neuen Leben war kein Platz mehr für Kurzschlüsse im Gehirn oder Filmrisse. Ich musste in jedem Augenblick Herrin über meine Entscheidungen und Taten sein.

Außerdem passte Alkohol nicht in das Trainingsprogramm, das Nikolai und Juri für mich ausgearbeitet hatten. Ab jetzt war Schluss mit lustig. Ab jetzt gab es nur noch gesunde Ernährung, Ausdauertraining, Schießübungen und, und, und … Reiner Selbstschutz, meinten die Jungs.

Von irgendwo drang leises Lachen zu uns herüber. Genüsslich rekelte ich mich in meinem Stuhl.

»Deine neue Frisur steht dir wirklich gut. Ich hab doch gesagt, bei deiner Naturkrause machen wir mit einem kurzen Bob nichts falsch.«

»Ja, finde ich auch.« Ich strich mir eine widerspenstige Locke aus der Stirn und stopfte sie mir hinters Ohr. »Ich muss mich noch daran gewöhnen, dass ich mir keinen Pferdeschwanz mehr machen kann.«

»Mag sein. Aber ich kann dir sagen, dass dir die Kerle schon lange nicht mehr so hinterhergegafft haben. Sadik muss aufpassen, dass er nicht anfängt zu sabbern, wenn er dich sieht.«

Hitze stieg mir ins Gesicht. »Kannst du nicht langsam damit aufhören. Ich brauche keinen Lover in meinem Leben. Wir werden in der kommenden Zeit hoffentlich anderes zu tun haben, als uns mit Kerlen rumzuschlagen. Zumindest auf diese Art«, murmelte ich.

»Ist schon okay.« Biene grinste und warf theatralisch ihre Hände in die Luft. »Dann willst du eben keinen Lover in deinem Leben.«

»Genau.«

»Und außerdem sollten wir unsere Agentur etablieren, bis das Baby geboren wird. Dauert ja nur noch ein paar Monate.« Liebevoll tätschelte sie ihren Bauch, in dem das kleine Würmchen wuchs. »Hat Juri sich um die Formalitäten gekümmert?«

»Soweit ich weiß, schon, aber wir können ihn auch gleich selbst fragen«, meinte ich und winkte einem Wagen zu, der in unseren Hinterhof glitt.

Juri und Nikolai stiegen aus dem Transporter und winkten zurück. Selbst in einer brennend heißen

Wüste würden die beiden ihre schwarzen Klamotten nicht eintauschen. Unsere Men in Black stiefelten an die Rückseite des Wagens und zauberten zwei Klappstühle hervor, mit denen sie zu uns herüber schlenderten.

»Redet ihr schon wieder über Männer?«, lästerte Juri und zog grinsend eine Augenbraue in die Höhe.

»Ha«, lachte ich kurz auf. »Hast du uns etwa verwanzt?«

Nikolai winkte ab. »Gar nicht nötig! Ihr seht aus wie zwei Katzen, die Milch geklaut haben. Und so was liegt in den meisten Fällen an einem ganz bestimmten Thema.«

Sabine lachte. »Hört euch unseren Frauenflüsterer an! Wenn du so gut bist, warum hast du dann nicht ein Mädel an jedem Finger?«

»Weil, liebe Sabine ...«, er deutete eine Verbeugung an, »... ich auf Frauen stehe.« Nikolai setzte sich, während Juri seinen Stuhl aufklappte. »Und diese Spezies ist bekanntermaßen ein wenig anspruchsvoller.«

»Ach. Und das traust du dir nicht zu?«, lästerte ich weiter in Richtung Nikolai. Unsere kleinen Kabbeleien machten mir mittlerweile viel Spaß. Sie regten mein Gehirn auf angenehme Weise an.

»Nun, anspruchsvoll ist nicht immer positiv besetzt, nicht wahr?« Nikolai lächelte matt.

»Uh. Er meint schwierig. Kann ich verstehen, dass er davon lieber die Finger lässt«, sprang Sabine ihm bei.

»Können wir uns jetzt bitte wieder auf das Geschäft konzentrieren?« Juri wurde es scheinbar ungemütlich.

»Na gut«, lenkte ich ein und goss den beiden Jungs einen Schluck Saft in ihre Gläser.

»Okay. Ich hab unsere Agentur Killerbienen – Schädlingsbekämpfung beim Amt eingetragen.
Alle wichtigen Papiere und Anträge sind ausgestellt
und mit Stempel und Siegel versehen.« Juri legte einen
dicken Packen Papier auf den Tisch, geschützt durch einen gepolsterten A4-Umschlag. »Die Papiere müsst ihr
gut aufheben. Sollten die Umweltbehörde oder das Zu-
lassungsamt mal eine Überprüfung anordnen, dann
halten diese hier mit Sicherheit stand.«

»Das ist super!«, rief ich erfreut und wollte in die
Hände klatschen, als Sabine einen wunden Punkt an-
sprach.

»Bis auf die Tatsache, dass wir keine Räume haben.
Müssten wir nicht eine Lagerhalle für Chemikalien ha-
ben, mit denen wir Kakerlaken, Ratten und anderem
Getier den Garaus machen wollen? Und Werkzeug?«

»Können wir uns nicht darum kümmern, wenn es so
weit ist? Außerdem haben wir genug Geld, wir mieten
einfach ein paar Räume für den Fall der Fälle«, meinte
ich und wollte ihren Einwand damit beiseiteschieben.

Nikolai wirkte skeptisch. »Wir sollten uns wirklich einen Plan zurechtlegen, damit wir schnell reagieren
können.«

»So was wie eine Zentrale, die nicht deine Wohnung
ist«, wandte Juri ein. »Und was das Geld betrifft: Das
sollten wir lieber geschickt waschen.«

Ich holte Luft für eine Erwiderung, doch Juri unterbrach mich. »Und bevor du jetzt diesen dummen
Spruch mit der Waschmaschine machst, klemm ihn
dir.«

»Na gut.« Ich tat so, als würde ich schmollen.

»Das Beste wäre, wir fänden ein Grundstück, das wir mit dem Geld kaufen können, oder ein Gebäude.«

»Und sollten wir das Gebäude wieder verkaufen ...«, sprach Sabine in ihr Glas.

»... haftet dem Geld nichts Illegales mehr an«, beendete ich den Satz. Ja, ich hatte in den vergangenen Tagen eine Menge gelernt.

»Aber wie sollen wir das anstellen? Den meisten Menschen kommt es merkwürdig vor, wenn der Käufer bar bezahlt. Es sei denn, die haben Dreck am Stecken. Das Geld auf mein Konto einzahlen geht auch nicht. Bei mehr als 9.900 Euro greift das Geldwäschegesetz und die Bank muss mich melden. Und elf neue Konten eröffnen?« Ich kaute auf meiner Unterlippe herum. Eine neue nervöse Angewohnheit. Kriminalität war nichts für schwache Nerven.

Ich wollte mich nicht schon wieder mit einem Problem herumschlagen, das vielleicht eintreten konnte oder auch nicht. Mach einen Schritt nach dem anderen, hatte mir meine Großmutter mit auf den Weg gegeben, als ich den Tod meiner Eltern verarbeiten musste. Denke nicht darüber nach, was sein könnte. Mach Pläne, aber verzweifle nicht, wenn sie sich nicht umsetzen lassen.

Frau Wagner riss mich aus meinen Grübeleien.

»Juhu, meine Lieben!«, tirilierte sie.

Ich muss gestehen, dass ich diese Frau langsam, aber sicher liebgewann. Jedes Mal, wenn sie auftauchte, trug sie eines dieser schrill-bunten Kleider, deren Stoffe sie mit Sicherheit selbst webte, da niemand auf der Welt solche Farben mischen würde. Darüber hinaus verbreitete sie einfach immer gute Laune. Im Schlepptau hatte sie einen Mann, den ich nicht kannte. Er war ungefähr in meinem Alter.

»Frau Wagner! Aaron!«, rief Sabine erfreut. Sie wollte aufstehen, um der alten Dame ihren Liegestuhl anzubieten.

»Bleib sitzen, Schätzchen. In deinem Zustand solltest du dich nicht anstrengen. Außerdem bekommt ihr mich nie wieder aus dem Stuhl hoch. Oh, und bitte nennt mich Elfie. Wir sind doch jetzt Familie!«

Alle lachten und nickten zustimmend.

Biene umarmte Aaron und stellte ihn uns anderen, die noch nicht das Vergnügen gehabt hatten, vor.

»Schön, dass ich meiner Anwältin und ihrem Team endlich persönlich danken kann.« Aaron schüttelte uns vergnügt die Hände. »Ohne euch alle wäre ich ganz schön im Arsch gewesen.«

Ich nickte zu Frau Wagner hinüber. »Da musst du dich bei deiner Schwippoma bedanken. Sie hat uns sozusagen die Pistole auf die Brust gesetzt.«

In gespieltem Entsetzen schlug sich Frau Wagner vor die Brust. »Ich? Niemals! Ich habe euch nur eindringlich gebeten.«

Ich zog meine rechte Augenbraue in die Höhe.

»Na gut«, räumte sie ein. »Sehr eindringlich. Apropos Frau Ehrlich.«

»Frau Ehrlich?«, unterbrach sie Aaron, der sich gerade auf einen weiteren Klappstuhl setzte, den Juri aus seinem Wagen geholt hatte. Wahrscheinlich hatten die Jungs da drin eine Zauberkiste, die ihnen immer genau das herausgab, was sie gerade brauchten, dachte ich. Das, oder ihr Transporter war eine verwunschene Damenhandtasche mit den Außenmaßen von zwanzig mal zwanzig Zentimetern und einem Fassungsvolumen von zweihundert Litern, wie die von Hermine Granger.

»Das ist eine lange Geschichte, die dich nicht das Geringste angeht«, schnitt Frau Wagner ihrem Schwippenkel das Wort ab. »Aber es gibt Entwarnung von der Seite. Frau Ehrlich hat heute die Lebensversicherung ausbezahlt bekommen. Damit wäre dieser Fall also erledigt.«

Biene und ich atmeten erleichtert auf. Aarons Gesicht glich einem Fragezeichen, aber er hielt lieber den Mund. So viel ich wusste, war er vor ein paar Tagen aus der Untersuchungshaft entlassen worden. Die Staatsanwaltschaft hatte ihm Straferlass angeboten, wenn er als Zeuge gegen Jemovics Jungs aussagen würde. Mit dem, was sie aus den Unterlagen wussten, und seiner Aussage hätten sie die Chance, die ganze Gruppe, die nach dem Tod ihres Anführers orientierungslos war, endgültig zu zerschlagen, bevor sie sich neu formieren konnte.

Wir plauderten, lachten und tranken. Und dann geschah etwas Merkwürdiges. Einer dieser Momente, in dem keiner ein Wort sagte und ein Engel vorbeizuschweben schien. So eine tiefe Vertrautheit, die durch nichts zu erschüttern war.

»Was habt ihr besprochen, bevor Aaron und ich euch unterbrochen haben?«

»Oh«, antwortete ich. »Juri hat die Papiere für unsere Agentur vorbeigebracht.«

»Habt ihr endlich eine amtliche Bestätigung?«, rief Frau Wagner erfreut. Sie war in den vergangenen Wochen fast täglich bei uns vorbeikommen, um Biene,

Katze, Fisch und mich zu verköstigen – und auch Juri und Nikolai, wenn sie mal wieder bei uns abhingen. Sie hatte die eine oder andere Idee zu unserem neuen Geschäftsmodell beigetragen. Es war ihre Art, uns für das, was wir getan hatten, zu danken.

»So was in der Art«, nickte Juri. »Aber es gibt noch ein winzig kleines Problem.«

»Welches?«, wollte Aaron wissen und handelte sich prompt einen Blick der Marke *Das-geht-dich-gar-nichts-an* seiner Oma ein.

Biene sprang ihm solidarisch zur Seite, was Juri scheinbar irritierte. »Wir brauchen noch passende Räumlichkeiten. Du weißt schon, Büro und Lagerräume für die Ausrüstung.«

Ich spürte, wie sich Juri entspannte. Scheinbar hatte er Angst gehabt, dass Biene noch mehr Menschen unsere spezielle Geschäftsidee vorstellen würde.

»Was braucht ihr denn?« Aaron ließ nicht locker.

»Wir wollen in Richtung Schädlingsbekämpfung gehen«, meinte ich leichthin.

Aaron nickte zustimmend. »Einträgliche Sache. Ungeziefer gibt es genug auf der Welt und Kakerlaken sterben niemals aus.«

»Meine Rede.« Ich nickte zustimmend und sah Biene grinsen, während Juri kurz vor einem Herzinfarkt schien, was wiederum Nikolai schmunzeln ließ.

»Ich hätte da vielleicht eine Lösung.«

Erstaunt sah ich Aaron an.

»Na ja, ein Kumpel, den ich im Knast kennengelernt habe, will sein Geschäft verkaufen. Er kann in den nächsten elf Jahren nicht viel damit anfangen.«

»Elf Jahre? Was hat er verbrochen?«, wollte Nikolai wissen.

»Steuerhinterziehung.«

»Mit Schädlingsbekämpfung?«, fragte Biene entgeistert. »Bei der Strafe muss er ganz schön was verdient haben.«

»Ich sag doch, es ist ein einträgliches Geschäft. Und wenn man dann noch nebenbei ein bisschen Geld wäscht ...«

»... kommt schnell 'ne Menge zusammen«, schloss Nikolai den Satz ab.

»Was will er dafür haben?« Mir war es egal, welche Geschichte hinter den Räumen stand. Wir brauchten dringend eine Zentrale und ein Alibi, vor allem, wenn das Finanzamt mal Fragen stellen sollte.

»Dreitausend Ablöse für alles.«

»Das liegt weit unter dem Marktpreis!« Juri wurde hellhörig.

»Er kann das Geld eh nicht behalten. Sie pfänden alles, was er zu Kohle machen kann. Und da verlangt er so wenig wie möglich. Es wäre auch eher so eine Art Verpachtung.«

Nikolai, Biene, Juri und ich schauten uns an.

»Ich denke, wir werden mal darüber nachdenken«, meinte Frau Wagner plötzlich. »Bis das Baby geboren ist, werde ich die Buchhaltung der Agentur übernehmen. Biene muss sich um den Bürokram kümmern und die drei Musketiere erledigen den Rest.«

Ich starrte Frau Wagner mit offenem Mund an.

»Ich mach das gerne, Schätzchen«, meinte diese. »So kann ich mich ein wenig revanchieren.«

»Und ich mich auch«, schloss Aaron das Thema. »Ich kümmere mich um den Vertrag und sag euch Bescheid, sobald ihr in die Räume einziehen könnt.«

Damit war das Thema beendet.

Wir mussten uns jetzt nur überlegen, wie wir geschickt an Aufträge kamen. Schließlich war es nicht so einfach, für unsere Art der Schädlingsbekämpfung eine Anzeige aufzugeben. Doch darüber konnten wir uns in den kommenden Tagen noch den Kopf zerbrechen. Jetzt genossen wir erst einmal diesen friedlichen Moment in unserem Hinterhof.

Wir blieben noch einige Zeit zusammen, bis Frau Wagner und Aaron sich langsam verabschieden wollten. Die Sonne war untergegangen und es wurde auch langsam etwas kühl. Wir räumten die Sachen zusammen und die Männer trugen alles nach oben in die Wohnung.

Frau Wagner und Aaron waren schon auf dem Weg Richtung erstem Hinterhof, als Frau Wagner sich noch einmal umdrehte und auf uns zueilte. »Oh, das hätte ich fast vergessen. Ich habe einen neuen Auftrag für euch, wenn ihr wollt.«

Biene und ich schauten Frau Wagner erwartungsvoll an.

»Es geht um eine Freundin von mir. Sie muss ihren Laden, der seit Generationen in Familienhand ist, schließen.«

»Was ist passiert?«, wollte Biene wissen.

»Wenn ich es richtig verstanden habe, dann hat die Bank sie über den Tisch gezogen.«

»Warum?« Ich konnte mir nicht vorstellen, was eine Bank an einem kleinen Laden interessieren sollte.

»Weil sie es können«, meinte Frau Wagner leichthin. »Und weil sie die Immobilie in bester Innenstadtlage für einen Apfel und ein Ei haben wollten.«

»Das ist mies«, brummte Biene. »Hat deine Freundin es schon bei der Polizei versucht?«

»Sie hat es schon bei so gut wie jedem versucht. Aber die Einzige, die ihr zuhören wollte, war eine Psychiaterin, zu der sie freiwillig gegangen ist, weil sie schon fast selbst dachte, sie wäre verrückt.«

»Oh Mann, klingt nach einem Fall für uns.«

»Und ob«, pflichtete Biene mir bei.

Leider konnten wir erst mal keine weiteren Fragen stellen, weil Nikolai und Juri losfahren wollten. Die Brüder verabschiedeten sich, und Biene und ich winkten Aaron und seiner Schwippoma, die sich zu Fuß auf den Weg zur U-Bahn machten. Sie waren fast unter dem letzten Torbogen verschwunden, als Biene Frau Wagner hinterherrief: »Um was für einen Laden handelt es sich?«

»Um eine Metzgerei!«, schallte es durch die Hinterhöfe zu uns.

Wir hoben überrascht die Augenbrauen. Dann drehten Biene und ich uns um und liefen zu unserem Haus hinüber. Und die ganze Zeit über summte ich ein Lied, das ich irgendwann mal gehört hatte: »Wenn du denkst, du fühlst dich sicher, dann kommt es meistens knüppeldick!«

Epilog

In jedem Ende steckt auch immer ein Anfang! Ja, ich weiß, das ist ein ziemlich blöder Glückskeksspruch. Und noch vor ein paar Tagen hätte ich auch nicht einen Cent darauf gegeben, dass ein Telefonanruf mein Leben so radikal verändern würde. Dass dieses eine Mal Abheben alles viel besser machen würde.

Okay, das mit einer lohnabhängigen Tätigkeit konnte ich mir abschminken. Aber es spricht ja nichts gegen Selbstständigkeit. Ich meine, in dem Wort allein liegt jede Menge Freiheit und Abenteuer. Und ich für meinen Teil werde ab sofort jeden Moment davon genießen.

Zieht euch warm an da draußen. Die Killerbienen sind unterwegs und wir kämpfen für Gerechtigkeit. Versprochen!

Danksagung

Ich habe diese Geschichte und ihre Figuren komplett frei erfunden. Die Orte und die beschriebenen technischen Möglichkeiten sind jedoch real. So real wie die Menschen, die dabei geholfen haben, dass aus der Idee der Killerbienen ein Buch geworden ist. Und dafür möchte ich mich auf diesem Weg bedanken: Bei meiner kleinen Familie und meinen Freundinnen und Freunden, die mich mit Geduld und viel Humor immer vorantreiben, das zu tun, was ich liebe. Dem Stuttgarter dp DIGITAL PUBLISHERS Verlag, der dieser Geschichte eine Heimat gegeben hat, und hier vor allem der Programmmanagerin Francesca Hintz, den Mitarbeiterinnen aus dem Marketing und meiner Lektorin Janina Klinck. Vielen, vielen Dank für eure professionelle und engagierte Arbeit.

Mein ganz besonderer Dank gilt Peter Hellmund, in dessen Verlag meine ersten Bücher erschienen sind. Sein Vertrauen in mich machte mir meine Laufbahn als Schriftstellerin erst möglich. Ich werde unsere Zusammenarbeit nie vergessen. R. I. P.

Last but not least danke ich Ihnen, liebe Leser*innen, dass die Killerbienen Ihnen ein wenig Zeit stehlen durften. Ich hoffe, sie haben Sie gut unterhalten.